文春文庫

見えないドアと鶴の空

白石一文

文藝春秋

見えないドアと鶴の空

二〇〇四年二月　光文社
二〇〇七年七月　光文社文庫
DTP制作　エヴリ・シンク

人は親しい相手をよく知っていると思い込みがちだが、案外それは正反対なのだろう。親しくなればなるほど、その人をより深く知るべきであり、知る努力を継続すべきにもかかわらず、親しいと自覚した途端に実は無関心になるのかもしれない。

六年も一緒に暮らしている妻のことにしてもだ。

1

二枚目の肉をてんぷら鍋に落とし込んだ、ちょうどその途端に電話が鳴った。

普段は子機をダイニングテーブルの上に載せて料理に取りかかるのだが、絹子が海外に出ていることもあって今日は寝室に置いたままだった。

滾ったベニバナ油のなかで盛大に泡立っているカツを見つめ、容赦なく鳴り響くベルの音に昂一は小さく舌打ちした。菜箸をバットの上に戻し、急ぎ足でキッチンから近い書斎の方に向かう。いま時分、絹子はとっくに飛行機に乗っているはずだ。由香里には今夜からは携帯にかけてくるよう念を押してある。その携帯はちゃんとズボンの尻ポケットだ。一体誰からだろう、と思いながら昂一は書斎に入り、親機の受話器を持ち上げた。

聞こえてきたのは絹子の声だった。

「もしもし、昂ちゃん、わたしだけど」

周囲がずいぶん騒々しいようで言葉が聞きとりにくい。

「どうしたの。もう雲の上なんじゃなかったの」

訊ねると、飛行機のエンジントラブルのためシンガポールで足止めをくい、今夜中には帰れそうもない、と絹子が言った。空港カウンターの喧騒の中らしく、例によって苛立った口調になっている。

絹子は飛び抜けた聴力の持ち主で、その分、騒音にはひどく神経質なのだった。この国分寺のマンションを購入したときも、道路側に面した壁はすべて防音用の窓に交換したくらいだ。もっとも自慢のその耳のおかげで、語学には堪能だし音感も優れている。英語はむろんのこと、大学時代から始めたというフランス語の方もいまや通訳なみの力量を彼女は身につけていた。

「今晩はトランジットでここに泊まって、明日帰ることにするわ」

「わかった。あんまり無理するなよ」

昂一はカツが焦げ過ぎないかと台所の鍋が気になったので、手短に由香里が子供を産んだことだけ言い添えて電話を切った。

キッチンに戻ってみると案の定、二枚目のカツは黒くなってしまっていた。

一枚は自分用にサンドイッチし、もう一枚で由香里の分を作って届けてやろうと思っていたから、当てがはずれてがっかりだった。仕方がない。夕食は病院の行きがけにすませるとして、きれいに揚がった最初の一枚で彼女の分だけこしらえることにする。

カツサンドは昂一の自慢料理の一つだ。

薄いロース肉二枚の間にチーズをはさみ、青のりと少々のカレー粉、それに白ゴマをまぜた自家製のパン粉をまぶして新しい油で二度揚げする。「おたふくソース」に粒マスタードをたっぷりと溶いたものを薄く塗って、トーストした食パンにサンドする。それだけなのだが、これが香ばしくて旨い。絹子が徹夜する日など、彼女の部下たちの分までたくさん作ってたまに持たせてやるのだが、すこぶる評判がいいと聞いていた。一口サイズに切って、カットオレンジを添えて手早く密封容器に詰め、白いハンカチに包むと昂一は時計を見た。午後五時。食事をして荻窪にある由香里の病院を訪ねるには、ちょうど良い頃合だった。

その夜遅く、絹子から二度目の電話が入った。

病院の帰りに吉祥寺の映画館で映画を一本観てきたので、疲れ気味で十二時前には床に入っていた。今年は空梅雨で東京はあまり雨が降らない。とはいえ空気は湿って肌にまとわりつくようで、外出すると厭な汗をかく。去年もそうだったが、昂一はこの時期はほとんど出歩かないことにしていた。シャワーを浴びたあと、エアコンをドライにしてベッドでようやくうとうとしはじめたときに電話のベルが鳴ったのだ。

絹子は空港近くのホテルにチェックインしたらしい。ホテル内の中華料理店でスタッフたちとの食事を終え、たったいま自分の部屋に戻ってきたばかりだという。少し酔っているようだった。

眠気も手伝って昂一はやや不機嫌な声になった。

「予定日よりひと月も早かったんじゃない。それでいつだったの」

絹子は由香里のことが気になって電話してきたようだ。

「生まれたのは昨日の夕方。いや正確には一昨日かな」

ナイトテーブルの上の時計を見ながら昂一は言った。時刻はもう一時を回っている。

「女、男？」

「男の子だよ。三千二十五グラム、早産にしてはずいぶん大きな赤ちゃんだろう」

「あなた、もう見に行ったの」

「ああ、というより結局、出産に立ち会うはめになっちゃってね」

「えっ、どういうこと」

受話器の向こうで声が跳ね上がった。

「突然、彼女から電話が来てね、それで慌てて駆けつけて、そのままぼくの車で病院に担ぎ込んだんだよ。破水して危険な状態だったから」

「えー」

ますます絹子は驚いた声になる。

「一時は赤ちゃんの心音が聴こえなくなって危なかったんだけど、結果的には帝王切開もせず無事に生まれたよ。遷延(せんえん)分娩っていうらしいね、後で医者に聞いたんだけど。破水したもんだから赤ちゃんが産道を通りづらくて、十四時間近くかかったんだ」

それからしばらく絹子は何も言わなかった。

「もしもし、もしもし」

昂一が何度か繰り返すと、やっとのこと返事がかえってきた。

「じゃあ、あなたそのあいだ、ずっと彼女につきっきりだったんだ」

淡々とした口調だが、言葉の奥にかすかな刺があった。

「そうなるね。つらそうだったよ。やっぱり三十過ぎての初産はこたえるみたいだ」

「まあ、でも由香里も赤ちゃんも何でもなくてよかったじゃない」

「そうだね」

予想はついていたが、絹子は、昂一が由香里の出産に立ち会ったことを知ってかなり気分を害したようだ。

「それより、そっちはどうだったの。メールだとなんだか大変だったみたいだけど」

昂一は話題を変えた。

コマーシャル・フィルムの撮影で絹子がインドネシアに向かったのは二週間前、六月半ばの梅雨の盛りのことだった。以来、ジャカルタに着いた最初の日の電話と、一昨日バリ島から送られてきたメール以外には連絡がなかった。

そもそも最近の絹子は出張したり、帰宅が深夜に及んでも滅多に電話してこなくなった。部下を持つ立場となって忙しさが増しているようだし、昔と違って昂一は終日家にいる暮らしだから気づかいの必要がなくなったせいもある。だが、結婚生活も五年を過ぎ、相手へのお互いの関心が薄れてきているのが一番の理由だろう、と昂一は思っている。

昂一にしても新婚の頃ならば、仕事とはいえ絹子が十日も海外に出かければ、宿泊先に連日電話を入れて無事を確認せずにはいられなかったはずだ。それがいまや、こうして半月近くほとんど音信不通の状態になっても大して気にならない。

「こっちは例年よりひと月も早い雨期にぶつかっちゃって、撮影が大荒れで、もうへとへと。参っちゃったわ。メールにも書いておいたけど、やっぱり地球環境がおかしくなってるのよ。海だって三年前よりすっごい汚れてたし」

それから絹子は、現地の日本人コーディネーターとのトラブルや、後乗りしてきたタレントたちの無教養とマナーの悪さをひとしきりあげつらって、おかげですっかり胃の調子をおかしくしたとこぼしてみせた。

昂一が相槌を打ちながら黙って話を聞いていると、絹子の気分は多少ほぐれたようだった。

「じゃあ、由香里のことは帰ってから詳しく聞かせてね。たぶん明日は飛行機も大丈夫だと思うから。おやすみなさい」

そう言って、彼女は電話を切った。

子機を充電器に戻し、昂一はベッドの縁に座り直して小さくため息をこぼした。

絹子は不在のあいだの昂一の暮らしぶり、たとえば何を食べていたのか、体調はどうなのか、どこかに出かけなかったのか、といったことの一つたりとも訊いてはこない。どうせ毎日ぶらぶらしているだけと分かっていることもあろうが、それにしても、親友の面倒を見させておいて礼を言うどころか不機嫌になり、昂一の方が気兼ねして一方的なお喋りに付き合わされた。あいつは一体なんだ、という気にはなる。

俺たちはこういう風にして着実に駄目になっていってるのかもしれないな、ふとそんな気がして、今度は少し深いため息をつきながら昂一は再び横になった。

結局、絹子が帰ってきたのは翌日の深夜だった。雨つづきとはいえバリの太陽にすっかり灼けていたが、二週間の強行軍でさすがにやつれた顔をしていた。その日はろくに話をするでもなく、彼女はベッドに倒れ込むようにして寝入ってしまった。

二日後、絹子はめずらしく早く、八時前に帰ってくると、由香里の病院に寄ってきたと言った。それだけ言うと、しばらくはインドネシアで見聞したという熱帯雨林の驚くべき惨状について熱っぽく喋っていたが、不意に、

「でも由香里もだらしがないわね。女だったらちゃんと一人で産めるはずよ」

という呟きが出た。昂一はその脈絡をはかりかねたが、たぶん、絹子のことだから、都市文明に毒された人間たちは自分の子供すら満足に産めなくなっている、とでも嘆きたいのだろうと考えていたら、どうやら彼女の言いたいことは違うようだった。

というのも、しばらく黙ったあと「だけど、あなたも常識外れね」と昂一を詰るように言ったからだ。

「どうして」

昂一は訊いた。

「由香里の身体をさすったり、分娩準備室では下の世話までしてあげたそうじゃない」

やはり、絹子は昂一が由香里の出産に立ち会ったことにこだわっているらしい。

「仕方ないだろう。ほかに誰もいなかったし、見て見ぬふりはできないじゃないか。ほんとはきみが世話するはずだったんだし」

「それにしたって、ちょっと度が過ぎてるんじゃないの。お医者さんだって助産婦さんだっているんだから」

「産気づいた人が何人も待機してて、一人一人にそんなに手が回るわけじゃないし、ほかの人はみんな旦那さんとか母親とか付き添ってるんだよ。彼女には誰も身寄りがいないんだから、ぼくが一緒にいてやるしかなかったんだ。大体、時と場合ってのがあるだろう。人の生命にかかわる場面なんだからさ」

「だけど、あなたの親切って、いつだって、そうやって何だかけじめがゆるいのよね」

昂一は絹子のからむような口振りが気に入らない。言葉を返さないでいると、

「とにかく由香里がだらしないわ。女には他人に見せちゃいけないものがたくさんあるんだから」

絹子は探るような目つきになって、リビングのソファに向かい合って座っている昂一の顔を覗（のぞ）き込んでくる。

「それを見せると、どうなるんだか知ってる」

「どうなるんだよ」

「他人じゃなくなるのよ、その相手は」

「変なこと言うなよ」

「だって、そうでしょう。じゃなきゃ、何もそんなことわたしにわざわざ由香里が報告することないじゃない。昴一さんにはほんとうにお世話になった、なんて言ってたけど、糸引くみたいな喋り方で妙に自信ありげな顔してたわよ」

「よせよ、出産なんてそんなものじゃないんだから」

「どうせ、わたしには分からないって言いたいんでしょ。きっと外づらだけは人一倍のあなたのことだから、由香里の本物の亭主みたいな顔して親身に世話でも焼いたんでしょうけど」

「やめろよ、そんな突っかかるような言い方。彼女はきみの親友じゃないか」

そこでようやく絹子もばつの悪そうな顔になった。

「あの子、昔から薄気味悪いところがあるのよ。もともと男なしではやっていけないタイプなんだから」

「そんなふうには見えないけどね」

「まあ、いいわ。あなた女オンチだから」

薄い笑みを浮かべて絹子が言い、昴一の方はこのあたりで黙ることにする。話の最中に急に黙り込むというすべを絹子と結婚してようやく身につけた。二年前に会社を辞めてからは、自分の希望はあくまでさりげなくおずおずと切り出す、という方法も学んだ。定職を持たなくなって初めて見えてきたものとて何もなかったが、たとえば、女性の前で下手(したて)に出ることの効用や、月日というものは予定がなければ眠っているように素早く過ぎていってしまう、といったことは数少ない発見だったと考えている。

しばらくたって、昂一はおずおずと言った。

「だけど、明後日、彼女退院だろう。きみが行ってあげないならぼくが行くけど」

「行くわよ。放っておくわけにもいかないでしょう」

「ぼくも行っていいかな」

「好きにしたら」

絹子はそう言って吐息をついてみせた。

実は昂一は今日も由香里のところへ出かけてきた。三十分ばかり、新生児室の窓越しに赤ん坊を眺め、由香里とも会って夕方帰ってきたのだ。由香里には、自分が毎日顔を出していることは絹子に内緒にしておいてくれるように頼んであった。

由香里もさすがに、昂一が出産そのものに立ち会ったことまでは明かさなかったようだ。なにも昂一が望んだわけではない。赤ん坊の心音が微弱になり、医者の方が「心配でしたら、御主人も中に入られますか」と言ってきたのだ。前の晩から一睡もしていなかった昂一は、ろくに考えもせずにその言葉に従い、分娩室の壁際に立って一部始終を見守る羽目となった。由香里の方も激痛でわけが分からなくなっていて、無事赤ん坊が産声を上げたときは、額の汗を拭いてやり「がんばったね」と声をかける昂一の手を握り締め、何度も「ありがとう、ありがとう」と繰り返した。

しかし、昂一に言わせると、あれは別に絹子が考えるほど神秘的なものなんかではなかったし、女の人が勝手に排便するのをそばで見るようなものだった。女の人の排便するところをこっそり見たからといって、その日から二人は他人でなくなるというものでもあるまい。遠いむかし、初めてまじまじと女性器を目のあたりにした時、昂一はまるで傷口みたいだと思ったものだ。女性というのは怪我人なのだと思った。怪我人だから優しくいたわってやらなければと感じた。そんな幼稚な感慨はすでに失われて久しいが、由香里の性器がさながらゴムタイヤのように黒ずみ拡張してゆくのを直視しながら、そのあまりの荒々しさに正直なところ辟易（へきえき）した。まさに半人半獣とはこのことだと思った。だいいち、いつか記録映画の中で見た馬の出産シーンとまるきり一緒だったのだ。

由香里にしても、昂一のことを意識などしていやしない。子供を産んで、彼女だってそれどころではないのだ。

だが、そうした現実は、ティーンエージの女の子たちに人気のあるアイドル歌手のグループを相手に、二週間も南の島でスポーツドリンクのＣＦを撮影してきた絹子にはきっと分からないだろう、と昂一は思った。

2

二年前、勤めていたある出版社を昂一が辞めたのは、もちろん会社に愛想を尽かしたからだが、しかし、その愛想尽かしの理由というのは、とても他人さまに言えるような大層なものではなかった。いまになって振り返ってみると、昴一自身でさえ、「なんとも軽率だったのではなかろうか」と思えてくるようなたぐいのものだ。

当時昴一の五年先輩に高木洋平という人がいて、とりたてて仕事ができるといったわけでもなかった昴一とは異なり、高木は、会社の将来を背負って立つだろうと誰もが認める有能な編集者だった。

その高木があることで、右派論壇の重鎮と目される大物評論家を銀座のクラブで殴り倒し、しかも顔面に相当の傷を負わせるという事件を引き起こしてしまった。

喧嘩――といっても一方的に高木がその老人を殴りつけたに過ぎない――の発端というのは実にささいな議論からだったらしい。昴一もその場に居合わせたわけではないので、実際どういう形の口争いだったのかはいまもって判然としないのだが、なんでも中国西北の甘粛省蘭州という地域でかつて行なわれていた知的障害者への断種政策をめぐってのことだったようだ。人口爆発とそれによる抑止できぬ貧困化への対策、さらには中国国民の知的水準の底上げのため中国政府は、IQ49以下の男性に対してパイプカット手術を義務づけ、その法令に違反して妻を妊娠させた場合、強制的に中絶手術を行なうという政策を採用した。

ヒトラーが半世紀前に五十万のドイツ国民に施した手術を甘粛で三万人に対して強制しようというわけだ。

で、その評論家先生は、むろんすっかり酔っていたからだが、「それもまた結構なことじゃないか」と宣ったらしい。たしかに手荒い手段であり、国家の狂気をはらむ政策ではあったが、現実にそうした人々が子孫を残していけば、同じ悲劇が再生産される構造は止まることはない。ならばどこかでその不幸に歯止めをかけることもまた共同体理性の発露ではあるまいか――と、まあ、その先生ならいかにも言いそうなことを言った。つけ加えておくと先生は大の中国嫌いで、一貫して日本政府の軟弱な対中外交を罵倒しつづけてきた人物だった。

だが、高木にはこのときの一言がどうしても許せなかったらしい。彼の方もしたたかに酔っていたのだ。

高木には重度の障害に苦しむ息子さんがいた。

翌朝からの会社の大騒ぎはすさまじかった。さっそく社長を交えた編集幹部の緊急会議が開かれ、とりあえず、高木と社長、編集局長うちそろって、救急車で先生が担ぎ込まれた病院へ謝罪に出向くこととし、同時に外部にこの事件が露顕せぬように万全の策を講ずることが確認された。いかなる理由があろうとも暴力に弁解の余地はないというわけだ。おまけに先生はその日、あるテレビ局の討論番組に司会役で出演する予定になっていたからタイミングも最悪だった。

その時点では、会社としても何とか穏便に事を処理し、高木の処分についてもそれほど厳重なものにするつもりはなかったようだ。ところが、当の高木が陳謝することを峻拒したものだから、話はややこしくなる。先生は激怒し、即刻傷害罪で告訴すると息巻いて高木の免職を要求、高木は高木で一歩も譲らず、とうとう彼は辞職の淵に追いやられてしまったのである。

ところで、昴一は別に高木と社内で昵懇にしていたというわけではなかった。同じ編集部で席を共にしたこともなかったし、従って一緒に仕事をした経験もなかった。

ただ、彼と高木とはその一年半ほど前から会社の外で小さな繋がりを持っていた。重度の障害を抱える彼の一人息子の丈太郎君とも昴一は何度か会ったことがあったし、高木の妻の美樹さんとも面識があった。高木は息子の障害のことは周囲にはほとんど語っていなかったから、事件が起きた当座は、彼がふるった突然の暴力の原因をきっと誰もが計りかねたものと思う。翌朝、高木が社の幹部の審問に答える形で丈太郎君のことを明かして、ようやく、その怒りの背景となった高木家の事情が次第に知れ渡ることになった。だが、昴一を含むごく一部の人間だけは、事件の概要を耳にした瞬間に、賛否はともかくも高木の行動の意味を充分に理解することができた。

そして、昴一が高木退職のあとすぐに会社を辞めたのは、この事件が直接の原因だった。むろん辞めた高木に相談したわけでもないし、会社に説明した退職事由でそれに触れたわけでもない。

昴一は事件を知ったとき、高木のとった一切の行動に誤りはないと考えた。高木ならずとも自分の子供のことを断種すべきだと面と向かって言われた親は、誰だって言った相手を殴り倒すに決まっている。それができなくては親の甲斐がないというものだ。謝罪すべきは先生の側だったし、顔に多少の傷が残るくらいですんだことを彼は高木に感謝すべきだった。昂一はおよそ喧嘩などしたことがなかったが、それでももし自分が高木だったら、相手の肋骨（ろっこつ）の一本、腕の骨の一本へし折らないでは気がおさまらなかったろうと本気で思った。

高木とは退職後一度も会っていないが、彼は今では得意だった英語と文才を活かして、売れっ子の翻訳家として活躍している。

彼のような取り柄のない昂一は、以来、これといった定職もなく、いわば絹子のヒモのような身分でこの二年間を生活してきている。ときどき、知り合いの紹介で小さな雑誌に情報記事を書いたり、たまには旅行雑誌に紀行文を書いたりしているが、それも年に数度のことで収入の道というにはあまりにお粗末過ぎるものだ。幸い、六年前に結婚した絹子の方は仕事も順調で、結婚当初勤めていた中堅の広告代理店から業界最大手の代理店に転職し、かなりの年収を約束されていた。いまのところはふたり、それほど不自由のない生活を送ってはいる。

勤めを辞めたことを絹子に伝えたのは、実際に出社しなくなった当日のことだった。通例に従い、一ヵ月前に辞職願いを提出し、異動時期の三月三十一日付けで退職の運びとなったのだが、絹子には事後承諾ということにした。彼女は仕事というものに対して、すでに確固とした姿勢を持っていたし、一方、昂一は昂一で、会社を辞める程度のことで女房に相談する気にはならなかった。

ところが、絹子が仕事から帰った四月一日の夜、そのことを切り出すと、はなから絹子は信じなかった。気づいてみれば、四月一日というのはまったくもって紛(まぎ)らわしい日だったのだ。

なかなか取り合ってくれない絹子にどうにか本当だと納得させるため、昂一は高木の一件を持ち出した。もちろん、顚末(てんまつ)はしばらく前にひと通り話してはあったが「それで厭になってね」と昂一が言うと、絹子は茫然とした表情を作り「なに考えてるの、あなた」と言った。そう言われてしまうと、なるほど返す言葉が見つからなかった。

3

由香里が退院したのは、七月に入ったばかりのひどく蒸し暑い日のことだ。

昂一は絹子と共に午前十時に病院を訪れ、由香里母子と荷物を車に乗せ、吉祥寺の彼女のマンションまで送りとどけた。

部屋にはベビーベッドや体重計、紙おむつに粉ミルクといった育児用品が整えられ、さっそく眠っている赤ん坊をベッドに寝かせて、三人で絹子が淹(い)れた紅茶を飲んだ。

そのマンションは吉祥寺の駅からも近く、十二畳ほどのリビングダイニング、四畳ほどのキッチンのほかに、由香里と赤ん坊のベッドを置いた寝室と六畳の和室があって、母子二人でこれから生活していくにはとりあえず充分だった。家賃は月、十八万円だという。

この二、三ヵ月、日曜日ごとに由香里のお供でいろいろな買い物につきあってきた絹子は、帰ってくるたびに由香里の意外な金回りの良さに不思議そうな顔をしていた。

「どうして、あの子あんなにお金持っているんだろう。相手の男からはナシのつぶてで、子供が生まれることも知らせてないって言ってるし、頼れる身内なんて一人もいないのよ。なのに、買い物に行くたびに、三万、五万と平気で使っちゃうし、新しく引っ越したマンションだってずいぶん立派なんだから。あの代々木八幡(よよぎはちまん)のアパートから、なんであんないい所に越すお金があったのかしら……」

由香里と絹子は札幌の高校時代からの友人で、絹子が二年先輩にあたる。絹子は道庁に勤める父親を持つ、ごく普通の家庭の長女だったが、由香里の方は複雑な家庭環境で育った。両親と姉を小学生の時に交通事故で一度に亡くし、以来、旭川の叔父の家から学校に通っていたが、その叔父の家族との折合いが悪く、高校の時に彼女は単身札幌に出てきたのだという。賄い付きのアパートを自分で見つけ、そこから進学校だった絹子の高校に入ってきた。が、絹子が東京の女子大に進んだのに対し、由香里は経済的困難から結局は進学をあきらめて就職のために上京した。

二人が親密になったのはもっぱら由香里が東京に出てきてからのことらしい。あまり詳しい話は昴一も知らないが、一時期は大学に通う絹子と勤めに出る由香里が同じ部屋を借りて一緒に暮らしていたこともあると聞いていた。

「別れた男から、たんまり手切れ金でもせしめたんだろう」

昂一が適当に言うと、

「とんでもないわよ。お金を貢(みつ)ぐことはあっても、あの子が男からふんだくるなんて、あるわけないいじゃない」

絹子は確信に満ちた表情で言ったものだ。

「二十五万もするエアコン、由香里ったら即金で買ったのよ！」

と絹子がこのあいだ言っていた、精緻な空気清浄機能の備わったクーラーが、ほどよい冷気を昂一たちの肩先にそよがせるなか、三人とも妙に黙りこくったまま温かい紅茶をすすっていた。きつい夏の陽射(ひざ)しもすっかりなごみ、まるで羽毛のようなやさしさで窓と向き合う由香里を包んでいる。昼下がりの静けさに、隣の寝室で眠っている赤ん坊の柔らかな寝息が聞こえてきそうな気がした。

昂一はいま自分の前に並んで座っている二人の女を見比べていた。

由香里はもともとの丸顔がなおいっそう丸みをまして、身ふたつになったとはいえ全体がいまだふっくらとふくらんでいた。車の中でも子供を抱きつづけていたからだろう、乳くさい汗の匂いがほんのりと昂一の方にまで漂い寄せ、なんだかミルク色の薄いベールにすっぽり覆われているかのようにさえ見える。

それに比べ、隣の絹子はひどくギスギスして見えた。ティーカップを口もとに運ぶ動作も、せわしなく落ち着きなく見える。くっきりとした目鼻立ちといい、意志的な眉や顎(あご)の線といい絹子は相当に美人の部類に入ると思っているが、どういうわけか、今日の彼女は瑞々(みずみず)しさを欠いた機械じみた印象を昴一に与えた。

実際は、夫もなく私生児を産み、生活の心配も尽きることのない由香里の方がはるかに深刻な事情を抱えているはずなのに、こうやって二人を並べてみると、絹子の方がよっぽど切羽詰まって見える。

「由香里はもっぱら男と戦ってきたと思う、といっても連戦連敗だけど。わたしは仕事と戦ってきたのかなあ。だけどね、高校のころは正反対の感じだったのよ。わたしの方がずっと内気で、由香里の方がずっとずっとたくましかった。それが、いつのまにかこんな風になっちゃったのよね」

絹子がむかし語った言葉を昴一は思い出していた。

「ところで、名前はどうするの」

不意に絹子が言って、昴一は視線を由香里の方に集めた。

「それなんだけど、真悟くんにしようと思うの」

あいかわらず間延びしたような、甘ったるい声で由香里が言う。

「しんご、どんな字?」

絹子の口調はまるで咎(とが)め立てするようだ。

「あの子の父親の名前の上に、真実の真をつけるの、駄目かなあ」

掌（てのひら）に文字を書くしぐさをして、絹子は、

「よしなさいよ、そんなの」

と言った。

「たねもとしんご、音の響きはいいでしょう」

「うーん。でもなんか売れないタレントみたいな感じしない」

「でも、いいの。もう決めたから。あの子が彼の子供であることは事実なんだし、そのこともちゃんと受け入れてわたしは育てたいから」

「あなた、どう思う」

絹子が昂一の顔を見た。

「昂一さん、どう思います」

と、由香里も言う。

昂一も頭の中に文字を思い浮かべる。赤ん坊の父親が「悟」という名だとは聞いていた。種本真悟――悪くない名前だと思った。

「ぼくはいいと思うけど。繁村（しげむら）昂一と同じくらいにいい名前だよ」

絹子が持ち上げていたカップをソーサーに音立てて戻し、吹き出すようなわざとらしい所作を演じて、横の由香里に向かって言った。

「よく言うわね。わたしなんかこの人の名刺はじめて見たとき、なんてむさくるしい名前なんだろうって思ったのよ。まさか自分の名前がそれに変わるなんて考えてもみなか

ったもの」

昴一と絹子は、広告部にいた昴一の同期が仕事相手の絹子に声をかけて開いた会社同士の飲み会で知り合った。

「むさくるしい名前」などと言っているが、実際は、その飲み会で名刺交換した直後から絹子の方が積極的にアプローチしてきたのだ。会の翌朝、絹子はさっそくあるコンサートのチケットを持って昴一を会社に訪ねてきた。突然の訪問に昴一が目を丸くしていると、

「昨日、このコンサートのチケットが手に入らないって繁村さんが話しているのを小耳にはさんで、もしよかったらと思って」

と絹子は言った。たしかに昨夜隣に座った同僚の女の子にそんな話をしたおぼえはあったが、遠い席にいた絹子がなぜ「小耳にはさ」めたのか昴一は不思議な気がした。

絹子は美人だったし、よく気のつく幹事役ぶりは悪い印象ではなかったが、昴一にすれば歳上の彼女は対象外で、十数人のその会でもろくに口をききもしなかったのだ。

やがて絹子の並外れた聴力を知り、飲み会の席でずっと昴一の声に耳を凝らしていたことも分かって謎は解けたが、まずはそんな絹子の強引さによって二人の関係は始まったのである。

昴一に言わせれば、「まさか名前がそれに変わるなんて考えてもみなかった」のは彼女ではなく自分の方だった。しかも、どうせ仕事関係ではいまでも旧姓の風間を使って

いるのだから問題ないじゃないか、と内心思いながら話題を変えた。

「ところで、由香里さん、お祝いは何がいいのかな」

由香里はちょっと遠くを見るような目つきになって言った。

「自分のものが欲しいなあ、わたし。赤ちゃんのものはだいたい買いそろえてあるし、あんなに大変な思いして産んだのに誰もご褒美くれないいんじゃ、さみしいでしょう。ねえ絹ちゃん、なんかお願いね」

「そんな自分本位で、この人、ほんとに子供ひとりちゃんと育てていけるのかしら、わたし心配になるよ」

由香里は、呆れてみせる絹子には頓着せず、

「そうねえ、当分はお仕事しないで、子育て専念の生活だし、彩りが欲しいな。コスタボダのペアのワイングラスなんていいなあ」

と、暢気に言う。

「なに考えてんのよ、あんたは」

「そのコスタなんとかって何？」

昂一が口をはさむと、絹子は昂一の方を再び見て、

「とっても高いの」

まるで抑えつけるような物言いをした。最近の絹子は、ことお金のからむ話となると、決まってこういったこれみよがしの態度になる。

二時から会議だという絹子にあわせて、十二時には二人で由香里のマンションを後にした。

「昨日、食料品は五日分くらい冷蔵庫に入れておいたから、出歩いたりしないでちゃんと寝てるんだよ。いま動いたらあとあと身体にさわるんだからね。何かあったらすぐ電話ちょうだい。わたしがいなくても彼がいるから。できるだけ毎日顔を出すようにするけど、くれぐれも無理しちゃ駄目だからね」

なんだかんだ言いながら、それでも絹子は帰る間際まで由香里の心配ばかりしている。いったん玄関を出てからも、エレベーターホールのところで、言い忘れたことがあったと小走りで由香里の部屋に取って返したりした。

車の中では「あいつ本当に生活費どうしてるんだろう」と、またそのことを気にしていた。

4

由香里が退院してから二週間が過ぎた。

絹子は雛(ひな)をかかえた親鳥がせっせと巣に餌を運ぶように、吉祥寺と会社と国分寺とのあいだを往き来していた。退院して五日目には由香里が熱を出し、そのときは向こうの部屋に泊まり込んだりもした。

昴一の方は、時々付き合っている小さな情報誌の編集長が持ってきてくれた百科事典の原稿のリライト仕事で急に忙しくなってしまい、由香里とその子供のことはいつともなく放念するようなぐあいになった。

昴一の分担はアメリカ関連の項目で、たとえば南北アメリカの生物相だとか、アメリカ先住民の音楽と舞踏だとか、合衆国の州政府の機能だとか、公民権運動とベトナム戦争だとか、連邦準備制度理事会やナスダック市場だとか、そういったことについて、学者が堅い文体で律儀に書き込んできたものを適当にほぐし、短く読みやすい文章に改めるというのが役目だった。全部で百個ほどの項目があり、一つ一つを原稿用紙二、三枚にまとめるのだが、これがやってみると予想外に煩瑣な作業だった。結局、杉並の大きな図書館に終日籠もって調べものをしたり、他の百科事典の記述法を盗んだりで、二週間近くをすっかり潰すことになってしまった。しかし、まあ、リライト一本につき六千円のギャラはそれでも破格と言えたから、昴一は比較的丹念に一本一本を仕上げていった。

退院の日からちょうど半月。駅前の喫茶店で担当の編集者に原稿を渡して部屋に帰ってみると、ドアのところに由香里が真悟を抱いて立っていた。

「どうしたの、もう出歩いてもいいの」

朝から暑くなっていたから、由香里は額に汗を滲ませている。彼女は白いゆったりとしたワンピースに白いつば広の帽子をかぶり、白いスニーカーをはいて、大きな白いバッグを肩から提げ、象牙のイヤリングとお揃いのネックレスをつけていた。昂一はすぐにドアの鍵を開け、由香里たちを畳の部屋に招き入れると、一人の時は滅多に使わないクーラーを一杯に強くしてかけた。

「絹子、今日は遅いって言ってたけどなあ」

冷蔵庫から麦茶の入ったボトルを出し、グラスに注ぎながら昂一が言うと、

「ずーっと家にばかりいると、退屈で息苦しくなっちゃいそうだから、思い切って外に出てみたんだけど、よく考えたら赤ちゃん連れて行けるところってあんまりないのよね。まさか泳ぎにも行けないし、デパートや喫茶店に入るのも、こんな小さい子じゃあ心配だし、といって公園をずっと歩いてみても、なんだか、この暑さだと二人ともへたばっちゃいそうでしょう。仕方ないから電車に乗って来ちゃった。絹ちゃんに見つかったら大目玉なのにね」

ちゃぶ台の脇に腰を下ろしていた由香里は、そう言って頬をゆるめ、昂一からグラスを受けとると一息に麦茶を飲み干してみせた。

「真悟の分はいらない？」

由香里の膝(ひざ)の上で目をあけている赤ん坊を立ったまま覗き込みながら、昂一は言った。

「いいの、電車の中で湯ざまし飲ませてきたから。この子、冷たいものはまだ無理なんだよ。それに、いまおなかの具合がちょっと悪いのよ」

「じゃあ、布団でもしこうか」

「いい、いい。こうやってればすぐ眠るから」

「だったら、眠ってからぼくたちの寝室に連れていこう」

「それより、悪いんだけど、麦茶もう一杯いただけないかしら」

「ごめん、ごめん、気がつかないで。何だったら冷たいコーヒーもあるけど」

「ああ嬉しい、それにする」

「なにか食べてきたの」

「朝、食べただけかな」

「じゃあ、もう昼どきだし、なんか作ろうか。冷し中華くらいならすぐだけど」

由香里にコーヒーを出すと、昂一は急いでインスタントの麺を茹で、ハムや胡瓜やトマト、それに錦糸卵をあしらい、買いおきのタレに練りゴマを加えたものをかけて簡単な冷し中華を作った。真悟はできあがるころには眠り、そのまま和室の座布団の上に寝せてタオルケットをかけてやった。ちょうど座布団一枚にすっぽりおさまる小ささに昂一が感心すると、

「ホント、生きてる人形よね」

と由香里が言った。

ちゃぶ台に向かい合って座り、箸をとる。一口食べて「わあー、美味しい」と由香里は声を上げ、「やっぱり、食べるときは誰かと一緒の方がいいなあ」と昂一の方を見てニッコリした。

「そういうけど、うちだって最近は一緒に食べることなんて少ないよ。お昼をこうして誰かと食べるなんてぼくも何ヵ月ぶりかだよ」

「へぇー、そうなんだ」

由香里が意外そうな顔をする。

「そうだよ。どこの家だって家族そろってご飯食べるのは土日くらいなんじゃないの。旦那さんは同僚や取引先と食べたりするだろうけど、奥さんは昼飯は独りだし、夜だって子供がいなかったら結構独りの時が多いんじゃないかな。ぼくもこんな生活を始めてみて、きっと主婦ってさみしいんだろうなって実感したよ。出会い系サイトやったり不倫やったりする人も、だからたくさんいるんだよ」

「なるほどねー」

いかにも感じ入った様子で由香里が頷く。

「といって、旦那の方だって、仕事がらみでご飯食べてもちっともうまくないんだよね。考えてみたら、案外みんな、ほんとうに楽しい食事なんて人生の中でほんのわずかしかなくて死んじゃうんじゃないの。食べるってのは本能だから、本来娯楽性に乏しいのかもしれないけどね」

「でも、食べることって、わたしはすごく大切なことだと思うよ。本能とかだけじゃなくてさ」

由香里が箸を止めて、しみじみと言う。

「ぼくも、会社辞めてからそう思うようになったよ。仕事なんて食べるためにやってるんだよね。それが、会社なんか入るといつのまにか、仕事するために食べるみたいな感覚になっちゃうんだよ。手段と目的が逆転するっていうか。いま考えればすごく変な話だと思うけど」

由香里がまた深く頷く。こうして自分の言ったことをいちいちありがたがってくれると悪い気はしない。

「じゃあ、これから時々、こんな風にお昼ご飯を一緒に食べることにしましょうか。今度はわたしのところに来るといいわ、なにか御馳走してあげるから」

「それもいいかもしれないね」

ちょうど時計の針が十二時を指したので、昴一はテレビをつけた。

それからは、二人でニュースを見ながら冷し中華を食べ終えた。皿を片づけたあと、昴一はいつもの癖で煙草に火をつけたが、真悟のことを思い出し、急いで灰皿にすりつぶした。すると、由香里は「どうぞ、吸ってちょうだい」と自分も昴一の煙草から一本抜く。しかし一口吸っただけで、顔をしかめて揉み消してしまった。

「あんなに好きだった煙草がぜんぜん美味しくないのよ」

と言う。

「すごくいいことだよ」

昴一は言った。

「そうね、真悟の最初の親孝行かもね」

由香里は座布団の上で眠っている真悟に目を落とし、いかにもいとおしそうな表情になった。

5

その夜、絹子は十時頃に帰ってきた。

「汗びっしょり」と玄関先で悲鳴を上げ、すぐシャワーを浴びに浴室に入っていったが、おみやげにメロンを一個買ってきていた。昂一は急いで二つに割り、一つは冷蔵庫にしまい、もう一つは種を抜いてさらに半分に割って冷凍庫に入れた。十五分ほどで絹子はパジャマに着替えて浴室から戻ってきた。昂一は冷凍庫からメロンを出し、皿に載せて、絹子の分には少しブランデーを垂らしてダイニングのテーブルに用意してやった。髪を拭きながら絹子は椅子にかけると、「ありがとう」と言ってスプーンでメロンをすくった。

「晩ご飯は食べたの？　お刺身なら、きみの分まだ残っているけど。今日、ヨーカドーで安かったんだ」

昂一も向き合って座り、メロンを食べながら訊ねる。

「いい、すませてきたから」

「なに食べたの」

「お寿司」

「どこで食べたの」

「『次郎』。クライアントの接待だったのよ」

「そう、おいしかった」

「ええ」

「だったら、残してある刺身でぼくビール飲んでいいかな。どうせ明日になったら悪くなっちゃうし」

「どうぞ」

昂一は自分の食べ終えたメロンの皿をキッチンに持っていくと、冷蔵庫から刺身とビールを一本出してきた。グラスは絹子の前にも念のため置いた。

「一口飲む？」

「じゃ、一杯だけ貰おうかな」

絹子は食べかけのスプーンを皿に戻して、グラスを手にとった。

「今日、暑かったね」

乾杯して昂一は一息で飲み干し、刺身をつまんだ。絹子はビールに半分ぐらい口をつけたあと、じっと昂一が食べるのを見ていた。

「どうしたの」

視線を感じて顔を上げる。

「ううん」

ぼんやりとした笑みを絹子は浮かべた。

共働きのときは気づかなかったが、こうして絹子の帰宅を迎えるようになると、彼女の表情に滲む険しさが時間を追ってだんだんに消えていくさまを、日々、目にすることになった。いまも、絹子の顔つきは帰ってきた直後と違ってずいぶん柔らかなものに変わっていた。それはいつも絹子に対する昂一の気持ちを優しくさせ、同時に、妻に余計な負担を強いている自分への幾分の後ろめたさを感じさせもした。

ビールが空になり、皿の刺身があらかた片づいたところで、ずっと黙っていた絹子がふと何かを思い出したような口調で言った。

「ねえ、あなたも時々、街に出てみたら」

軽い酔い心地を味わっていた昂一は思わず絹子の顔を見つめる。

「街に出るって？」

「たまには外の空気を吸ってみたらどうかな。いつもこの近所をうろうろするばかりじゃなくって」

「都心に出るってこと」

昂一は、絹子の言い方にひっかかるものを感じた。絹子の方もそんな昂一の気配に若干身構える素振りになった。

何を言いたいのかは分かりすぎるほどだったが、昂一はそう返した。ついさきほどま
「きみの言ってることがよく分からないよ」

とまるで念を押すように言う。

「そういう意味じゃなくて、たまには旅行したり、誰か友だちと食事してもいいじゃない。わたしのことなんか気にしなくていいから。毎日この辺ぶらぶらしてるだけじゃつまらないでしょう」

言うと、絹子は薄い笑みを浮かべて、

「自由って、だったら、ぼくはいまだって充分に自由だよ」

「だから、あなたにもっと自由にしてほしい、それだけよ」

「じゃあ、どういうつもりなの」

「お願い、そんな言い方しないで。わたし、なにも皮肉やいじわる言ってるわけじゃないんだから」

昂一は箸につまんだまぐろの赤身の最後の一切れを見つめながらそう言った。

「人ごみに紛れ、ビルを見上げ、馬鹿高い寿司を食うってこと」

絹子はそこで、浅いため息をついた。

「だから、たまには都会の空気を吸うだけでもいいじゃない」

「都心に出て、どうするの」

「ま、そういうことかな」

での彼女への和んだ気持ちが薄れかけていた。

「わたしはただあなたが退屈してるんじゃないかと思ってるだけ。わたしに気兼ねして、やりたいことを我慢してるんだったら、そんな必要はないって言いたいだけ」

「ぼくは退屈なんてしてないし、きみに気兼ねもしてやしないよ」

「だったら、別にもういい」

「いや、よくないよ」

昂一は赤身を箸ごと皿に戻すと、絹子を正面から見据えた。

「きみこそ、そういう言い方をするってことは、ぼくに気兼ねしてるってことじゃないの」

絹子もこの昂一の台詞に表情を変えた。

「気兼ねするって、わたしが何をあなたに気兼ねしなきゃいけないの」

「そうじゃないの。急に妙なこと言い出して。要するに自分がもっと自由にしたいってことだろう。こうやって毎日ぼくが家にいてきみを出迎えたりするのが気詰まりだって言いたいんだろう」

「なに言ってるのよ。そんなこと一言も言ってないじゃない」

気色ばんだ絹子を見て、昂一はちょっと後悔した。仕事で疲れている人間に食ってかかるのはたしかに褒められた話ではない。

「ごめん、言いすぎたよ」

謝ると、絹子は何かを堪(こら)えるように口許を引き締め、しばらく黙り込んでしまった。

気まずさに昂一が食器の片づけでもしようと腰を浮かせたとき、再び絹子が口を開いた。

「どうして、いつもわたしが何か言うと、あなたはそんなふうにばかり言うの。わたしはただ、なんにもしないような自由じゃなくて、もっと本当の自由があって、もしあなたがわたしに遠慮していないんなら気にしなくていいからって言いたいだけなのよ」

昂一は座り直して、こんどは静かな心地で絹子の顔を見つめた。

「なんだか、最近のあなたはどんどん卑屈になっているような気がして、少しかなしいの。昔の伸び伸びしたあなたじゃなくなってきてるような気がするの」

切なそうな絹子の表情に、昂一はちゃんと話さなくては、という気になった。

「そんなことはないよ」

きっちりとした口調で言う。絹子は小首をかしげている。

「ほんとだよ。ぼくはきみに遠慮なんてしてないし、いまのこの暮らしに満足してるんだ。それにそんなに自由を求めてるわけでもないしね」

「だけど、せっかく会社を辞めて自由になったのに、何もしないでいるのはもったいないじゃない」

「そうでもないよ。別に自由になりたくて会社を辞めたわけじゃない。あの会社で仕事をするのが厭になったから辞めただけなんだし」

「それにしても、もう二年よ。そろそろ何か始めてもいい頃だとわたしは思うの」

そう言って絹子はグラスを持ち上げ、残りのビールを飲み干した。

「何かを始めるって」

「それは、あなたが決めることだけど」

「でも、何のために」

ここで絹子はまたため息をついてしまった。

「何のためにって、あなたのためにじゃないの」

「まだ、たった二年だよ。ぼくにはあっという間だったし、とりあえずの生活はいままでも何とかなっているじゃない。ぼくはそれでいい」

「そうかなあ」

「そうだよ。きみはさっき本当の自由があるって言ったけど、本当の自由なんてその人の気持ちの持ちようの問題だと思うよ。あちこち出歩いたり、あれこれ思いついたことをやったりすることが自由なわけじゃないし、なんにもしない自由だってその人が満足してればきっと本当の自由なんだよ」

絹子は不可解そうな瞳で昂一を見ているが、何も言い返しはしなかった。

「不安なのはきみの方なんだろう。ぼくがこの先もずっとこんな宙ぶらりんな状態だったらどうしようって思ってるんだろう」

昂一は内心で「もう二年よ」と言った絹子の気持ちを真剣に受け止めていた。これまでも、昂一の先行きについてそれとなく訊ねてきたことはあったが、今夜のようにはっきりと口にしたのは初めてのことだ。

「ぼくだっていつまでもこんな風でいられるとは思っていないよ。きっかけがあれば、もう一度働くこともちゃんと考えている」

「きっかけって」

「だから、たとえば、きみがすっかり疲れて働きたくないと思ったり、会社で厭なことがあって辞めたいと思ったりしたら、いつだってぼくが代わりに勤めに出るよ。これまで休ませてもらったんだから、今度はきみがゆっくりする番だからね。きみが何かいまの仕事とは違うことがやりたくなって収入がなくなるっていうなら、その時だってぼくが働く番だと思ってる」

「だけど……」

絹子は絶句したような声を洩らした。

その半ば呆れたような顔を眺め、きっと絹子にはこういう自分の考え方がそのまま卑屈さにつながっているように思えるのだろう、と昂一は考えた。

だが、それは決してそうではないのだ、と彼は言いたかった。自分は卑屈ではなかったし、絹子が外の世界で知らず知らずに卑屈なことをしている以上には決して自分は卑屈ではなかったし、つまらない仕事や人間関係で卑屈な思いを味わっていた時よりもずっと伸び伸びとこの二年間を過ごすことができた、と昂一は感じていた。たとえこんな小さな何もない街を毎日うろうろしていたとしても、それは間違いなくそうだった。

「わたしは不安なんかじゃないわ。ただ、なんとなくあなたのことが心配なだけ」

最後に、ぽつりと絹子が言った。

この数日リライトの追い込みで寝不足がつづいていたし、昂一は早々に寝室に入った。寝転がって本を読んでいると、台所から水仕事をしている音が聞こえてきた。きっと絹子が何か作っているのだろう。週に一度か二度、絹子は台所に立つ。ポトフだとかミートローフだとか、作り置きのきくものが多いが、もっぱら昂一の昼食や夕食になる。絹子はなかなか料理上手だった。

しばらくして寝室の戸が開いた。

「ねえ、今日誰か来た？」

絹子が昂一の背中に声をかける。

「どうして」

「原稿今日渡すってあなた言ってたから、担当の人でも来たのかと思って」

「いや、原稿は『アドニス』で渡したから、誰も来てないよ」

昂一が何気なく返事すると、急に絹子の言葉つきが尖った。

「じゃあ、この口紅のついた煙草は何なの」

昂一が振り返ると絹子が灰皿と燃えさしを持って立っていた。

「ああ、そういえば、昼頃に由香里さんが真悟と一緒に訪ねてきたんだよ。ここで昼めし食って帰っていったよ」

昂一は、吸い殻を始末しなかったことを胸中で後悔しながら、さりげない口調を作って答える。

「どういうことよ。夕方電話入れたけど、彼女そんなことひとつも言ってなかったわよ」

昂一は起き上がり、ベッドに座って、眉間に皺を寄せた絹子を見た。

「だろうね。勝手に出歩いたのがきみに見つかったら怒られるって、ぼくも口止めされたんだから」

「あなたたち、二人で口裏合わせて一体何をやってるのよ」

「何やってるって、一緒にぼくの作った冷し中華食べたんだよ」

「あんまり馬鹿にしないでよ。ひとが一生懸命めんどうみてあげてるっていうのに、そうやってこそこそ隠しごとしたりして、冗談じゃないわよ」

興奮すると絹子の声は裏返る。ふだんは勝気だが、冷静さを失うと弱気な部分が露呈するのだ。昂一はむしろ逆の性格だった。日頃はどちらかといえばおっとり型だが、何か気分が高まると強気と沈着さが際立ってきて、計算がきくようになる。

弱ったたな、と感じながら声音を抑えて、

「だけど、きみに叱られるって彼女が言うから黙ってただけだよ。べつに隠そうと思ってたわけじゃないし、そんなに怒らなくてもいいじゃないか」

と言った。

「ふざけないでよ。あなたどっちの味方なのよ」

「だから、そんなに興奮するような話じゃないだろう。もしきみが気分を害したんだったら謝るよ。申し訳なかった」

しかし、絹子はおさまらない表情のままだった。

「何よ、それ。そうやって何かあるとすぐ謝って。人のこと軽く見て」

「そうじゃないって」

昂一がベッドから降り、絹子に近づこうとしたときだった。

「馬鹿にしないでよ！」

絹子は灰皿を床に叩きつけた。

さすがに昂一も、この態度には唖然とした。転がった灰皿を見おろしていると、その間に絹子は昂一の脇をすり抜けるようにしてベッドの傍らに行き、タオルケットと自分の枕を抱え、そのまま部屋を出て行こうとした。昂一が背後に寄って引き止めるように肩を摑むと、

「さわらないで！」

絹子はその手を振り払い、寝室を飛び出していった。すぐに居間のドアが閉まる大きな音が聞こえた。

昂一はひとつ息をついて、ベッドの端に投げ出された読みさしの本を拾う。

絹子は、またいつものように居間に閉じ籠もり、ソファで眠るのだろう。

6

　翌朝、目を覚ましてみると時計は九時を回っていた。カーテンを引くと、強烈な陽光が差し込んできて、眩しさに思わず目をつぶってしまう。今日も暑い一日になりそうだ。寝室を出て洗面所に入った。家の中はしんと静かだった。絹子はもう会社に行ったのだろう。

　毎朝、絹子は八時半には出ていく。会社を辞めてしばらくのあいだは、昂一も一緒に起きて玄関で見送っていたが、二人とも以前から朝食は抜く習慣だったこともあって、いつのまにか絹子が一人で出ていくようになってしまった。夜は反対で、勤めのある絹子が大体は先に寝てしまう。昂一はそのあとも書斎で本を読んだりリビングでテレビを観たりして、寝つくのは午前三時くらいだ。そうした暮らしがこの二年つづいてきた。

　これが普通の夫婦だったら、妻がこんなふうに夜更かしや朝寝をつづけるわけにはいかないのだろうな、とたまに昂一は思う。そういう点では、男なのだからと自分は甘えていると言えなくもない。が、だからといって毎朝、夫の自分が早起きして絹子を送り出してみても、絹子が喜ぶとは思えない。掃除にしろ洗濯にしろ、いわば専業主夫ともいうべき昂一がこなすのが当然なのだが、これも絹子はまるごと任せようとは決してしなかった。一度、彼女の下着を洗っておいたら、「どうしてそんな情けないことするの」と真顔で叱られたこともあった。子供でもいれば、育児という大きな役割が割り振られるのだろうが、しかし、それにしたって男の昂一が産めるわけではないし、いざ産まれてみれば母親が育児一切を父親に委ねるはずもなかろう。

そう考えていくと、結局のところ夫婦にしろ家庭にしろ、男のポジションというのはひどく曖昧で従属的なものだと昂一は思う。男はもともと家庭にはおさまれないようになっているのではないか。そうでなければ半々とはいわずとも、二割や三割は自分たちのような夫婦がこの世間にいても不思議でないはずだ。

よく妻たちが口にする、家庭を顧みないだの、外で好きなことばかりしてだの、といった夫への不満も、実際にこうした逆転を体験してみて、それ以前よりもむしろ胡散臭いと昂一は感じるようになった。家庭に男が居つかないのは、そこが本来の居場所だとは当の女性たちでさえ考えていないからではないか。

そういえば、昨夜も絹子は「なんとなくあなたのことが心配なだけ」などと言っていた。これがもし絹子が会社を辞めていたのならどうだったろう。ずっと家にいる絹子に対して昂一が「なんとなく心配」な気持ちになるとはとても思えない。

そんなことをぼんやり考えながら歯を磨き、顔を洗って、ようやく昂一の意識ははっきりした。寝室で着替え、居間の扉を開けた。

すると絹子がいた。

ソファに座って絹子は新聞を読んでいた。顔を上げ、昂一と目が合うと「おはよう」

と言った。

「あれ、会社どうしたの」

「今日は休んだの。どうせ午後会議が一本入ってただけだから、久保ちゃんに頼んで外してもらったわ」

絹子は機嫌よさそうな声で言う。

「それより朝ごはん食べる」

「うん」

「じゃあ、支度するから待ってて」

新聞をたたむと昂一に渡し、自分は台所へと立った。

一緒に朝食をとり、絹子の提案で午後から近くのプールに泳ぎに行くことにした。夏休みに入る前の平日ということもあって、プールはそんなに混んではいなかった。絹子は背中の大きくあいた紫と赤の競泳用のスイムスーツをつけ、赤いキャップに長い髪をまとめ込み、プールサイドで柔軟体操をしていた昂一のところへやってきた。

昂一よりひとつ歳上の絹子は今年で三十二になるが、子供がいないこともあって、身体の線はくずれていない。化粧を落とし、髪をたたんでしまうとどこか少年のような面差しだが、それが大きな胸とよく張った尻とアンバランスで、結婚した当初はしばらくこの身体に夢中になったものだ。バリ島で灼けた色もすっかり抜け、すらりとした両足は青白いくらいだった。粒子の細かい粘土のような肌にきつい水着が食い込んでいる。

絹子は運動はからきし駄目なタイプだった。泳ぎも苦手で二十五メートルがせいぜいのところだ。昂一の方は中学、高校とずっと水泳をやっていたから、いまでも距離だけはいくらでも出せる。高校時代はブレストで県大会三位程度の記録は持っていた。二十歳過ぎまでは、多少腕を開いて立っても、発達した広背筋のせいで隙間が見えないくらいの体型をしていたが、いまではさすがに筋肉も落ちてしまっている。それでも胸の方はなんとか原形をとどめてはいた。

絹子の背中に回って腕のつけ根の関節と首を少しマッサージしてやってから、昂一は手前のコースロープを張った方に入水した。絹子も隣の二コースに並んで下りてくる。泳ぐのは今年になって初めてだったが、水に浸かると甦ってくる感覚がある。自然と身体が前に傾き、いつの間にか水に分け入っていく。そうやってフリーで二百を一気に泳いだ。次第に自分の上体がうまくキレて、腹横筋と背筋がリズミカルに捩じれていくのが分かった。ふともから膝、足首へとすうーっと流れていく水のなめらかな感触を味わいながら、最後の二十五はブレスレスでスピードをあげて泳ぎきった。

顔を上げると、水から上がった絹子がスタート台に膝を抱えて座り、昂一の方を見おろしていた。

絹子が何か言った。よく聞きとれなかったので首をかしげてみせると、今度は口を噤んだまま微笑んだ。昂一は仰向けになって再び水に沈み、そのままプールの底に身体を横たえた。水面の不連続な光の揺らぎの中に黄色い太陽の滲みを見つけ、手を伸ばしてそれを摑もうとした。

膝を抱えたさきほどの絹子の姿がそこに重なった。ここはなんて静かなのだろうか、と昂一は思った。

そのあと、ブレストでさらに三百泳ぎ、昂一は水から上がった。絹子はその間ずっとプールサイドで昂一の泳ぎを見ていた。

パラソル付きの白いテーブルを囲むスチールパイプの椅子に腰掛けると絹子がコーラを買ってきた。

「ねえ、ふたりで初めて海に行った時のこと憶えてる」

と絹子が言う。

「わたしが波間に大きな花束が浮かんでいるのを見つけて、あなたのところへ持っていったら、あなたったら驚いたような顔してわたしの手から摑み取ると、思いきり遠くへ放ったでしょう」

「そうだったかな」

「そうよ、そして手をとって波打ち際に連れていくと、すごい力でわたしの両手をごしごし洗うんだもん。まるで怒ったみたいな顔して、何度も何度も洗うの」

「そんなことしたっけね」

「わたし、痛くって、どうしてこんな変なことするんだろうって思った。そしたらあなたったら、急に海に向かって手を合わせて、風間さん、この海で誰かが死んだんだよ、あの花束はその人のために誰かが投げたんだよ、風間さんはもう来年の夏まで決して泳いじゃだめだからね、もし風間さんが死んだらぼく、どうしていいか分からないからね、なんてほんとうに深刻そうな顔して言うの」

「ぼくの田舎の言い伝えじゃそうなんだもの」

「この人、なんて変わった人なんだろうって思ったわ。だってまだ付き合い始めてほんのちょっとしかたってなかったでしょう、わたしたち」

絹子はひとりで楽しそうに喋ってコーラをすすった。

並んで寝そべり顔にタオルをかけ、三十分くらいじっと眼を閉じて陽の光を浴びたあと、昴一たちはプールをあとにした。

次の日、東京に久し振りの雨が降った。

「今日は昨日の分まで取り返さなきゃ」と絹子が朝早く出かけてから、昴一の方は何もすることのない生活がまた始まると思った。畳の部屋に寝転がってしばらく雑誌を読んだ。会社を辞めてからも、かつての同僚の一人が週刊誌や月刊誌を毎号送ってきてくれる。最初は新しい表紙を見るたびに不愉快になったが、二、三ヵ月もすると、退屈しのぎに便利だと感謝するようになった。昴一のいた会社はかなりの数の雑誌——文芸誌や中間小説誌や総合誌や女性誌や言論誌や週刊誌やスポーツ誌、を発行していたので、ひと月もするとかなりかさばる量が部屋に積まれることになる。在社中は片端から捨てていたが、こうやって独りになってみると妙に捨てづらくなった。会社にいた時よりよほど丹念に現在は目を通している。

しばらく、かつて担当していたノンフィクション作家の手になる、ある大手電鉄会社の節税のメカニズムを詳細に検証したレポートを読んだ。その作家は昂一の注文で初めて月刊誌に原稿を書き、その素材を元にさらに多くを加筆して処女長編を昂一の会社から出版した。昂一が退職する半年前のことだ。いまや彼は、二冊目の本で大きなノンフィクション賞を受賞して、売れっ子作家として活躍している。去年のちょうど今頃に受賞を祝う会が都内のホテルで開かれ、昂一は当人からの電話で熱心に出席を求められたが、結局、行かなかった。

十時になると、書斎から居間に移り、テレビをつけて6チャンネルを回した。

この一週間ほど忙しくてご無沙汰していたが、ずっと観ていた人気連続ドラマの再放送が始まる時間だ。東京の郊外住宅地を舞台にして、隣り合った三組の夫婦のもつれていく関係を描いたドラマで、放映当時かなりの話題を呼んだものだ。

三組の夫婦はもともと細君同士が同級生だったという理由で、休みの日にはいずれかの家でホームパーティーを開くような親密な付き合いを重ねているが、実はある組の妻は別の組の夫と独身時代に深い関係にあった。現在の連れ合いたちも内心ではそのことにこだわっているのだが、当然それ以上に当人同士は自分たちの過去にこだわっている――といった設定でドラマは開始される。

昂一が観なかった間に、物語は中盤のクライマックスにさしかかっていたらしい。夫と勤務先の女性との情事を垣間見てしまった妻が、昔の男のもとに傾斜していくところまで話は進んでいた。昂一は思わずテレビの画面に引き込まれるようにして物語を追っていた。

ドラマも終わり、十一時になって昂一は何か食べたくなった。二日前に作っておいたチャーシューとチーズを冷蔵庫から出してきて、ついでにビールを一本抜いた。何を考えるでもなく漫然と食べていたら三十分が過ぎた。再びテレビのスイッチを入れ、昼のニュースを見る。

トップニュースはＮＴＴの顧客情報が大量に不正流出したという事件だった。つづいて個人情報保護法で与野党対立が先鋭化しつつある国会の模様が伝えられる。どれも代わり映えしない話だ、そう思いながら画面を眺め、そのあいだにもう一本ビールを空けた。

三番目のニュースが昂一の目をひいた。警察庁がまとめた昨年一年間の自殺者の数が五年連続で三万人を超えたというものだった。原因・動機では病苦についで生活・経済問題が二番目で、長引く不況の影響なのか、リストラや倒産で自殺に追い込まれる人々が急増しているという。三、四十代の自殺者も三十パーセント前後の大幅な増加率だとアナウンサーが告げていた。

昂一は、食事の手を止めて、報じられた三万二千百四十三人という数字を頭の中に刻んでみた。ということは、この日本のどこかで毎日毎日九十人近くの人たちが自殺している計算になる、と思った。九十人というのは半端な数字ではない気がした。仮に列車事故や航空機事故、火災や地震、テロでいちどきに九十人もの人命が失われれば、これは大変な事件である。テレビや新聞はその映像や記事で埋まり、日本中が大騒ぎになる。

それが、一日あたり九十人の死者が、しかも連日発生しているというのに誰も騒ぐことはない。こうして統計化されてようやく、それも大した扱いでなしに報道されるだけのことだ。ちなみにトップニュースの顧客情報流出事件では、民間業者に売られた個人情報はたかだか二百人分程度にすぎなかった。

軽い酔いが回ってきて、昴一はソファに移動した。テレビの音声を遠いざわめきのように耳にしながら、とにもかくにもこの世の中はでたらめだな、と思った。

何がどうでたらめというのではなく、すべてがどうしようもなくガチャガチャだな、と感ずる。考えてみればそれは当たり前で、人間一人一人はどんなに頑張ってみてもこの世界のごく一部しか理解できないのだし、残りのほとんどについては知らないままでやり過ごすほかはない。つまりは、この世界はそういった不完全な個々人の寄せ集めでしかないのだから、その世界全体もまた不完全で矛盾に満ちてしまうのは当然とも言える。

だが、それにしたって、自殺というのはひどいな、かわいそうだな、という気がする。

事故や天災で死ぬのも悲劇だが、自殺はそれよりずっと無惨だし、自殺するときの当人のさみしさはいかばかりであろう。そもそも死後の世界は誰も知らないのだから、そんな真っ暗闇に一人きりで旅立つ決心というのは、本人の意志がいかにも介在しているふうでいて、実はまったくしていないだろう。「生きることを放棄する生き方」などあり得るはずがない。自殺というのは誰かに殺されるより何倍も理不尽で痛ましい——どうしても昂一にはそう思える。

そんなことを漠然と考えていると、いつの間にか身につまされるような気分になってきた。ソファに横になってクッションを枕がわりに眼を閉じる。しばらくそうやってじっとしていたが、暗い思考から離れようと努力しているうちに、ビールが胃を刺激したのか、まとまったものが食べたくなっている自分にふと気がついた。

目を開け、由香里のことを思い出した。

「今度はわたしのところに来るといいわ、なにか御馳走してあげるから」

先日訪ねてきたときの彼女の言葉が甦ってくる。

昂一は立ち上がり、キッチンへ行くと、パスタの材料を袋に詰めた。

急いで着替えをすませて部屋を出た。

散歩がてら由香里のところへ行って、一緒にパスタを作って食べようと思いついたのだ。雨は小雨に変わっている。駅前の肉屋でラムチョップを十本ばかりと、その隣のデリカテッセンでカボチャサラダを買い、酒屋でドイツワインを一本選んで、昂一は駅から電車に乗った。

昂一の住む国分寺から吉祥寺までは三十分足らずの距離である。由香里の部屋のチャイムを鳴らしたのは一時くらいだった。

ドアを開けた由香里に、

「こんにちは、なんなら昼めし一緒にどうかと思って」

昂一がそう言ってぶら提げた袋を持ち上げてみせると、

「ちょうどよかったわ、わたしもまだだったの」

由香里は嬉しそうな顔をして迎えてくれた。

7

昂一がパスタをこしらえている間に由香里はラムをソテーし、絹子がこの前持ってきてくれたというオレンジを使ってソースを作った。

バジリコとベーコンにニンニクと鷹の爪、オリーブオイルであっさり仕上げたパスタを大きなボウルに盛り、きれいな焼き色のついたラムチョップと買ってきたカボチャサラダとを一枚の皿に盛り合わせて由香里は食卓に並べた。

冷凍庫で急いで冷やしたグラスにワインを注ぎ、昂一と由香里はテーブルを挟んで差し向かいで座ると乾杯をした。真悟は隣の寝室で静かに眠っている。

それからしばらくは二人とも黙々と食べた。由香里はパスタもサラダもいかにも美味しそうに食べている。が、ラムには一口つけたきりで手を出さない。

「ラムは駄目だった？」

と昂一は訊いた。

「北海道だし、好きなのかと思ったんだけど」

絹子の場合はジンギスカンが大好物だった。

「そんなことないよ」

由香里はパスタを頬ばりながら言う。

「最近、ちょっとお肉は遠慮してるの」

「どうして。おっぱいだって出さないといけないんじゃないの」

「お乳のためには動物性タンパクはあんまり良くないんだよ。味もすっぱくなるし、アトピーの原因になるって説もあるんだから」

「そうなんだ」

ここで由香里はわけあり気な笑みを浮かべた。

「でもね、ほんとはダイエット。真悟を産んでからなかなか体重が元にもどらなくて困ってるの」

「なーんだ」

昂一も笑った。

「わたし、料理を作る男の人って昂一さんが初めて」

皿もワインもすっかり空にしてから、由香里は少し赤らんだ顔でそう言った。授乳期だからむろんそれほど飲んだわけではない。

「男が料理するなんて、あんまり恰好いいことじゃないと思うけどね」

昂一が言うと、

「そんなことないけど、でも、わたしはさせたことないわね」

由香里はちょっと自慢気な顔をしてみせた。

「へぇー」

「男が料理作ったら、女のすることがなくなっちゃうでしょう。それに、男の人が育児だとか料理だとか掃除だとか洗濯だとかするのはやっぱりおかしいもの。そういう細かい生活上のことは女がすることに昔から決まっているんだし、わたしはそれで全然いいと思うわ」

「でも現実は、そういうわけにはいかないもんだよ」

「そんなことないわよ。昂一さんだって、絹ちゃんに何でもやらせちゃえばいいじゃない」

「そうもいかないしね」

「そうかなあ。いくら絹ちゃんが稼ぎ手でも、女だったら家事は自分でするのが当たり前で、それを昂一さんに押しつけるのはおかしいとわたしは思うけどね」

「別に押しつけられてるわけじゃないよ」

「でも、絹ちゃんの分まで食事作ってあげているんでしょ」

「どうせぼくも食べるんだからね」

「そんなの変よ」

「どうして」

「だって、本当なら絹ちゃんが自分の分は別にしたって、昂一さんの御飯を用意するのが当然だもの」

「そんなことないんじゃない」

「そんなことあるよ。女は好きな男の御飯作るのが仕事なのよ。そんなのお金を誰が稼いでいるのかとは別のことだよ」

「そしたら、ぼくのすることがなくなっちゃうよ」

昂一は苦笑した。

「だからって、何も家事をすることないと思う。昂一さんは考えごとでもしてれば、それでいいのよ」

「考えごと？」

「そう、考えごとは男の人の仕事だもの」

「考えるって何を考えるの」

「別に何でもいいのよ。政治のこととか、教育のこととか、自然や宇宙のこととか」

「そんなことぼくが考えたって、何の役にも立たないよ」

昂一はますますおかしくなって声を立てて笑った。

「そんなことないわよ」

由香里はいかにも心外そうな顔になっている。

「じゃあ、何の役に立つ？」

「だから、役に立つとか立たないとかじゃなくて、男の人はそういう大きいことを考えるのが仕事だし、この世の中の男の人がみんな一生懸命にそういうことを考えてれば、きっと文明って進歩していくし、戦争だって減っていくんじゃないの。最近は男の人がそんなふうじゃなくなって、女みたいに何でも損か得かみたいなことばかり考えるようになったから、世の中がおかしくなってるんだと、わたしなんか思うわ」

考えごとか、と昂一は由香里の話を聞いて思った。たしかに男女云々は別にしても損得抜きで、ただ黙然とものを考えるというのは、案外彼女の言うように大切な行為なのかもしれない。

そういえば、と思い出されてくることもあった。かつて月刊誌の取材で永平寺（えいへいじ）の高僧の話を聞いたときに、その人が似たようなことを言っていた気がする。ちょうど未成年者によるホームレス殺傷事件が相次いでいる時期で、そうした世代に対するメッセージを各界人士から集めるという他愛ない企画の一環だったのだが、高僧は快くインタビューに応じ、その中でこんな話をしてくれた。

――いまの人間たちに何が一番大切かと訊ねたらまず己が命だと言う。では命の次は何かと訊けば、親であり子であり家族だという。ではその次はと問うと、ここらあたりで、まあ大方が金だと答える。わしは、そういう人間たちがこの世界を作っている限りは、未来永劫この世は末法の世であろうと思う。何番目であっても、それが十番目二十番目、たとえ百番目であったとしても、金を大切なものの一つと数える者はいかにも度しがたい。この世で何より汚いものを何より儚く尊いものと同列に扱ってしまう輩は仏様も容易には救ってくださらぬ。禅の世界では、人は誰でも座禅によって直に仏の神髄に触れることができると説いておる。が、カネやモノ一切合切かなぐり捨てて来れぬ者が悟りに達するのを、わしは八十有余年生きてきていまだ一度も見たことがない。開祖道元禅師もこう言うておられる。「いまだ聞かず、三国の例、財宝にとみ愚人の帰敬をもつて道徳とすべきことを。道心者と云ふは昔しより三国みな貧にして、身をくるしく し一切を省約して慈あり道あるを、まことの行者と云ふなり。徳のあらはるると云も、財宝にゆたかに供養にほこるを云にあらず。学道の人は最も貧なるべし。財おほければ必ず其の志を失ふ」とな。命が何より尊いのは、それが仏性を本来宿しておるからであって、生身の者たちが楽しく生きるための器としての命などには何の意味もありはせん。おぎゃあ、と生まれてその場で死んでいく赤子たちでも必ず仏様が導いてくださるのは、人はそのまんま仏でもあるからじゃ。だから子供は早くに死んでもきっと仏となる。大人の方が始末に負えんのは彼らが成長するに従って己が仏性を忘れ果ててしまうからじゃ。ところが当の子供たちまでが、いまや大人顔負けの犯罪に手を染める。わしはそういう連中は子供とは呼ばない。じゃから少年法など馬鹿馬鹿しくて議論する気にもならん。あの者たちは仏様を見ずに、この腐れた世間を見、大人たちを見、自分の親だけを見て成長してしまった。要するにいまの人間たちそのものになってしまったのじゃ。彼らの頭の中にあるのはカネとモノばかりで、色にかられて相手する女も男も人にあらず、ただのモノに違いない。とどのつまりは空っぽの頭にチンチンとマンコがついとるだけ——それが連中のみならずして現代人おおかたの醜い姿であろう。それでは仏の神髄に触れられようはずがない。この世に生まれて唯一大切なことは悟りに達すること、その一事だけじゃ。そのために必要なのはただ時間のみ。それもあれこれ欲を抱えて生き狂う時間などでは金輪際ない。独りじっくり目を閉じ、心閉ざして沈思黙考するほんとうの時間だけがあればよい。親鸞上人が「煩悩具足の凡夫、火宅無常の世界は、よろづのこと、みなもてそらごと、たわごと、まことあるなきに、ただ念仏のみぞまことにておはします」と一心に念仏行を唱えたのは、そうした人間の浅ましい生き狂いを戒めたかったからじゃ。人間などというものは、四方八方どこやらに動けば動くだけ必ず欲にかられて、所詮、何の真実も見つけられはせぬ。だからこそ、その我が身の非力を思い知り、空っぽの己が脳味噌にありがたくも生まれながらに備わっておる仏性をひたすらに思い返して見つめなおすこと、人がすべきはそれだけじゃ。雑念を洗いに洗い、言葉のかけらも見えなくなって、一切すがるものがなくなったときに初めて人は仏様に出会える。そのためにはとにかくひたむきに考え、考え、考え込むことじゃ。考えに考えて、もう何もよう考えられんようになってしまうことじゃ。生きるために考えるから人は誤る。くだらぬ知識や世間智ばかり溜め込んで腹の中をヘドロの海にしてしまう。考えるために生きてこそ、真実の道を歩むことができる。カネとモノを捨てさえすれば、本来やるべきことは誰にでも分かるように人間は作られておる。その肝腎要に気づかぬから意味もなく皆が迷うて、いつの時代にもこんな腐れた世を作り出してしまうのじゃ。

この高僧のインタビュー記事は昂一がまとめたが、ゲラになって一読した編集長とデスクは「浮世離れしたことばっかり言ってるから、いまの坊主は駄目なんだよな」と顔を見合わせて笑っていた。しかし、昂一は内心で「当人の面前に出たら、二人とも一言半句すら言い返せもしないだろうに」と思っただけだった。

昂一が黙り込んでしまったので、由香里はテーブルの上を片づけて洗い物をしていた。と、隣で急に赤ん坊の小さな泣き声がした。一瞬で水音が途切れ、キッチンから出てきた由香里が昂一の脇を急ぎ足で横切って寝室へと入っていった。真悟をあやしている由香里の柔らかな声がしばらく聞こえ、その声と一緒に母親に抱かれた真悟が昂一のそばへやってきた。

笑いかけると、ニコニコと真悟は笑う。

「じゃあ、そろそろ帰るよ」

昂一が立ち上がると、由香里は真悟を寄越しながら、

「ちょっと抱いてみて」

と言う。拒みもできず昂一は赤ん坊を受け取った。意外に重たくて、なんだか水の入った大きなビニール袋を抱いているようで心許(こころもと)ない。

「重くなったね」

「もう四キロ五百もあるの。毎日毎日、体重が増えていくのよ。おもしろいわ」

真悟を返そうとすると、

「もう少し抱いててくれない。わたし、ちょっと買い物してきたいから」

由香里が言った。

「でも……」

「急ぐの?」

「いや、そんなことないけど。買い物なら、ぼくがしてきてあげようか」

「いいの、自分で行きたいから。近くのコンビニだから五分かそこらですむし、悪いけど留守番しててくれない」

「何なの、ぼく買ってくるよ」

「だめ」

「どうして」

「ちょっと頼めないものだから」

「頼めないものって何さ」

「そういうことは、訊かないものよ」

由香里は言うと、さっさと玄関の方へ行ってしまった。

昂一はその場に残されてしばらく突っ立っていたが、五分を過ぎても由香里は戻ってこなかった。仕方なく、腕の中でどんどん重みを増す真悟を抱えたまま壁際に置かれたソファに腰を下ろした。

三十分しても由香里は帰ってこなかった。

たまりかねて真悟をソファに寝かせると、昂一はキッチンに入って煙草を吹かした。一口吸って、気をきかせて換気扇のスイッチを入れたのがまずかったのだろう。むずかる声が聞こえ、煙草を消して居間に戻ると、昂一の顔を見た途端に真悟は火がついたように泣きはじめた。慌てて抱き上げ、声をかけながら身体をゆすったり部屋の中を歩き回ったりしたが、ますます激しく泣きじゃくる。

昂一は途方にくれた。赤ん坊の泣き声がこれほど耳にさわるものだとは思いもよらなかった。

泣きはじめて十五分はたった頃、ようやくドアの開く音がした。

「ごめんなさい」

ばたばたと足音がして、由香里が部屋に入ってくる。スーパーの大きな買い物袋を両手に提げていた。

「どうしてたの、ずいぶん遅かったじゃない」

昂一は泣きつづけている真悟を由香里に渡した。由香里は抱き取るとあやしながら、昂一の方に目を向け、

「ごめんなさい、すぐそばのコンビニには置いてなくて、駅前のスーパーまで行っちゃったのよ。本当にごめんなさい。この子、ずっと泣きっぱなし？」

「もう十五分くらい泣きどおしだよ。どっか具合でも悪いんじゃないかな」

赤ん坊はなかなか泣きやまない。

「しょうかしょうか、真ちゃんおなかがしゅいてたんだ、ごめんねママが悪かったね」

由香里はソファに腰かけると、ブラウスのホックを外し、乳房を出して赤ん坊に含ませた。赤ん坊はむしゃぶりつくように吸いつき、音立てて赤らんだ頰を収縮させはじめる。部屋が一瞬にして静かになった。

由香里の大きな乳房を昂一は眺めた。

「げんきんなもんだね」

昂一は言って笑った。

「びっくりしたでしょう、ごめんね」

「いいよ、じゃあぼくは帰るから」

「ちょっと待ってよ、コーヒーでも淹れるから」

「だって、せっかく美味しい豆買ってきたんだよ。もうすぐこの子も眠るから待ってて」

昂一は仕方なくダイニングテーブルの椅子に座った。

「ねーえ」

由香里は乳を与えながら顔を上げると、

「こっちに来ない。この真悟の幸せそうな顔を見てよ」

と手招きした。昂一はまた仕方なく由香里の左隣に行ってソファに座った。真悟は目を閉じ一心に乳を吸っている。幸福そうというよりは死にものぐるいという感じがしたが、

「ほんとだね」

と言った。

「昂一さんも昔はこうだったんだよ」

由香里が笑みを浮かべながら言う。

「由香里さんのおっぱい大きいね」

左の乳房から右の乳房に赤ん坊の口を移すのを見て、昂一はついついそう言った。

「昂一さんも吸ってみる？」

「えっ」

「遠慮しなくていいのよ。きっと懐かしい味がするから」

「いいよ」

「駄目だよ、真悟に怒られちゃうよ」

「じゃあ、触ってみたら」

「ほんとに？」

「うん、いいよ」

由香里は左手で、あいた乳房を差し出すような仕種をした。

昴一はどうしようかとすこし迷ったが、恐る恐る手を伸ばしてそっと乳房に触れた。重くじっとりとした感触が伝わってくる。由香里は黙って真悟の顔を見つめている。指先に幾分の力を込めた。押し返すような弾力があった。

「こんなおっぱいってはじめてでしょう」

俯（うつむ）いたまま由香里が言った。

「うん」

「何か感じる」

「別に」

「吸ってもいいよ」

「どうして」

「どうしても」

「でも……」

「ねえ、吸って」

昂一は返事のしようがなく黙ってしまった。いまになって目のやり場に困るような恥ずかしさが胸に湧いてきている。

「さみしいのよ、こうやって一人で真悟にお乳あげてるとすごくさみしいの。今日は昂一さんがそばにいてくれるから、はじめてさみしくないわ。だから、何かお礼がしたいのよ」

「じゃあ……」

昂一は、さっきから掌で由香里の左乳房を揉みしだくようにしてその質感を味わっていた。そのまま顔を近づけて乳首に舌先をあて、そして含んだ。

由香里はいつのまにか寝息を立てはじめた真悟をソファにおろし、乳房を吸う昂一の頭を両腕でかき抱くように包み込んできた。昂一は大きな乳房に顔を押しつけられ、思わず乳首から唇を外して深い乳房の谷間に舌をすべらせた。

汗と乳の入り混じったむせるような匂いを嗅ぎながら、不思議な心地になる。

「昂一さんっていつも我慢ばかりしてきたでしょう。なんだか可哀そうね」

由香里が低い声で呟く。昂一は乳房から由香里の首筋へと舌を這わせ、そして顔を上げた。

「そんなことないね」

由香里の顔を意識的に見据え、言ってみた。

「そこですぐ突っ張ってみせるのがよくないのよ。もっと素直にならなきゃ」

視線が重なると、由香里の方から唇を合わせてきた。長いこと互いの舌を吸いあっているうちに、由香里は昂一のペニスをズボンの上から強く摑んでしごきはじめる。昂一も由香里の背中に手を回し、スカートのホックを外すと、その奥にある柔らかな尻の肉をまさぐった。そのまま由香里の身体をソファの背に倒そうとやや体重を乗せたとき、由香里は不意に身を引いた。

「まだ、わたし、しちゃだめなんだよ」

笑うと、昂一のズボンのジッパーを引き下ろして前を開き、硬くなったペニスを取り出して口にくわえた。ぴちゃぴちゃと音を立てながらしゃぶっている。昂一はその長い髪を摑み、上下に由香里の頭を動かした。

時々達しそうになると、眠っている真悟を由香里の背中越しに眺めやって我慢した。十分近くもつづけさせたあと、

「そろそろ出すよ」

と言った。由香里は何も答えずペニスに吸いついている。

「いいの？」

訊くと少し頭が縦に振れた。昂一はそのまま彼女の口の中に射精した。

由香里の淹れてくれたコーヒーを飲んでようやく腰を上げたときには、窓の外はもう夕暮れが迫り、雨もきれいにあがっていた。昂一が玄関に下りてドアを開けようとすると背後から由香里に声をかけられた。

「これ忘れたら、また絹ちゃん大変よ」

由香里は悪戯っぽい目で笑いながら、昂一の傘を手渡してくれた。

8

帰りの電車の中ではずっと由香里のことを考えた。こうやって改めて彼女のことを思い浮かべてみると、今さらながら、絹子の親友であるという以外に何も知らぬことに昂一は唖然とする。

いま自分がしてきたことは、まるで動物以下の所業だな、と思ったのは、最寄りの駅で降りて家に向かう道すがらでのことだった。由香里の存念もよく分からない。そういえば帰りがけに由香里が口にした言葉も気になった。「また」絹子が大変とはどういう意味なのか。まるで先日の灰皿の一件を知っているかのような物言いだ。ひょっとするとすでにあのことで二人のあいだに何か摩擦が生じているのではないか。だとすれば、これを絹子が知ったら一体どうなるのだろうか。余りの事態に、ちゃんと想像する気にもならない。


マンションが見えてきて、明かりの灯っていない自分の部屋の窓を見つけたとき、

「まあ、仕方がないか」

と、昂一は声に出して呟いた。

絹子が青ざめた顔で帰ってきたのは九時を過ぎた頃だった。ひと風呂浴びて、昂一はツナ缶を肴にビールを飲んでいた。「ちょっと、昂ちゃーん」という声を聞いて玄関に出ると、絹子が倒れ込むように身体を預けてきた。息づかいが荒く頰も上気しているのに、摑んだ腕は冷えきっている。嫌な予感がして昂一の方も凍えるような心地になった。さっそく今日の午後のことが絹子に伝わってしまったのかもしれない。

だが、探るように絹子の様子を眺めてみても、そうした気配は汲みとれなかった。それよりも彼女は本当に具合が悪そうだ。

「どうしたの」

肩を貸して居間のソファに座らせてから訊ねると、

「何だか、急に夕方から寒気がして座ってられなくなったから、少し会社の医務室で休んでたんだけどよくならないのよ。打ち合わせを一つキャンセルして、タクシーで帰ってきたの」

絹子は額に掌をあて、辛(つら)そうな表情でそう言った。

「薬は貰った?」

「もう先生いなかったから。なんだか変なのよ、風邪でも引いたのかしら。よく分からないけどほんとに気分が悪いの」

絹子の手を除(の)けて額に触れる。かなりの高熱だ。寝室に行って電子体温計を持ってくると熱を計らせた。冷蔵庫から氷をとり、台所で氷枕をこしらえて居間に戻る。ちょうどそのとき体温計が鳴った。三十九度五分もある。表示を見て絹子は重いため息をついた。着ていた麻のスーツを脱がせ、スカートを下ろす。絹子はされるままだった。下着だけになった彼女をソファに横たえ、氷枕を頭の下に差し込んでやる。

絹子は顔に右手をかざし、明かりが眩しそうに目を閉じた。

昂一は力の抜けた半裸の妻を見つめた。フロントホックのブラジャーで締めつけられた胸が小刻みに震えている。ベージュのショーツが少しずれて、白い腹に赤い線が浮いていた。寝室から下着と洗いたてのパジャマを持ってきて、まずブラをはずした。わりとボリュームのある乳房だが、さきほど見てきた由香里のものよりは当然小さい。抱きかかえて上着を着せかけてやりながら、それとなく触れてみたが、由香里のに比べると妙に柔らかく頼りなかった。

「下も穿(は)き替える?」

訊くと頷いたが、手をかけようとすると「自分でするからいい」と言った。

昂一の目の前で穿き替え、脱いだものを持って絹子は洗面所へ行った。口をすすいでいる水音が聞こえる。そのあいだに昂一は氷枕を寝室の絹子のベッドに移し、薬箱からバファリンを取り出すと二錠抜いて、キッチンで水を汲んで居間に引き返した。グラスと薬をソファの横の小卓に置いて腰を下ろす。

「何か食べてみる」

戻ってきた絹子を見上げて訊ねる。

「いらない」

「だったら、解熱剤を飲んですぐ眠るといい、きっと夏風邪を引いたんだ。一晩眠れば熱は下がるよ」

「うん」

絹子は昂一の隣に腰かけた。昂一は立ち上がって水と解熱剤を絹子に渡した。

それを飲んで絹子は多少落ち着いたように見えた。

「さあ、もう寝なさい」

「うん」

それでも、絹子はなぜか動かなかった。水の残ったグラスを小卓に戻すと、立ったままの昂一の腕を引いて自分の横に再び座らせる。肩に身を寄せてきた。

「何時頃から気分が悪くなったの」

昂一は訊いてみた。

「四時くらいかなあ。ずっとデスクで企画書を書いてたんだけど、突然悪寒がして身体が震えだしたの。あんなこと初めてだった」

内心、昂一は冷や汗をかいていた。ちょうどこんな恰好で由香里と睦み合っていたのが、まさにその時分だ。しかし、絹子が承知の上でわざわざ演技をしているとは思えない。絹子は昂一の手を握りしめてじっとしていた。

「もう寒くない？」

「うん、だいぶよくなったみたい。帰ってきたときよりずっと楽になった」

「昨日、プールに行ったのが悪かったのかな」

「そんなことないと思う」

「どうしたんだろうね」

「わからないわ」

「何か心配事でもあるの」

「なんにもない、ちょっと疲れてるだけ」

昂一は絹子の掌を口許に持っていき、そっと唇をあててやった。絹子は昂一の膝に頭をおろして頬をすりつけてきた。しばらくそのままでいて、それから絹子を抱えて寝室まで連れていった。彼女がこんなに自分に甘えてくるのは久し振りのことだという気がしていた。

請われるままに添い寝をしてやり、寝かしつけたのは十一時頃だ。

キッチンで絹子が目を覚ましたときに飲ませるための蜂蜜レモン水をこしらえていると、尻ポケットの中の携帯が鳴った。取り出してディスプレイを見る。「種本自宅」となっている。ひとつ吐息をついて通話ボタンを押す。

「今日は、どうも御馳走さまでした」

由香里の声が普段にはなくあらたまっている。

「こっちこそ」

そして、昂一はやや強い調子で、

「こんな遅く、何かあったの」

と訊いた。遠慮のない人だという気がしたのだ。

「絹ちゃんどうしてる？」

その言葉に瞬時に察しがついた。やはり今日あれから二人のあいだに何かがあったのだ。背筋のあたりを冷たいものが走り抜けるのが分かった。

「どういうこと」

「何が」

しかし、由香里は戸惑ったような声で訊き返してくる。

「絹子はいま熱を出して寝込んでるよ」

「やっぱりそうなんだ」

「だから一体、何があったの」

苛々しながら昂一は訊きなおす。

「別に何もない」

「じゃあ、どうして、やっぱりなんて言うんだよ」

「ちょっと待ってよ、昂一さん」

相手の気勢に由香里は息を詰める気配になった。

昂一も若干冷静さを取り戻した。由香里の声に悪意は感じとれない。それどころか

「昴一さん」という語調には格別な親密さが滲み出ている。

「昴一さんが心配してるみたいに、あれから絹ちゃんとのあいだで何かあったりしたわけじゃないよ。ただ、わたしさっきまで真悟と一緒に眠ってたんだけど、絹ちゃんの夢を見たの。絹ちゃんが病気になって苦しそうにしてたから、急に不安になって電話してみたのよ」

すぐには信じがたい話に思える。昴一が黙っていると、

「ごめんなさい、こんな遅くに変な電話してしまって」

由香里は弱り切ったような声になっていた。その声に、小心な自分を見透かされたような気がして昴一は途端に情けなくなってきた。

「熱はもう下がったみたいだから大丈夫だよ」

口を開き、それから今夜の絹子の模様を詳しく話してみた。それでもなお、この由香里の電話への違和感は拭(ぬぐ)えなかった。

「だけど、夢に彼女が出てきたなんて話を真に受けろと言われても困るよ。本人もどうして具合が悪くなったのか分からないとは言ってたけど」

正直にそうつけ加える。

「大したことじゃなくてよかった」

由香里は安心したような声になり、

「絹ちゃんはとても敏感なところのある人だから、今日のわたしたちのことを感じ取っ

たのかもしれないわ」

　と言った。

「彼女は、およそ、そういうタイプとは正反対の人間だと思うよ」

「そんなことないよ。絹ちゃんは昔からすごく勘の鋭い人なんだから」

「そうかな」

「昴一さんだって思い当たることがあるはずよ」

　そう言われてみて、昴一がすぐに想起したのは、絹子と初めて知り合ったときのことだった。あの並外れた聴力も由香里が言うような鋭い勘のたまものなのだろうか。だが、その類の話はいくら詮索しても意味のないことだ。絹子が今日の自分たちのことを察知したというなら、それを夢で読み取った由香里の方もたいへんな第六感の持ち主ということになる。

「とにかく、今日はぼくもどうかしてたのかもしれない。由香里さんにも身勝手なことをしてしまったけど、でも悪気はなかったんだよ」

　いつ絹子が起き出してくるかも分からない。そろそろ話を切り上げたくて昴一はそんなことを言った。

「何言ってるの、昴一さん」

　まるでたしなめるような口調だ。

「何が」

「嫌いだったら、わたしあんなことしないんだからね。わたし、あなたのこと好きなんだからね。絹ちゃんに迷惑なんて絶対かけないけど、でも、そうなんだよ」

昂一には即座に思いつく返事がない。もしかしたら今日、自分は取り返しのつかないことをしてしまったのではないか、とそんな気がしただけだった。

「いまはそういう話はしたくないんだ。悪いけど切るよ」

「ちょっと待って。ひとつだけ言いたいことがあるの」

由香里はいつになくしっかりとした言い方になっていた。

「なに？」

「ただ、昂一さんに知っておいて欲しいから言うの。だからってわたしが、昂一さんのこと同情したりしてるわけじゃないことを分かった上で、聞いてほしいんだけど……」

「何なの」

「絹ちゃんね、男の人がいるの。もう二年くらいになるのかな。わたしその話をずっと絹ちゃんから聞かされてきたの。それだけのことだけど、昂一さんもそろそろ知っておいても悪くないと思う」

「そう」

「信じなくてもいいし、そのことで、絹ちゃんのこと責めないであげて欲しいの。絹ちゃんには絹ちゃんなりの理由があること、わたし一番よく知ってるから。それに昂一さんはそんなことするような人じゃないとも思うから。だけど、わたし昂一さんだからこそ、絹ちゃんはしてはいけないことをしてると内心思っていたのよ。そりゃ絹ちゃんの気持ちだって、ようく分かるにしても……」

「分かった。教えてくれてありがとう。じゃあ切るよ」

「また気が向いたら連絡してね。ずっと待ってるから」

最後に由香里はか細い声でそう言った。

9

電話を切ったあと、昂一は作りかけていた蜂蜜レモン水をしっかりと煮込み、ボトルに詰めて冷蔵庫にしまってから寝室に入った。

絹子は軽い寝息を立てて穏やかな顔で眠っていた。

自分のベッドに腰を下ろし、その寝顔をつぶさに眺めやる。ずいぶんと痩せたのではないだろうか。頬が削がれたように窪んで薄明かりの下で濃い陰影を刻んでいた。さきほどの由香里の話を反芻する。こうして力の抜けたその寝姿を見ているとにわかには信じがたい。が、たしかにこの二年くらいというもの、絹子の感情はかなり波高くなってもいた。奇妙なムラがあって、時に理不尽に昂一に当たることもあれば、逆にひどく優しく寛容になることもある。そうした心の波間に別の男がたとえ潜んでいたとしても、それはそれで不思議ではないという気もした。

由香里とのこともあってだろうが、突き詰めた怒りは湧いてこない。そういえばもう二ヵ月も彼女を抱いていなかった。昨日の夜、絹子はそれとなく催促してきたが、昂一はその気にならなかったので知らないふりをした。結婚して五年も過ぎると定期的にということはなくなる。時々思い出したように肌を合わせて、その折は互いの身体を知りつくしているから、肉と肉とを貪り食うような激しい行為になる。そして四、五日たてつづけに食い合うと、まるで満腹した獣のように身体同士は疎遠になる。そういうことの繰り返しだった。

人間というのは四方八方動けば動くだけ必ず欲にかられて何の真実も見つけられない。あれこれ欲を抱えて生き狂う時間など金輪際必要ない——そう語っていた高僧の言葉を昂一は思い出した。なるほどその通りなのかもしれない。この小さな街でうずくまるように生きてきたはずなのに、こともあろうに妻の親友と間違いを犯そうとする自分がここにいる。仕事に追われ始終忙しく飛び回りながら、夫に隠れて男を作っているらしい妻がここにいる。

それでも人というのは我を忘れてあくせく動き回らないではすまない生き物なのではなかろうか。目を閉じ、心を閉ざしてひたすらに思念せよと言われても、そうやすやすとはいかないのではないか。少なくともいまの自分にはむずかしい、と由香里の顔を思い浮かべながら昂一は考えた。

何たることだろう、とまるで他人事のように感じる別の自分もここにいる。

昂一にも結婚後に二人の女性と関係を持った経験があった。一人は薄々絹子に勘づかれた気配だったが、もう一人は隠し通せたつもりだ。二人とも仕事がらみで知り合った相手で、身体本位の浅い付き合いだった。その証拠に立てつづけに関係を持ったし、どちらとも長くはもたなかった。原因は絹子との不和だった。結婚して二年になるかならないかで絹子が流産し、あてつけがましい態度をとっていた一時期のことだ。二人目の人のときは、こんなふうにして離婚ということになるのだろうかと漠然と思ったりもした。が、結局元の鞘におさまってみれば、絹子と別れずに済んだことに安堵させられた。

絹子の相手というのはどんな男なのだろうか。どうして絹子は自分から逃げていかないのだろうか。いまの昂一にはそのことの方がよほど疑問だった。

絹子は寝つくこともなく、翌朝にはすっかり熱も下がって、午後から仕事に出ていった。それからしばらくはいつも通りの毎日が流れた。その間、絹子の帰宅が深夜に及んだのは三回で、それとなく様子を窺ってみたが、他の男の匂いを嗅ぎ取ることはできなかった。やがて面倒になって、昂一は絹子を疑いの目で見ること自体をやめてしまった。由香里からはあの晩以降まったく連絡はなくなったが、絹子の方はちょくちょく彼女のマンションに顔を出しているようだった。

三週間後の八月五日火曜日。

絹子が出張で大阪に旅立っていったその日の夜、由香里から久し振りに電話が入った。

「絹ちゃん出張だって聞いてたから……」

由香里は無沙汰の挨拶など抜きに、のっけから遊びに来ないかと誘ってきた。昂一は「ちょっとそんな気にならないんだ、悪いね」と詫びてすぐに電話を切った。だが、電話を切った途端、行けないわけではないのにと思い、そう思うとどうにも彼女に会いたくて仕方がなくなってきた。絹子の出張は三日間の予定だった。

一晩眠り、明日になっても気が変わっていなければ午後にでも出かけてみるか、と思ってベッドに入ったのだが、翌朝は目が覚めると同時にそそくさと着替えをすませ、気づいてみれば電車に乗っていた。

吉祥寺の駅に降り立ったのは九時半を過ぎた頃合だった。

駅の出入口はいまだ通勤や通学の人々でごった返している。噎(む)せるほどの人いきれに閉口して、昂一は逃げるように構内を抜け出した。二年前までは自分もあの集団の一員として平然と人波を泳いでいたのだと想像すると信じられない気がする。

通りに出ると、灼けつくような陽光が容赦なく降り注いでくる。今年の東京は空梅雨のあと例年にない猛暑に見舞われていた。それでも雑踏からすこし離れて昂一の気分は軽くなった。

まず駅前の銀行で金を引き出した。百科事典のアルバイト原稿料が昨日のうちに振り込まれているはずだった。金を手にすると、由香里たちに何かお土産を買って行くことにした。開店したばかりの東急デパートに入ってアクセサリー売場や食品売場をぶらつき、思い立って六階のおもちゃ売場に上がった。そこで思案したすえに一万九千円の巨大なゴリラのぬいぐるみを買った。配達も包装も断って、両腕に抱えてエスカレーターで一階に降りるあいだ、すれ違う客が一様に目を丸めて見つめてきた。たしかに前方の視界が塞がるほどに大きなぬいぐるみなのだ。

由香里のマンションに着いてエレベーターに乗り込むと狭いスペースがゴリラで満杯になってしまった。

そのゴリラを盾にして、部屋のチャイムを押した。

「うわああ……」

ドアが開く音がした瞬間、由香里の悲鳴が聞こえた。

部屋に上がると、アイスコーヒーを昂一と一緒に飲みながら、

「本物のゴリラだと思ったわ。心臓が止まるところだったわ」

と由香里は何度も繰り返した。そんな彼女の真顔がおかしくて彼は笑った。コーヒーを飲み干すと立ち上がり、和室の隅に陣取ったぬいぐるみの懐に真悟をおさめて「きみのお父さんだよ」と話しかける。真悟はいかにも嬉しそうな声を上げ、それを見ていた由香里も吹き出してしまった。そうやってたくさん笑って、三十分ほどで昂一はすっかり寛いだ気分になった。そのうち、しばし部屋をはずしていた由香里が戻って来て、畳に寝ころがっている昂一に向かって言った。

「ねえ、汗かいてるみたいだからお風呂沸かしたんだけど入らない？」

そういえばぬいぐるみを抱えて歩いているうちに汗だくになってしまっていた。

「入ってもいいけど、着替えがないよ」

昂一が言うと、

「下着も新しいのがあるし、Tシャツは私の大きめのを着ればいいじゃない」

と由香里が答えた。

「なんで男物の下着なんてあるの」

「それくらい、ちゃんと買い置きしてあるわよ」

「もう、彼氏でもできたんだ」

「まさか。昂一さんのために買っておいたんだよ」

「また」

「ほんとだもん。ずっと来てくれるの待ってたんだから」

由香里の甘えるような声に昂一はその気になった。

「じゃあ、入ろうかな。悪いけどバスタオル貸してくれる」

昂一がソファから立ち上がると、

「あとで脱衣籠の上に揃えておくから、心配しないで」

「そう」

「絹ちゃん、そんなこともしてあげてないの」

「何が」

「だから、お風呂に入る時って、いつも昂一さんが自分で下着やタオルを用意してたわけ」

「そうだよ」

「ふーん」

浴室は昂一のマンションのそれよりよほど立派で浴槽も大きかった。色調は明るいグリーンで統一されている。柔らかなぬるめの湯に浸かり爪先まで身体を伸ばして、昂一は何度も心地良いため息をついた。窓を開けると、マンションの中庭の大きなポプラがすぐそばまで枝葉を広げている。蟬しぐれが聞こえた。まだ午前十一時くらいだろう。かしましく蟬たちは鳴き競っている。しばらくゆったりと全身の筋肉が弛緩するにまかせて目を瞑り、蟬の鳴き声に耳を傾けていた。こうして由香里の生活に次第に溶け込んでいくことで、否応なく彼女との親密さは増していくに違いない。

だが、こういうことは誰にも止められないんだよなあ、と昂一はぼんやり思った。

不意に浴室の扉が引かれる音がして目を開けた。

全裸の由香里が入ってきた。

「どうしたの」

思わず声を上げる。

「一緒に入っていい」

そう訊かれても、裸になっているのを断るわけにもいかない。それより昂一は由香里の見事な裸身に息を呑んでいた。絹子に劣らず真っ白な肌は、窓からの明るい陽射しを受けてまるで輝くようだ。体重が元に戻らないなどとこぼしていたが、大きな胸とよく張った尻とのあいだで腰のくびれは十二分に引き締まっていた。何より目を引くのは白い肌の匂い立つような瑞々しさだった。出産時の剃毛のせいもあるのだろうが下腹部はほとんど無毛で、熟した身体との奇妙な不釣り合いがなおさらに昂一の内奥を刺戟する。得難い宝物を目の前に差し出されたような、そんな気分だった。

由香里は簡単にシャワーをつかうと浴槽に脚を入れてきた。眼前を薄い草むらが過り、ざぶーんと湯が溢れて、もうその柔らかな身体のあちこちが昂一に密着していた。脚と脚とが互い違いになって、由香里のふくらはぎが昂一のペニスに擦りつき、昂一の脛は由香里のものにくっついている。由香里の性器を支点に昂一の右足が彼女の身体を持ち上げるような恰好になった。

「真悟はいいの」

「うん、おっぱい飲んで眠ったから」

昂一は腰を引くと上体を乗り出して由香里に接近した。

「大きいね」

左乳房に触れ、右手で乳首をつまむと彼女の口から細い吐息が洩れ、身体がびくっと震えた。指先に力を入れてひっぱると「あーん」と喘ぎ声になる。ずいぶん敏感になっているようだった。左手で右の乳首もつまんで左右交互にひっぱると、でんでん太鼓のようにあんあんあんあん声を上げる。その反応が面白くて何度も反復した。目をとろんとさせた由香里が両腕を投げ出すようにしがみついてくる。柔らかな身体はずいぶん火照っていた。抱きつかれてしまったので、金庫のダイヤルを回すような形で左の乳首をいじりつつ、放した右手で性器に触った。水の中でもすっかり潤んでいるのが分かる。

中指を挿入した。根元まで沈み込んだ途端に背筋に電気でも流れたように由香里が全身を痙攣させた。指を動かすと呻き声を上げ、震えが間断なくなってくる。人差し指も加え、指二本で持ち上げて前後左右に揺すると声は一気に激しさを増した。水の浮力で彼女の身体は自在だ。一度抜いて背中向きに裏返し、浴槽の手すりにつかまらせて今度は尻の方から指を入れた。力まかせにスクリュー式に突き刺す。グリーンの壁に頭をぶつけながら由香里は獣じみた唸り声を重ね、それだけで深く達したようだった。

昂一もようやく高ぶってきたので、由香里を立たせて浴槽から出すと、洗い場によつんばいにさせて硬くなったペニスを差し込んだ。性器は出産直後のせいかゆるく頼りない感触だったが、右手を添えて縁部を強くこそぐようになぞってやると、由香里はたまりかねたふうに腕を折って顔面を床にこすりつけ、大声になった。シャンプーラックにシャンプーやトリートメントのボトルと並んでベビーオイルの瓶があった。昂一は腰を動かしながらそれを取り上げ、蓋をあけてオイルを由香里の背面に垂らした。両手で丁寧に引きのばしていくと白い肌がオイルを吸ってみるみる朱に変じていく。

なんと美しい色だろう、と昂一は思った。

腕を回して大きな乳房をわし摑みにする。乳首から母乳が滲んできた。強く搾ると水鉄砲のように間欠的に噴き出す。まるで玩具のような肉体だ。その乳を掌に溜めてペニスの根元に振りかけてみた。それは泡立つ由香里の体液と混ざり合い、激しく突き立てているあいだに不思議な匂いを立ちのぼらせてきた。その匂いに昂一は猛烈に興奮した。

膝立ちの姿勢から腰を落として胡座を組み、身体を繋いだままの状態で由香里を引っ張りあげて、そのはみ出しそうな尻を両膝の上に据えた。腹筋を総動員して今度は下から突き上げる。由香里は絶叫しはじめ、あまりの声量に思わず口を塞がなくてはならなかった。彼女はその姿勢で繰り返し達した。

「わたしもう駄目」と息も絶え絶えになったところで昂一は由香里を膝からおろして立ち上がった。長い髪を振り乱し、へたりこんで項垂れる由香里の口許にペニスをつきつける。彼女は顔を上げてしゃぶりついた。

また由香里の口の中に昂一は射精した。

石鹸で互いの身体を洗い合っているときも、由香里はスポンジでこすられるたびに余韻の声を洩らした。背中を洗わせても、腕に力が入らないのかろくすっぽこすれない。腰が抜けたような按配で、「立てなくなっちゃった」と苦笑いしていた。

昂一は先に石鹸を流して風呂から上がった。身体を拭き終わった頃になってようやく、由香里がシャワーをつかっている水音が聞こえてきた。

昼食は由香里がてんぷらを揚げてくれた。

「冷蔵庫の残り物ばっかりでごめんね」

由香里はすまなそうに言ったが、野菜もきのこも、かき揚げもからりと揚がっていて上出来だった。出汁(だし)がきいたしじみの味噌汁も旨く、昂一はおかわりまでした。

「てんぷらってやっぱり一人じゃなかなかやらないのよね。まして赤ちゃんがいると、なんだか怖くって」

由香里がしみじみと言う。たしかに突然真悟が泣きだしたりすることを思えば、てんぷらのように大量の油を使う料理は避けた方がいい。母子家庭の親子にはそういった日々の些細(ささい)な制約が幾つもあるのだろう、と昂一は思った。

由香里が片づけをしているあいだに昂一は和室に移動した。壁の本棚にドラブルの『針の眼』を見つけたので、手にとって畳に寝ころがり、読むともなしにぱらぱらと頁(ページ)をめくっていた。しばらくすると由香里が冷やしたスイカを盆に載せてやってきた。昂一に一切れ渡して自分も隣にうつぶせになり、スイカを頰ばりながら彼の手元の本に視線を寄越す。「これ、面白かった?」と訊ねると『碾臼(ひきうす)』の方がよかったと言った。それは『碾臼』と同様、母と子の物語のようだった。昂一は本を閉じて由香里の方を見た。由香里もこちらに顔を向け、そして微笑んだ。愛らしい笑顔だった。昂一は足を絡め、タオル地のワンピースの裾(すそ)から手を滑り込ませて由香里のショーツを引きおろし、もっちりとした尻を撫(な)でた。さきほどよりさらに強烈な欲情を覚えた。

終わったあと、昴一の腕の中で由香里が奇妙な話をした。

昔、絹子と二人でとある女占い師のもとへ行った時の話だった。ちょうど絹子が昴一との結婚を決めた時期で、彼女が同僚から「めちゃめちゃ当たる」という評判を聞きつけてきて、ある日曜日に連れ立って出かけたのだそうだ。恵比寿の駅から明治通りをしばらく下ったところにその占い師は店を構えていたという。

「あの辺はいまはどうか知らないけど、ずいぶん寂れた感じのところでね。戦前から焼け残ったようなお米屋さんとか駄菓子屋さんとか銭湯とかが軒を連ねてて、不思議な感じの場所だったの。それで、その女占い師さんというのは小さなスナックをやってる人で、店に入ると白木のカウンターがあって、髪の長い中年のママさんが一人きりいるだけなの。なんだか中島みゆきみたいな濃い感じの人なんだけど、その人が占いをするの。で、わたしたち、絹ちゃんの友だちに言われた通りにビールとおつまみを頼んで、さっそく観て欲しいってお願いしたのよ」

由香里はそこで言葉を区切ると、

「昴一さん、気を悪くしないで聞いてね」

と言った。

「で、まず絹ちゃんから観てもらったわけ。最初はじっと顔を見て、絹ちゃんの職業だとか生まれだとかポンポン言うんだけど、それが全部当たっちゃうのよ。もちろんお店を教えてくれた友だちの名前なんか出さなかったし、その友だちだってわたしたちがほんとに観てもらいに行くかどうかなんて分からないわけでしょ。だから占い師さんがあらかじめ絹ちゃんのこと聞き出してたはずはないんだよね。なのに絹ちゃんの過去のこととか何でも当てちゃうのよ。そして、あんたもうすぐ結婚するねって言うの。絹ちゃんは結婚のことはわたし以外の誰にもまだ言ってなかったから、もうそこまでで、わたしたちすっかり驚いて、そしたら、彼女がその相手の男のことも知りたいかって訊いてきたの」

「それって、ぼくのこと？」

「そうそう」

由香里は頷いてつづける。

「で、お願いしますって頼んだら、写真か何かあれば分かるって言うのね。絹ちゃんバッグから昂一さんと一緒の写真を取り出してその占い師さんに見せたの」

由香里の前置きからして、きっとさんざんに言われたのだろうとは察しがつく。

「どうせろくな話じゃなかったんだろ」

昂一は言葉を挟(はさ)んだ。

「そしたらね、彼女、写真を見て、あんたはとんでもない男と結婚しようとしている。絶対にやめなさいって言うのよ」

案の定だ。

「それで」

「でね、あんた、この男には首がないよって」

「えっ」

思わず昂一は絶句してしまった。

「この人は首がない、きっと昔、首を斬られた侍か何かが取り憑いてるんだろうが、こういう男と結婚したら女はとんでもない目にあうだけだって言われたのよ」

さすがに薄気味の悪い話だった。よりによってという気がする。

「結婚しても、絶対別れる。そのかわりあんたには三十歳の時にきっと素晴らしい男性が現れるから、そしたら必ずその人と一緒になるんだよって言うの」

ははあ、と昂一は合点がいったような思いだった。

「なるほど、だから二年前からというわけか」

そう言ってみる。

「それは、別にそういうわけじゃないけどね」

由香里はあっさりといなして、言葉を重ねた。

「絹ちゃんげっそりしちゃって、それで今度はわたしが観てもらったの。でもわたしは付き合ってた人の写真なんか持ってなかったから、彼女もはっきりとは分からないって言って、ただ、どうしても子供の顔が見える、それも三人見えると言うのよ。それで、二人とも背筋がぞーっとして、だって、その頃わたしがどうしようもなくなってた相手っていうのが三人の子持ちだったのよ。ほんと信じられないって感じだったわ」

「ふーん」

昂一は何とも感想の言いようがないが、

「ちょっと考えさせられる話だね」

と曖昧に言った。

「たしかにね。それって冗談じゃなしに、絹ちゃんも気になったと思うよ。でも、そんなことで死ぬほど好きな人と別れたりできないもんね」

「だけど、ぼくは会社辞めて世間的には首がないのとおんなじだし、その女占い師の言ってたことは当たってたのかもしれないね」

「それは大丈夫よ」

いやに由香里はきっぱりと言った。

「どうしてさ」

そこで彼女はすこし思案気に口を噤んだあと、

「こんなこと話しておいて言うのもなんだけど、そんなの全然気にする必要ないよ。彼女はそう言ってたけど、それってあんまり当たってないんだもん」

「由香里さんに、なんで分かるの？」

昂一は訊いた。

「うーん。何となくだけどわたしには分かるのよ。あの占い師さんも結構よく観える方の人だったけど、でもあの人よりずっと観える人をわたしは知っているし、案外、その人が悪戯心を起こして彼女にそんなこと言わせたのかもしれないじゃない」

「誰が誰に言わせたって？」

昂一は由香里の言葉の意味が了解できない。

「まあ、別にいいじゃない。そんな面白い話もあったっていうこと」

由香里はそう言うと昂一の腕から身を起こし、畳の上にあったショーツを拾って、さっさと浴室の方へ行ってしまった。昂一は話の最後の部分が呑み込めぬままに彼女の後ろ姿を見送った。

一人になって、改めて絹子が三十歳の年に知り合ったという男のことを考えた。女占い師の予言通り、絹子は二年前のある日、その運命の男と邂逅したのだろうか。彼は一体どんな人なのだろう。

だが、昂一にとってはその男こそが首のない男だった。

10

夕方、ようやく陽射しは和らいで、三人で買い物がてらの散歩に出た。井の頭公園をひと巡りし、それから、伊勢丹の食料品売場に寄って肉や野菜や果物を買った。昂一が支払おうとすると、由香里は遮り、自分の財布から出した。なるほど絹子が言っていたように、由香里の懐具合はなかなかのように見えた。札入れもぎっしりとふくらんでいる。

真悟は由香里が抱いていたが、買い物になると昂一が引き受けることになった。はじめはおっかなびっくりだったが、十五分もするうちに、小さな赤ん坊が胸の中でおさまりよくなっていくのが分かった。エスカレーターの仕切りや天井一面に貼られた鏡にそんな三人の姿が映しだされて、由香里は「絶対、わたしたちって夫婦に見えるね」と昂一の耳元で囁(ささや)いた。

由香里にそう言われて昂一はまんざらでもなかったが、一方でひどく間の抜けた話だなという気もした。

部屋に戻ると、真悟を風呂に入れるのを手伝った。ベビーバスに湯をはり、左手で頭部を支え持って右手のガーゼで身体をすすいでいく。といっても真悟は首もまだ据わっていないし、湯につけるとさかんに暴れるしで、驚くほど手のかかる作業だった。見様見真似で昂一も挑戦してみたが、中腰の姿勢はきつく手首への負担も想像以上で、とても器用にはこなせない。赤ん坊の両耳を親指と中指でうまく塞ぐことができなくて、見かねた由香里にすぐ交代させられてしまった。

おむつをひっきりなしに取り替え、授乳をし、泣けばあやす。その合間に由香里は夕食の支度を進めたから、夕方以降は二人でのんびりするような時間はまるでなかった。

昂一は半ば啞然として「毎日こうなの？」と由香里に訊いた。

「昼間は大人しいんだけど、やっぱり夜はいつもこんな感じね。それでも、だんだん夜中はおっぱいあげないようにしてきてるから、ひと月前に比べたらずいぶん楽になったんだよ」

「しかしこれじゃあ、シッターさんでも頼まないと自分のことが何にもできないじゃない。それに、こんなこと毎日やってたら由香里さんきっとダウンしちゃうよ」

「それが、そうでもないのよね。案外平気なようにこっちの身体もプログラムされてるみたい。お医者さんもそう言ってたよ。そのかわり歳をとってからいろいろガタがくるんだって」

「母親ってのも因果な商売だね」

昂一が笑うと、

「ほんと、ほんと」

由香里は相槌を打ったあと、

「でも、女はこれやるために女なんだから仕方ないじゃない。それに普通はさ、亭主や親もいてくれて、わたしみたいに完璧一人ってことないしね」

とつけ加えた。

九時頃には真悟が寝ついてくれたので、ようやく二人で遅い夕食をとることができた。

食卓には鶏の胡麻だれ焼き、炒り豆腐、鰹のたたき、それに刻み生姜をたっぷりかけた鰯つみれの清まし汁などが並んでいた。どれも味つけは巧みでびっくりするほどに旨い。由香里の料理の腕は絹子を上回っているように思う。

「だけど、こうやって眠ってしまわれると静かすぎる気もしてくるね」

箸を置いて昴一が呟く。

「そう、そう。却って静けさが身に沁みてきて、時々すごい不安になったりするの。自分のスリッパの音とか聞くといやになっちゃうんだよ」

由香里は言った。

食事を終えるとソファに二人並んで、由香里が用意してくれたブランデーを舐めながら、昴一はかねて訊いてみたかったことを口にした。

「ねえ、生活費ってどうしてるの？　当分は子育てに専念するってこの前も言ってたけど、ここの家賃も馬鹿にならないと思うし、真悟の物をあれこれ揃えるのだって相当な出費だったでしょう。絹子もしきりに心配してたよ。きみにはそんな貯えなんてないはずなのにって」

頬を桜色に染めた由香里は、グラスの中の液体をしばらく眺めた後、昴一の方を向いて訳あり気な含み笑いを浮かべた。

「絹ちゃんには絶対内緒だよ」

と言う。

「約束してくれる」

「いいよ」

そこで由香里は束の間息を詰めてみせた。

「あのね、わたし、宝くじが当たっちゃったの」

「はあ」

昂一は気の抜けたような声を出した。

「嘘みたいな話なんだけど、ほんとなの。二千万円」

「マジ」

「うん。マジほんと」

「いつ？」

「彼と別れる少し前だから去年の四月だったわ。もうすっかり駄目になってて、毎日むしゃくしゃしてて、それで生まれて初めて宝くじを買ったの。そしたら当たったのよ、信じられないような話だけど」

「じゃあ、彼氏はそのこと知らないの」

「当たり前じゃない。だってその時は、妊娠だってまだしてなかったもん」

昂一は呆然たる顔つきになった。

「宝くじ当たって、それで妊娠したのよ」

「それでってどういうこと」

「だからさあ、どうせ彼とは別れるしかなかったんだけど、だったら、子供くらい産みたいでしょう。もう三十になっちゃったし、早く産まないと子供にもよくないって思ったし、それにその人っていうのは嫌なところもいっぱいあったけど、条件的には結構いい人だったのね。末っ子の彼も含めて兄弟三人みんな東大出てたし、彼は私の勤めてた会社の人だったけど、お兄さんの一人はお役人で、もう一人は新聞記者でワシントンに行ってたし、それに、父親は大きな商事会社の重役で、母親も有名な日本画家の一人娘か何かだったの。だったら、子供作るにはもってこいの相手じゃない。それでわたし、二千万円当たったあとから基礎体温とか柄にもなくつけたりして、必死の思いで妊娠にこぎつけたのよ」

「要するにいい種を貰ったってこと」

「そうそう。それくらいないと、わたしの気持ちも正直言っておさまりつかなかったもん。女ってそういうこと案外考えたりするじゃない」

そんなところで同意を求められても返事のしようもない。ともかく、昼間の女占い師の件といい、いまのこの話といい、由香里の言うことは突拍子もないことばかりだと昂一は思った。が、むろん彼女が作り話をしている様子はまったくなかった。

「だけど、信じられないような話だね」

「そうでしょう。わたしだって二千万当たったのを新聞で知った瞬間は、膝ががくがく震えたもの」

信じがたいのはそればかりではない、と昂一は内心で呟く。

「そうだ、あのときに銀行がくれた引き換え証みたいなのがあるから、見てみる?」

昂一が頷くと、由香里はソファから立ち上がり、真悟が眠っている寝室に行って小さな紙切れを持ってきた。

「ほんとだねえ」

渡された紙片を見つめ、つい唸るような口調になって昂一は言った。

その受取証には、なるほど、

「第1807回関東・中部・東北自治宝くじ――一等二千万円　種本由香里様」

と綴(つづ)られている。

隣で一緒に紙片を見ていた由香里が、昂一の腕に手を回して何かを思い出すような遠い声で言った。

「二千万円受け取ったときね、最初はお店でも買おうかなって考えたんだよ。東京暮らしをやめて、どこか遠い田舎町にでも行って小さな料理屋でもやってみようかなって。だけどね、わたしにはそんな才覚なんて全然ないし、それにせっかくのお金をそうやって別のお金儲けのために使うのはいけないんだって気づいたの。こういうお金でそんなことしてもうまくいくはずないって思った。だからわたし、一生懸命に考えたんだよ。このお金を一体何のために使えば、ちゃんとした使い道になるんだろうって」

「だから子供を作ろうって思ったの？」

絡んだ由香里の手を取って、昂一はその掌を両掌で包み込むように握った。

「うん。もともとが彼と喧嘩ばかりするようになって、やけっぱちで買った宝くじでしょ。それが当籤(とうせん)したんだから、きっとそういう自分のいやらしい気持ちを捨てなさいって言われたんだと思ったの。彼を恨んだり、自分の欲の皮ばっかり突っ張らせるんじゃないぞって怒られたんだと思った。でもこんな駄目女のわたしにできることなんて何にもないじゃない。わたしには絹ちゃんみたいな才能もないし、本当にやりたいことだって何もなかったから。だからね、そんな自分でもきちんとやり遂げられることを見つけなきゃって、あのときばかりは真剣に思ったの」

由香里の言うことは昴一にも分かるような気がした。いまの自分にしても「何が本当にやりたいんだ」と問われれば答えに窮してしまうに違いない。

「怒られたって、誰に怒られたの？」

何よりのポイントはそこだ、と昴一は思う。

「さあ、それは分からないけど」

「神様とかかな」

「どうかなあ、わたしみたいな人間に神様がそんなことしてくれるはずがないしね」

「そんなことないよ」

「そんなことあるよ。わたしは神様には顔向けできないような人間だもん」

「そんなことないさ。神様は誰のことだって平等に救(たす)けてくれるから神様なんだろ」

父親のいない子供を産んだからといって、卑屈になる必要などまったくないと思う。

「でも、わたしは無理なの」

「どうしてさ」

「どうしてもそうなの」

「そんなのおかしいよ、由香里さん」

昂一はすこし語気を強めて言った。

「もし神様がいるんなら、誰にしたって神様に顔向けできないような事を幾つもやってるよ。そんなことに一々めくじら立ててるようじゃ神様の方こそ神様稼業がつとまらないって話だよ。それにこうやって無事に子供を産むことができたってこと自体が、神様がきみを救ってくれた証なんじゃないの。そう考えないと、せっかく生まれてきた真悟にも失礼になるだろ」

「昂一さんってやさしい人だね」

由香里は呟くように言う。やさしいとかやさしくないとか、そういう問題ではないだろう、と昂一は言いたかった。

「でもね」

由香里は寄りかかっていたソファから背中を上げ、まっすぐな姿勢になった。視線は正面のダイニングテーブルに向けたままだった。

「わたし、八つのときにお父さんもお母さんもお姉ちゃんもみんな死んじゃったでしょう。旭川の叔父の家に引き取られたあともひどいことばかりだったし、札幌に出てからも厭なことや悲しいこと、悔しいことばかりだった。だからきっと神様はわたしのことが嫌いなんだと思う。その上、そんなわたしをずっと助けてくれたのは絹ちゃんだけだったのに、今度はその絹ちゃんの旦那様とこんなふうになって……。わたしはもう絶対救ってなんてもらえないよ。たとえ他の人がみんな救ってもらえても、きっとわたしだけは駄目だって言われるに決まってるよ」

昂一はこの由香里の言葉を聞いて、ふと思い出した。聖書の中にたしかこんなことが書いてあった気がする。神が人々を天国に上げる順番は、この世で彼らがなした善や悪の順番通りではないのだと。そのことを言おうとしたが、考えてみればそれは自己弁護にしかならない気がして口にできなかった。

だが、それにしても由香里ほどに苦労を重ねてきた人が、ここまで自己卑下を募らせるのは不自然なことのようにも感じられる。なぜこの人はこんな言い方をするのだろう、と昂一は妙に納得のいかない思いも抱いていた。

その夜は由香里の部屋に泊まった。

出張先の絹子から電話が入る恐れはあったが、昂一は酔いが回って国分寺に帰るのがどうにも億劫になってしまった。結局、鈍い頭で由香里と繰り返し抱き合い、眠ったのは明け方近くだった。酔ったときの常で、それでも昂一は短い時間で目を覚ました。隣の由香里はずいぶんと安らかな顔で寝入っている。行為の最中、何度か真悟が泣いて、その度に由香里は寝かしつけにいった。母親の顔と女の顔とをまるでスイッチでも切り換えるように使いわけるその有様が、昂一にはなぜか新鮮で刺激的だった。由香里の寝顔をしばらく眺めてそんなことを思い出しながら、昂一はそっとベッドから抜け出した。

キッチンに入って煙草を一本ふかした。換気扇を通して電車の走る音が遠く幽かに聞こえてくるだけで、部屋は静まり返っていた。しかし、居間の掛け時計に目をやると、針はもう十時近くを指している。カーテン越しの光はたしかに眩くて、薄暗い室内をけだるく翳らせていた。

煙と一緒に昂一は浅いため息を洩らした。

俺はなんて身勝手なことをやっているのだ、という思いが胸に押し寄せてきた。

こうして散々交わってみると、自分が由香里に引きつけられている理由の大半が彼女とのセックスにあることが見えてくる。もちろんそれだけではない。が、これまでの女性関係を振り返ってみても、彼の場合はいつもそういう傾向が強いのだった。絹子との結婚にしろ、決めた大きな理由の一つは身体の相性が抜群だったからだ。のべつまくなしに欲情に駆られるタイプだとは思わないが、それでも女性と深い仲になると、相手とのセックスに引きずられる度合いが高いとは自覚していた。そして何より訝しいのは、こうして由香里とセックスを共有してしまうと、妻である絹子の存在に我ながら不思議なほど無頓着になり得てしまうことだった。結婚後に幾人かの女性と付き合っていたときも似たような感じがあった。何かの品定めのように二人の女性と関係し、そのセックスを引き比べるといった志向は彼には皆無だが、昂一の中では女性とその女性とのセックスとは分かちがたく結びついていた。それはいわば心の中心に据えられた一本の蠟燭のようなもので、肉体を接触させることで炎が点火され、そこで初めてその蠟燭は蠟燭としての姿を現した。つまりはセックスという炎が消えてしまえば、蠟燭そのものが闇に沈んで昂一には見えなくなってしまう。また一方で、たとえ燃えつづけていても、最初から細く短いものであればやがて燃え尽きて、やはり昂一はその蠟燭を見失ってしまう。

絹子と一緒になったときは、彼女こそは燃え尽きぬ蠟燭であって欲しいと彼は願いを込めた。だが、結婚生活が二年目に入り、流産のあとからはそうした願いは次第に消退していくしかなかった。絹子には決して言えぬことだが、昂一が結婚して四年目に会社を辞めた理由の一つには彼女との結婚に対する危機感があった。このまま勤務をつづければ、またその一年前のように別の女性ができてしまう、そうした危惧から辞職に踏み切った部分もたしかにあったのだ。それが実際には、昂一が失業するや否や当の絹子の方が男をこしらえたというのだから、現実というのはまったく皮肉にできている。

煙草を消してキッチンを見回し、コーヒーでも淹れようかと道具を探したが見つからなかった。このまま帰ることに決めて、昂一は服を取りに寝室に戻った。

ちょうど、ズボンを穿いている時、玄関でチャイムが鳴った。

その音で由香里は目を開けた。隣に昂一がいないことに一瞬不審そうな表情をしたあと、脇に立っている昂一を見つけて「おはよう」と言った。チャイムは一度きりでもう聞こえない。

「悪いけど、あなた出てくれない」

「なんだろうね」

昂一はそう呟いて何気なく玄関まで行った。

誰かが室内を窺うような気配があった。昂一はふと厭な予感がした。足音を消し、息を殺してドアの覗き穴に目をあてる。レンズの向こうに絹子の姿があった。

「そこに立っているのは、あなたでしょう」

まるで、見透かすような絹子の声が聞こえた。

11

由香里のマンションの玄関を出ると、すぐに絹子はバッグから携帯を取り出して電話をかけはじめた。コール音を聴きながらも、その鋭い視線は昂一を捉えて離さない。これじゃあ後輩たちからすればさぞや怖い上司だろうなあ、と昂一は場違いなことを思う。だいぶ間があってようやく電話が繋がったようだ。たちまち絹子の眉間の皺がほどけていった。

「あ、先生、繁村です。いま主人と一緒なんですけど、やっぱり思った通りだったみたいで。ええ、それでほんとに急で申しわけないんですがこれから連れて行きますので、どうかよろしくお願いします。ええ、いま吉祥寺なので……」

そこで絹子は腕時計に一瞥(いちべつ)をくれた。

「たぶん一時過ぎには着けると思います。先生、どうぞよろしくお願い申し上げます。はい、承知しました。いつもありがとうございます。ではのちほど」

電話を切ると、絹子はひとつ息をついて昂一の方に顔を向けた。有無を言わさぬ口調で、

「さあ、行きましょう」

と言う。

これから二時間以上もかけて一体どこに行こうというのだろうか。それでなくても昂一の頭の中はひどく混乱していた。さきほどの絹子と由香里とのやりとりにしても何がどうなっているのか彼にはまったく理解できなかった。そして今度はいきなり遠くの病院にでも連れていかれる気配なのだ。

「行くって、どこに行くんだよ」

「何も言わないで、黙って私についてきて。それくらいは言うこときいてくれても罰は当たらないでしょう」

そう言うと絹子はぐいと昂一の腕を摑んで歩きだす。

駅に着いたところで、絹子はそのまま券売機には向かわず、隣接する吉祥寺ロンロンの中へと入っていった。その先生とやらに手土産でも買うのかと思っていると、地下一階の紳士服売場に降りて行き、彼女はワゴンに積まれたワイシャツの山からブルーのストライプのものを選び出してさっさとレジに向かう。

購入すると包装を手荒くほどき、広げたシャツを突き出してきた。

「その恰好だと先生に失礼だから着替えてちょうだい」

試着室の方に顎をしゃくってみせる。昂一は黙って受け取り、小部屋に入った。由香里から借りたTシャツを脱ぎ、素肌にシャツを羽織ってジーンズにたくしこんだ。

脱いだTシャツを持って出てくると、絹子は腕を伸ばしてきて、外したままだった襟元のボタンをきっちりと留め、昂一の手から奪うようにTシャツを摑み取った。

彼女は踵を返してずんずん駅の方向へ進んでいく。途中でボロでも捨てるようにTシャツを丸めてごみ箱に放り込んだ。

電車を待っているあいだに昂一は煙草を一本ふかした。平日の昼間ともあってさすがに中央線のホームは空いている。入ってきた電車も乗客はまばらだった。

並んでシートに腰かけたが東京駅に着くまで二人とも終始無言のままだった。東京駅で内房線に乗り換える。切符を買った絹子が地下ホームまで駆け降りていくので、昂一も慌てて追いかけた。十一時三十分発のさざなみ九号にぎりぎり間に合い、車内に飛び込んだときには二人とも息を切らしてふうふう言っていた。だが、この特急の車内でも絹子は一言も口をきかないのだった。隣の席で瞑目じっと押し黙っている。

そこでようやく、彼女が出張に出かけていく折に提げていたスーツキャリーもボストンバッグも手にしていないことに昂一は気づいた。絹子はあの鞄類をどこに置いてきたのだろうか。一度国分寺に戻ってから由香里の部屋にやって来たのだろうか……。

ふと薄気味悪い疑問が頭をもたげてきた。

さきほどの電話で絹子は「やっぱり思った通りだった」と言い、いま向かっている先の「先生」とやらにも事前の相談は済ませている模様だった。由香里の部屋に乗り込んできてからの二人の応酬にしても、思い返せば、絹子の態度には最初からこの成り行きを十二分に予測していた気配が濃厚だった。ということは、そもそも彼女の大阪出張自体が、昂一と由香里との関係を暴くために仕組まれた罠だったのではないか。

昂一はようやく自分の頭がすっきりとしてきたのを感じた。列車が房総半島に入って車窓越しにちらちらと遠く東京湾が望めるようになり、その晴れ渡った景色に平常心を取り戻したせいかもしれない。絹子と由香里との激しいやりとりを目の当たりにした途端から、彼は、この二時間ばかりのあいだすっかり思考力を失っていたのだ。

目が覚めたような気分で流れる風景をしばし眺め、そのうち昂一は自分がひどく空腹であることに気づいた。車内販売の女性が通りかかったので、よほど弁当を買おうかと迷ったが、隣で眠ったようにしている絹子の姿を横目に見て、どうにも注文することができなかった。さすがにこんな状況でそこまで不謹慎な振る舞いはむずかしい。

仕方なく昂一は自分も座席を倒して目を閉じた。

先刻の出来事がずいぶん遠いことのように思われた。その反面、受けた衝撃が緩和されてきているのだろう、より鮮明に場面を回想することができた。それにしても、こうやって反芻してみると、あのときの二人の会話はあまりにも不可解だった。

「絹ちゃんでしょう、開けてあげなさいよ」

　昂一が身動きもならずにドアの前で凝然としていると、背後に落ち着き払った声がした。振り返るといつの間にか着替えをすませた由香里が平然とした表情で立っていた。昂一はその顔を見た刹那、何者かに操られるように自然に手足を動かし、気がついたらチェーンを外してドアを開けていた。

　飛び込んできた絹子の方も奇妙だった。昂一には目もくれず、玄関先で由香里とかなり長いこと睨みあっていたかと思うと、

「子供を産んだあなたに、昔通りの力があると思ったら大間違いだからね」

　と言ったのだ。昂一には絹子が何を言っているのか、皆目見当がつかなかった。そう言われて由香里は大きなため息をつき、

「絹ちゃん、ほんとにごめんね」

　と呟いた。その一言で絹子の声がひときわ鋭くなった。

「馬鹿にしないでよ、あんたが呼んだくせに。わたしだって、あんたと闘う手段はいくらでもあるのよ」

　由香里の方もにわかに声を高ぶらせた。

「どうして絹ちゃんはわたしをそんなふうにばかり見るの。いつも人間じゃないような目でわたしを見て。わたしがいつ人を利用した？　わたしがいつ力を自分のために悪用した？　なのに、あなたはそうやってどんな時も疑わしそうな目でわたしを見てばかり

いるじゃない。彼のことだってわたしは力なんて何も使ってないわ」

「嘘おっしゃい」

「ほんとよ、絹ちゃんこそ昂一さんに内緒でいままで何やってきたのよ。藤堂さんのことはどうするつもりなのよ」

昂一の記憶がたしかならば、絹子はここで微かな笑みを口許に浮かべたのだった。

「あなたって卑怯な人ね。この人をそうやって支配しているのね」

「違うわ。本当のことじゃないの」

「もういいわ。今度という今度はあなたを許しはしないから。見てらっしゃい、きっと破滅させてやるわ」

絹子は吐き捨てるようにそう冷たく言うと、はじめて昂一の方へ視線を向けた。そして手を差し伸べ、ひどく穏やかな声で、

「昂ちゃん、さあ一緒に帰りましょう」

と言ったのだった。

昂一はその瞬間、不意に誰かに背中を押されたような気がして、絹子の方に一歩踏み出していた。絹子がその手首を摑んでものすごい力で引き寄せる。さらに押されて、うろたえ気味に靴を履いた。由香里が後ろに来ているのかと首を回すと、彼女はさきほどの場所にそのまま立って相変わらず静かな瞳で昂一を見つめていた。

部屋を出ていく直前、

「昂一さん、また疲れたらおいでね。わたしずっと待ってるからね」

という由香里の声が耳の奥に聴こえた。

君津の駅で普通列車に乗り換え、昂一たちはそれからさらに三十分ほど電車に揺られてとある小さな駅で降りた。

時刻はすでに一時を回っていた。

駅舎を出ると、外はほんとうによい天気だった。

太陽は中天に輝き、周囲一面を白っぽい光の色で満たしていたが、海の方角から吹いてくる風は爽やかで、都内のような蒸し暑さは感じない。

こんな日は水の中で何も考えずに、ただ泳いでいるのが一番だと昂一は思う。

ねえ、どこに行くのか知らないけど、そんなことより車に乗って海にでも繰り出そうよ、ねえ、そうしようよ絹子……。埃っぽい道をタクシー乗り場の方へすたすた歩いていく妻の背中に向かって昂一は無言でそう語りかけてみた。

タクシーを拾い、山間の方へとつづく田舎道をまっすぐに十分ほど走った。左右には田圃が広がり、丈の伸びた稲が風に穂を揺らしている。熱暑のさなかのせいか人通りもなく、五百メートルおきくらいに小さな無人のバス停があるばかりだ。ちょうど田圃が途切れ、古びたガソリンスタンドを過ぎて一軒の酒屋が見えてきたところで絹子は車を止めた。

降りてみると、道の反対側に工場風の比較的大きな建物があって「森中石材」という文字が壁に黒く大書されている。陽射しはますます強く、風も凪いでむっとする熱気にあたりは覆われていた。

こんなところに病院があるとも思えない。まさか整体や鍼灸院に連れていこうというわけでもあるまいし、絹子は一体どこに行こうとしているのか。昂一はなんとなく相手は産婦人科の医者ではないかと想像していた。四年前に流産して以降、絹子は一度も妊娠しなかった。由香里が子供を産み、その出産に立ち会った昂一が彼女と親密になってしまった。結婚の危機を察知した女性にすれば、ここで不妊治療の名医にでも夫婦そろって相談に出向くというのはいかにもありそうな気がしていたのだ。

道を渡ると、石材会社の脇に細い坂道があった。右に回り込んでいるその緩い坂を絹子は下っていく。左手は小暗い雑木林だったが、坂の右側には家屋が連なっている。さすがにどの家も庭が広く、ヒマワリやカンナが咲き誇り、玄関先には朝顔の鉢が幾つも並んでいた。物干しのシーツや衣類はぱりぱりに乾いて、まるで固まっているみたいだ。

五分ほど歩くと坂は終わり、すぼまった細い道に出た。左右は緑の斜面で正面に大きな木が一本植わっている。その木を迂回し五十メートルほどさらに行った先が道の突き当たりのようで、そこに両側を土手に囲まれたモルタル造りの貧相な家が一軒建っていた。

やはりどこにも病院らしきものはない。昂一が不審に思っていると、絹子は目の前の一軒屋目指して進んでいく。どうやらその小さな家が目的の場所のようだ。

軒先まで来て見上げると窓や扉は新しくしてあるが、家そのものは築三十年はとっくに超えていそうなあばらやだった。入口に『洋裁　ハナダ』という看板がかかっている。

絹子は玄関の引き戸の前で立ち止まり、

「ほんとうは、ここだけはあなたに知られたくなかったんだけど、今度は相手が相手だから、先生に直接観てもらわないと仕方がないのよ」

と、数時間ぶりで口を開いた。昂一は黙って古ぼけた看板を眺めていた。

「仕立てものお引き受けします」と下手くそなマジック文字の貼り紙が付いた戸を絹子が引く。がらがらと派手な音が立ったあと、これも大音量のチャイムが鳴り響いた。しかし家の中は静まり返ったままだ。そしてひどく黴臭い。式台のすぐ先がもう急な階段で右奥の部屋のあるらしい方は色褪せた腰高障子で遮られて内部は見えない。

玄関を入って引き戸を閉めると、外の明るさから一転して何も見えないほどになった。

「こんにちはー、繁村です」

絹子がおとないを告げるが応答もない。しばらく人が出てくるのを待った。

「前の二人の時は、ここまですることなかったんだけどね」

ようやく暗さに目が慣れてきたころ、絹子が言った。

薄闇の中で端整なその白い顔が小さな笑みを浮かべているのを見て、昂一は背筋が冷たくなるのを感じた。絹子には両方とも知られていたのだ。そして、彼女はその都度この黴臭いあばらやを訪れて、先生とやらに縁切りのまじないでも頼み込んでいたのに違いない。

昂一が何も返事をしないと、

「昂ちゃん、手のかかる人だから」

絹子がまたそっと頬笑んだ。

12

二時間以上もその家にいて、二人は外へ出た。

まだあたりは明るかったが、夏の強烈な日差しはもうこの窪地までは射し込んでこない。携帯のディスプレイを見ると午後四時を表示している。先に立って坂道を上りながら、昂一は全身が重だるく不快だった。それ以上に気分がひどく悪い。昂一は先生と対座しているあいだずっと無言で通したが、彼女の手が身体に触れるたびにアイロンを押し当てられたような熱い感触が額や肩や胸に伝わり、何度か声を上げそうになった。いまもあちこちに痺(しび)れのようなものが残っていて、こうして外に出ると首筋から背中にかけて厭な汗がどっと噴き出してくる。

最善寺キヨというその霊能力者は六十年配のどこにでもいそうな小太りの女性だった。通された二階の八畳間も一応書院式に造りかえてはあったが特段奇抜なものは何もなかった。ただガタのきた階段や隣の部屋の老朽ぶりと比べれば、その部屋は畳も新しく床柱や欄間などもきれいに磨かれてはいた。大きく「信」の一文字が太く描かれた掛け軸が床の間に掛かり、その横の地板を張った書院棚の上は御幣と榊が飾られて神棚風になっている。目を引くものといえばその程度だ。

サイゼンジという苗字を耳にしたとき昂一は文字が浮かばなかったが、棚の隅に信者たちから贈られたらしい清酒が何本か並べてあり、熨斗紙に「最善寺キヨ先生」という名前を見つけて得心した。先生は着物姿に割烹着を着込んだこれも普通の恰好で、奇妙なのはその名前くらいだった。

床の間を背負った位置に先生が着座し、昂一は絹子と並んでその正面に正座した。「主人です」絹子はそう言って今日の経緯を五分くらい喋り、「よろしくお願いします」と深々と畳の上に低頭した。

先生はゆっくり頷くと、何も言わず昂一の目を真っ直ぐに見つめ、それから突然彼の目前ににじり寄って両手で身体に触れてきたのだった。エイッエイッと唸るような声を絞り上げ、何やらよく聞き取れぬ呪文のようなものを口ずさみながら、先生は昂一の全身を撫で回した。次第に先生の額から大粒の汗が滲み出してきた。最初は呆気に取られるばかりの昂一だったが、やがて意識が酩酊気味となり、狭い箱に押し込められたように全身が身動きならなくなってきた。後半は先生の掌が身体に触れるたびに火を押しつけられたような熱さを感じ、硬直した身では避けることもできず、ただ苦痛に顔をゆがめて呻き声を洩らす以外になすすべがない状態だった。

そんなことを先生は延々一時間近くも繰り返したのだった。あとの一時間ほどは、先生と絹子とのやりとりをただうなだれて聞いていただけだ。といっても意識はぼやけ身体は痺れたままだったから、耳元に届く二人の会話を吟味したり咀嚼(そしやく)したりする余力はほとんど残っていなかった。だが、それでも由香里について子細に語る絹子の話はとても聞き流せるようなものではなかった。

絹子の言葉でまず耳を疑ったのは、二人が高校時代に初めて知り合った間柄ではなかったという事実だった。

「わたしは北海道の美別という小さな町で生まれて小学校五年生の途中までその町で育ったんです。彼女とはそこでずっと一緒でした。お互いの家がすぐ近所で、年齢はわたしの方が二歳年長なんですけど、小さい頃からいつも二人で遊んでて、まるで姉妹みたいな感じで大きくなったんです」

のっけからそう切り出した絹子の横顔を驚きを込めて昂一は見つめた。彼女が少女時代を美別で過ごしたことは知っていたが、由香里と幼馴染みだったなどとは一度も聞いたことがない。しかし、絹子は昂一の視線に頓着するでもなく、いかにも懐かしそうな表情で喋っていた。

「彼女の能力に気づいたのは、わたしが小学校二年生のときです。彼女の方はようやく六歳になったくらいでした。それまでも後から思い起こせば、彼女には不思議なことがたくさんあったような気がします。たとえば二人で飼っていた手乗り文鳥が死んだときも、前の日から彼女はしくしく泣いて『文鳥さんがいなくなっちゃう』って言ってみたり、ときどき美別を訪ねてわたしたちを可愛がってくれてた札幌の祖母が亡くなったときも、わたしの家で遊んでいたら突然、玄関の方を見つめて『お姉ちゃんちのおばあちゃんがあそこに立ってるよ』って指さしてみたり。祖母の死の知らせが来たのはその直後でした。他にも、わたしが何か物を失くしたら、それがどんな場所にあっても必ず彼女が見つけてくれたりとか。でもそのくらいなら、たまに聞く話だし、当時のわたしにしてもそれほど驚くようなことはなかったと思うんです」

そして、絹子は小学校二年生の夏に体験した信じがたい出来事について話し始めたのだった。

「美別というのはもともと炭鉱の町で、わたしたちが生まれた頃にはほとんどのヤマが閉山してしまってて寂れていく一方でしたけど、それでも古い炭住に住んでる友だちもたくさんいましたし、町のあちこちにズリ山や廃坑がまだいっぱい残ってたんです。特に廃坑跡は子供たちの恰好の遊び場で、休みになるとみんなでもぐり込んで秘密基地ごっことか助け鬼とかやって一日中遊び回っていました。当時は小さなヤマの廃坑は密封されてなくて、ときどき坑道が崩れて事故なんかも起きてたんです。前の年には小学生の男の子が落盤で閉じ込められて二人も死ぬ事故があって、だから、その年の夏休みが始まるときには学校から、決して廃坑跡には近づかないようにって厳しい通達が何度も親やわたしたちに伝えられていました……」

それでも子供たちは廃坑で遊んだし、絹子と由香里もよく出かけていたという。

「あの頃は、先生はよくご存じないかもしれませんが、ちょうど口裂け女というのが大流行で、子供たちのあいだでは幽霊とか怖いものとかにすごく関心が高まってたんです。だから、昼でも真っ暗な廃坑は口裂け女ごっことかに一番うってつけの場所で、みんなで廃坑に入り込んでそんな遊びばっかりやってたんです」

絹子の話を聞きながら「口裂け女」か、と昂一は思い出していた。由香里と一つ違いの昂一にしても小学生になったばかりで、あの噂には真剣に怯えていた記憶がある。

「で、八月のある日、わたしたちは、口裂け女のお面をつけた男の子がみんなを追っかける鬼ごっこみたいなことを近所の子たちと一緒に廃坑跡でやっていたんです。『口裂け女が来るー』って叫びながらきゃあきゃあ言って逃げ回るんですけど、由香里なんてほんとに怖がって泣きだしそうな顔でわたしの手を摑んで放さないし、結局、二人で小さな廃坑の中に隠れ込んだんです」

しばらく坑口のあたりに身を隠していると、口裂け女が近くにやって来て二人の名前を呼ぶ。由香里ばかりでなく絹子もほんとうに怖くなって、どんどん坑道の奥の方へと入っていった。

「中は真っ暗だし、だんだん不安になってきて、わたしの方が余計に何だか恐ろしくなってきたんです。隣の由香里はむしろ平気で、まるで闇の中でも目が見えてるみたいに落ち着いていました。どれくらい経ったのか、口裂け女の声も聞こえなくなってそろそろ外に出ようとしたその時でした。突然ものすごい音がして坑口の梁（はり）が崩れ落ちてしまったんです。あっという間のことで、一瞬で周囲が真っ暗闇になってしまって、もうわたしたちには何が起こったのか全然分からなくて。それでも慌てて入口の方に手探りで戻ったんですが、完全に坑口は塞がっていて、どこからも出られそうにないんです。わたしは前年の夏の落盤事故のこととか急に思い出して、もう怖くて怖くてパニックになってしまいました。涙があとからあとから出てきて、これで自分は死んでしまうんだって思いました。そしたら由香里がしばらくたって言うんです。『お姉ちゃん、いまからわたしがすることを外に出たら誰にも喋っちゃ駄目だよ』って。もちろん由香里の顔なんて真っ暗で見えないし、声だけでしたが、その声はまるで大人の声のようだったといまでも思い出します」

ここから先の絹子の話は、こうして振り返ってみても、昂一の想像の範囲をはるかに超えているものだった。

「そして、しゃがみこんでいたわたしの隣で由香里が立ち上がる気配がして、すると何かが光りだしたんです。だんだん坑内が明るくなってきて、よく見ると由香里が坑口に向かって右掌をかざしていて、その由香里の掌がまるで特殊な蛍光ランプみたいに青白く光っているんです。と思ったら、その直後には何の音も立てずに入口を塞いでいた梁や土砂がすうっと外に飛び散って、あとにはぽっかりと大きな穴が開いていたんです」

絹子と由香里はその穴から無事に外に出ることができたのだという。

「それからも由香里が家族を亡くして旭川に引き取られていくまでの二年間、ずっと彼女と一緒でしたけど、でもあの廃坑での出来事があってからは、わたしは由香里のことが薄気味悪くて、どうしても打ち解けて遊ぶことができなくなってしまいました。そのうち、わたしも父の転勤で札幌に出てきて、結局、彼女と偶然に再会したのはもう高校の三年生になってからのことだったんです」

そう言って絹子はこの話を締めくくったのだった。

昴一は、時折深く頷きながら話を聞いていた先生の方に上目遣いの視線を向けてみた。先生は柔和な表情を浮かべ、これほどの内容にもさして驚いたふうでもない。その当り前の顔つきを目にしているうちに、彼の脳裡に幾つかのことが不意に思い出されてきた。まずは絹子が急に体調を崩して帰ってきた晩に由香里からかかってきた奇妙な電話、次に恵比寿の女占い師の話をした折に彼女が最後に呟いた謎めいた台詞、さらには二千万円の宝くじを当てていながら、自分は神様に見放されていると言い募る由香里に感じた妙な違和感、そして由香里自身が絹子との言い争いのなかで「わたしがいつ力を自分のために悪用した？　彼のことだってわたしは力なんて何も使ってないわ」と口走っていたこと——それらがいちどきに重なり合って、絹子の語る奇怪な由香里の像が段々に現実味を帯びてくるように昴一には感じられた。

ふと気づくと、先生の細い目が昴一を射すくめるように見つめている。昴一は慌てて目を逸らしたが、同時に先生は立ち上がると目の前を横切り、書院棚から何やら取り出してきて再び彼の正面間近に座った。

「さあ、ご主人、舌を出しなさい」

そう言って先生は自分の舌を出して引っ込めると、両掌でめまぐるしく何種類もの印を結びながら口の中でぶつぶつとまた呪文のようなものを繰り返した。昂一は黙って舌を突き出した。先生は呪文を止めて懐から二つ折の紙を取り出すと、額のあたりにしばし捧げ持ったあと、それを開いてもう一度呪文を唱えた。紙の上には護符のようなものが数枚載っていた。先生は、その小さな護符を一枚一枚丁寧につまんでは昂一の舌の上に貼りつけていった。五枚ばかり貼ったところで、

「嚙まずにそのまま舌を丸めて飲み込んでみなさい」

と言う。昂一はやはり黙って言うことに従った。

護符を飲み下したのを見届けてのち、先生は絹子の方に身体を向け直す。そして、

「この方はお人好しだから、それが隙を作っておられるが、あなたが心配するほどの霊障がついているわけでもなさそうです。種本由香里という女がどの程度の者なのか、しかとは分かりませんが、わたしの感じでは、この旦那さんが切ろうと思えば、縁は切れます」

きっぱりと言い切ったのだった。

13

ずいぶん待ってようやく通りかかったタクシーを拾うと駅まで戻った。車の中で絹子は、

「あの先生は、日本最高の霊能者の一人と言われている方だから、いくら由香里でもこれ以上は手を出せないはずよ。これからずっと沖縄の先生と一緒にあなたのことを守ってくださるとおっしゃっていたし、もう大丈夫」

とすっかり安心した声で言った。沖縄の先生というのは、最善寺先生の師匠にあたる安斉寿嶽(あんざいじゅがく)という九十六歳の老師のことで、この安斉氏こそが現在の日本の霊能力界の総元締的な人物なのだそうだ。

君津まで出て五時ちょうど発のさざなみ十八号に乗った。帰りの電車では往路とは打って変わって絹子は饒舌(じょうぜつ)になった。その中で彼女は幾つかの質問を昂一に投げかけ、昂一がひとつひとつ答えていくと、妙に一人納得した面持ちで頷き、しまいには、

「やっぱり、昂ちゃんは悪くないのよ。あなたは由香里にそそのかされただけなのね」

とまで言ってのけたのだった。

むろん昂一にしろ、何もかもをありのままに話したわけではなかった。昨夜のことにしても、夕方由香里から食事を作ったので食べに来ないかという誘いの電話が入って、

それで出かけたのだと説明したし、そこでしたたかに酔って気づいてみたら朝だったのだと答えた。絹子が信じたかどうかははなはだ疑わしかったが、別にそれ以上突っ込んで訊いてくるわけでもない。

そんなことより絹子が関心を示したのは、例えば最初に由香里の部屋に行ったときに、昂一がどうして訪ねようと思い立ったのか、ということや、絹子のことを由香里がどんなふうに言っていたかということだった。

「最初はビールを飲んで、眠たくなって、おなかがすいて、それで一緒に昼飯でも作って食べようかと思ってぶらりと……」

「そうなんだ。まず眠たくなって、ふっとそんな気になったのね」

「そうかな」

「それはいつ」

「えーと、ほら、きみが具合が悪くなったといって帰ってきた日」

「そう、やっぱりあの日だったのね。どうりでわたしの身体に急に悪寒が走ったはずだわ」

「そうそう、あのときはぼくも内心たまげたよ」

「それで、あなたが、藤堂って言ったっけ、由香里がきっと私と関係があるとかなんとか吹き込んだ、その男の話をされたのはいつ」

「えーと、やっぱりその夜かな、電話で」

「なるほどね。あなたの意識の中にはきっとその男の顔形まで浮かんでいるんでしょうね」

「えっ、どういうこと」

「そうでしょ。だけど由香里が何を言ったかは知らないけど、いまあなたの頭の中にあるその男の像は由香里があなたの心に植えつけた架空のイメージなのよ」

昂一は藤堂という名前など由香里から聞いたこともなかったし、ましてそんな男の面貌など想像できるわけもないと思った。だが、そのことは言わない方がいい気がしたので適当に相槌を打っておいた。

他にも、問われるままに、由香里が去年の四月に二千万円の宝くじを当てた話をすると、絹子はここぞとばかりに勢いづいて、

「だから彼女、あんなにお金を持ってたんだ。とうとうそんなことまでしてしまったのなら、もう力も相当失われているはずだわ」

と声のトーンを上げる。

絹子の説明では、彼女は今朝一番の飛行機で羽田に着き、まずは国分寺のマンションに帰って昂一の不在を確認してから由香里の部屋に乗り込んできたのだそうだ。大事な出張を中断してまでそんなことをしたのは、昨日の晩、昂一と由香里が一緒に寝ている夢を見たからで、それも由香里がそういう思念を送ってきたせいなのだと絹子は解釈しているようだった。

なぜ由香里がわざわざそんな不都合なことをしなければならないのか、昂一には疑問だったが、口にはしなかった。たしかに、絹子があらぬ妄想だけでサイキックめいた由香里の像をでっちあげているとは昂一には思えない。いくら夫が自分の親友に奔ったからといってそこまで錯乱する絹子ではなかった。

だが一方で、彼女の言うことにもかなりの行き過ぎと混乱がまじっているような気はする。たとえば昨夜の夢見にしても、もともと由香里の出産に立ち会った時から、絹子はどういうわけか由香里と自分との関係を勘繰っていたし、例の灰皿の一件でかなり疑り深くなってもいた。常々怪しいと考えていれば、たまにそんな夢を見たとしても不思議ではない。

絹子が寒気がして仕事を抜けてきた日だって、前の日にプールに出かけ、きつい陽射しを浴びて長いこと身体を灼けば、昂一がパスタの材料を見つくろって訪ねた一件などは、するのも至極自然な話だ。まして、昂一が日頃からオーバーワーク気味の絹子が急に熱を発す絹子が言うように由香里の力に手繰り寄せられた結果とはどうしても昂一には思えなかった。あれは単にビールのせいで腹が空いたからで、そもそもこちらにだって一片の野心もなかった。あえて理由を挙げるならば、半睡のさなかに由香里の顔が思い浮かんだのは、その直前に観た6チャンネルの不倫ドラマのせいだ。

絹子はしきりに、由香里がこれまでも力を使って何人もの男を誘惑してきたと強調した。その報いでいつも最後には捨てられてきたのだとも言った。

由香里の男性関係が奔放だったろうことは昂一にも察せられる。だが、幼い時分に両親も姉も失い、天涯孤独の身で生きてきた彼女がその場その場で出会った異性によすがを見いだそうとしたのは、これもごく当たり前のことにすぎない。

たとえ魔力、霊力、法力、超能力の類がいくら身に備わっていたとしても、その人固有の人間関係にそうした力が与る領分は意外なほどに小さいのではないかと昂一は考える。そうでなければ、この世界はそうした超能力者たちの手によってとっくの昔に魔界と化すか、天国に生まれ変わっていることだろう。それに、もし由香里が絹子の言うような能力を持っていたとしても、彼女はそのことを十二分に承知しているに違いない、とその淋しげな顔を脳裡に浮かべながら彼は思っていた。

列車が東京駅に着いたのは六時をやや過ぎた時刻だった。

絹子が突然に登場してからまだ八時間足らずだが、昂一にはその幾倍もの時間が経過してしまったような気がした。先生の手当で被った全身の痺れはすでにおさまっていたが、沈み込むような疲労感はさらに重みを増していた。

改札を出たところで、絹子が、

「そういえばお腹ぺこぺこだね」

と言った。

「昂ちゃんは朝御飯は食べたの？」

いまになって訊いてくる。

「今日食ったのは、あの婆さまのくれた紙切れだけだよ」

答えると、絹子は顔をしかめて、

「そんな言い方しちゃ駄目よ。罰が当たるわよ」

と言う。罰なら俺の方はとっくに当たってるじゃないか、と内心思いながら昂一は黙った。

東京駅大丸のレストラン街に上がった。エレベーターホールの掲示板をしばらく眺めたあと、

「ステーキでも食べようか」

と絹子が言う。

「いいよ」

昂一が頷くと、

「鰻(うなぎ)にする？」

と訊いてくる。

「それでもいいよ」

さらに頷くと、

「昂ちゃんの好きなのにしましょう」

絹子が頬笑みかけてくる。

「なんでもいいから」

その笑顔にすこし鼻白んで、昂一はぶっきらぼうな物言いになった。

「じゃあ、ステーキにするね」

自分に言い聞かせるように絹子はそう呟き、やっと歩きはじめた。

店に入って席につくと、水とビニール包装されたおしぼりをウエイトレスが持ってくる。絹子は手元のおしぼりの封を切ると昂一に差し出し、昂一の分を抜いて自分の手を拭った。メニューを開き、三千五百円のディナー・コースを指さし、「これでいい?」と訊く。昂一が「いいよ」と返事すると、ウエイトレスを呼んで二人分注文し、瓶ビールと牛タンのスモークもつけ加えた。

「大阪も京都もすごく暑くってね、それに一緒に行ったのが若山部長でしょう。最初の日なんか午前二時までミナミを引っ張り回されて、直美ちゃんと二人で疲れきっちゃったわよ」

絹子は一人で出張の話をする。

「そうそう、バランタインの17年もの、お土産で貰ってきたのよ。昂ちゃん好きだったよね」

昂一が答えないと、

「ねっ」

と念押ししてきた。

「ありがとう」

それだけ昂一は言った。ビールとつまみが運ばれてきて、絹子は双方のグラスに注ぎ、先にグラスを持ち上げた。昂一は手を膝においたまま、目の前のビールの白い泡を見ていた。

「疲れた？」

口をつけずにグラスをテーブルに戻すと、身を乗り出すようにして絹子は顔を寄せてくる。

「昂一くん、元気出そうぜ」

絹子が笑った。昂一は顔を上げ絹子の目を今日初めてまともに見つめた。

「あのさあ……」

と言葉を切り出そうとした。しかし、後がつづかない。

「なあに」

「うん」

「なあに、疲れたの」

「ああ」

「そう」

笑顔が少しずつ歪(ゆが)んで、絹子は視線を逸らすとグラスのふちを人差し指でなぞりながら、不意に黙り込んだ。一回、二回と円を描く指先のリズムが段々ゆっくりになり、それが止まった瞬間、絹子の瞳から大粒の涙がひとしずく流れ落ちた。

昂一は何か明確な言葉を口にしたいと強く思った。このいたたまれない状況を一挙に解決してくれる決定的な一言を絹子に聞かせてやりたいと思った。だが、そういう魔法のような言葉があるはずもない。絹子は肩を震わせてすすり泣きをはじめている。

「どうして、こんなことになったんだろう」

昂一の口をついて出てきたのは、そんなつまらない台詞だった。昂一はグラスを持ち上げてぬるくなったビールを一息で飲み干した。

「ちょっとトイレに行ってくる」

彼は立ち上がり、入口のレジスターの前に立っていた店員に、絹子に聞こえるように大きな声でトイレの場所を訊ね、店外に出た。通路を右に進んだ奥に化粧室の看板が掛かっているのを確認したあと、逆方向へ歩きはじめる。最初の二十メートルほどはひどく足が重かった。何度か引き返しそうになる。階段に辿り着いてようやく、こういうことは今までも何度かあった、これで終わることもあれば、さらに先があることもあった――と思い切ることができた。

物事は誰の思い通りにも決して運ばないし、それくらいは絹子も心得ているだろう。

昂一は東京駅を出るとタクシー乗り場まで走り、車を拾って、絹子のいる場所から立ち去った。

14

日本橋でタクシーを降り、髙島屋に寄って小さなバッグと下着や靴下などを買うと、丸善で文庫本を何冊か仕入れて東西線で九段下まで行った。

靖国神社方面の出口から地上に出て、武道館を横切って北の丸公園の中に入る。御所方向に昂一は真っ直ぐ歩いていった。夏の宵の公園は勤め帰りのサラリーマンやＯＬたちで賑わっている。昂一がかつて働いていた会社もここから徒歩で十五分ほどの平河町にあったから、二年前までは彼もよくこの公園に足を運んだものだった。午後七時を回って猛々しい日輪も没し、うだるような暑気もようやく一段落といった気配が漂っていた。

公園を突き切って代官町通りに出ると、会社時代に馴染みだった千鳥ヶ淵のほとりの小さなホテルに昂一は部屋をとった。ダブルの一室をシングルユースでひとまず三日分予約したが、一泊一万二千円は、二年前より三千円も安くなっていた。案内を断って一人で五階の部屋に上がり、靴を脱いで広いベッドに身体を投げ出すと、何ともいえぬ解放感が胸に満ちていくのを感じた。

この小さなホテルは壁紙も色褪せ、排気用のダクトも天井に剝き出しで、決して一流とはいえないが、旧式のぶん部屋は広く、何より採光の良さと桜の並木がつづく眼下の景色の素晴らしさが昂一は好きだった。徹夜の校了作業などで家に帰るのが億劫になった折、よく自費で借りて昼間の一時をのんびり過ごしたりしたものだ。もちろん絹子には内緒のことだったから、彼女に勘づかれるおそれもない。

冷蔵庫から缶ビールを一本出して、九時のニュースを眺めながら飲み干した後、昂一は一階のレストランに降りて、帆立の貝柱のワイン蒸しとガーリックトーストで簡単な夕食をすませた。空腹のはずなのに意外に食はすすまなかった。

五階の自室に戻り、今度はミニボトルで薄い水割りを作ってちびりちびりやりながら、ベッドに入って文庫本のページを繰った。好きな作家の初期の短編集で、読み疲れしないだろうと選んできたのだ。一番短そうな一篇をつらつらなぞっていると、主人公の青年が小さな場末の公園でぐったりとベンチに座り込んでいる昼ひなか、となりの貧相な老人がステッキを胸に抱いて誰に語るともなくこんな台詞を吐露するシーンに行き当たった。

「元気が失くなったときはねェ、自分の子供のときのことを思い出してみるんですよ。これが元気を取り戻すこつですなァ」

その台詞を何度か反復して読み、昂一は手元の本から顔を上げて、静まり返った殺風景な部屋を見た。学生の時に亡くなった母の顔を脳裡に思い描いた。夫に先立たれ苦労しどおしで逝った母に、結局自分は何もしてやることができなかった。だが、母や兄と共に九州の片田舎で暮らした十数年間が、自分にとって最も幸福な時代だったような気がする。

そろそろ潮時かもしれないなあ——ふとそう感じた。

もう一度仕事を見つけ、すべてをやり直す時期が訪れたのかもしれない、そんな気がした。こうした突飛な状況にでも陥らないかぎり、これまでの生活を変える契機を見出すことが自分にはできなかったのではないか。一抹の侘しさ、情けなさはあるが、要するに自分はそういう種類の、その程度の器量の人間でしかないのだろう。

どちらが悪いかと言えば絹子の方が悪いとは思う。

彼女に藤堂という男がいることは今日の言動で明らかだった。由香里が教えてくれたように二年前からの関係なのだろう。そうやって人を欺いておきながら、相手が同じことをやったからと責め立てるのは筋が通らない。が、問題は事の是非ではないとも昂一は思う。重要なのはどちらがより深く相手を傷つけたのかという点だ。その観点に立てば、非は自分に多くあるという気がする。

きっと絹子はひどくプライドを棄損されたのだ。

昂一にはそういうプライドがもうあまりなかった。二年前に会社を辞めて絹子の収入を支えに暮らしはじめたときに、面倒臭い諸々の義務や規範と一緒くたにそんなものは窓の外へ放り捨ててしまったのだ。だがそれは、絹子という存在自体を、その経済的価値以外は余所へうっちゃってしまうに等しい行為だったのかもしれない。要するに、自分のようにさしたる理由もなく自らのプライドを引き下げてしまうと、自分と関係する人間たちの誇りをもないがしろにしてしまうのではなかろうか。そのことに昂一は初めて気づかされたような気がしていた。

仕事を捨て、日々のごたごたから逃れているうちに、いつの間にか虚無的になり過ぎてしまったのだ、と彼は思った。どんな理由があるにしろ、実感として妻の浮気に深刻な打撃を受けなくなってしまってはどうにもならない。その点では絹子の反応の方がよほど人間らしく見える。

昂一は本を閉じ、残りの水割りを一息で呷(あお)ると柔らかな枕に頭をあずけて目をつぶった。

たしかに自分の手に余る事態を、絹子のように御祓(おはら)いや祈禱のたぐいで解決しようと図るのは褒められた話ではないだろう。しかし、そこに絹子なりの必死さと一途さとが垣間見(かいまみ)えたのも事実だった。翻(ひるがえ)って自身を眺めてみると、自分にはその程度の懸命さすらないように思える。相手の藤堂という男がどんな男なのか想像もつかないが、絹子は絹子なりの切実さで関係を守りつづけてきたのかもしれない。由香里もそのような意味のことを言っていた気がする。それに比べて、自分と由香里との関係はいかにも安直なのではないか。絹子のプライドが傷ついたであろう一因はきっとそういう安易さにあるのに違いない。

急に酔いが回りはじめ瞼(まぶた)が重くなってきた。昂一は薄い毛布をたくし上げた。

絹子への義理立てというわけでもないが、この数日で仕事を探すのも悪くないなあ、と次第にぼやけていく意識の中で思う。今頃、絹子はどうしているだろうか、と無言で呟いた途端、彼は深い眠りの底に落ちてしまったのだった。

目を覚ますとすっかり陽は高くなっていた。

洗面所で顔を洗い、ドアの下に差し込んであった新聞に一通り目を通すと、もう何もすることがなかった。といって、この狭い一室では自宅に居るときのように漫然と日を過ごすわけにもいかない。着替えを終えて、とにかく外に出ようとレースのカーテンを目いっぱい引いてみた。灼けつくような陽射しの下、まるで干上がったように白茶けた景色が窓外に広がっていた。この陽気ではとても街をぶらついてなどいられない。どうせこそこそと映画館にでも逃げ込むのがおちだろう。

昂一はげっそりしてベッドに座り込み、昨夜読みかけだった文庫本を手に取った。だがどうにも活字を追う気になれなかった。もう一度窓辺に目をやって、絹子はこんな熱暑の中を今朝も仕事に出たに違いないと思う。あれから一人国分寺に戻ったのだろうか。昨夜は連絡もしてこなかった。むろん絹子からの電話に昂一が出たはずもないが、それでも何度もかけつづけるというやり方もある。そこは難しい局面だが、しかし、ほんとうに相手との関係を維持したいと望めば、やはり電話は寄越すべきだろうし、留守録にメッセージくらいは残しておくべきだろう。親子にしろ夫婦にしろ親友同士にしろ、人間関係というのは軽く見はじめると際限なく軽く見られるようになってくる。かつて読んだ本の中で、ある小説家がこんなことを書いていた。どんな大切な関係であっても、その大切さはそれが終わったあとでしか知れない。なぜならすべての人間関係は必ず滅する運命にあり、だからこそ人間は常に新しい関係への期待を捨てることができないからだ——と。たしかにその通りだと昂一は思った。自分が昨夜、絹子のもとを逃げ出したように、絹子も自分のもとを逃げ出したのだ。

ナイトテーブルの時計を覗くとちょうど十二時になろうとしている。昂一は正午のニュースでも観ることにした。

スイッチを入れてＮＨＫにする。映像は浮き上がってきたが画面はひどく乱れ、音声も不明瞭だった。アナウンサーのひび割れたような声が響いてくる。別のチャンネルに次々切り換えてみたが同様だった。たぶんアンテナの接続でも悪いのだろう。古くはあるが由緒あるホテルなだけにこんなことはめずらしいと昂一は思った。これも長引く不況の影響なのだろうかなどと考えながら、フロントに連絡するために受話器を持ち上げる。

直通番号を押したが回線は繋がらなかった。コール音も聞こえない。何度繰り返しても同じだった。昨夜レストランの営業時間を問い合わせたときは繋がっただけに、怪訝(けげん)な気持ちになる。ホテル全体の電気系統に異常でも生じているのか。

試しにどこか別のところへ電話してみることにする。

外線はゼロ発信なのでゼロのボタンを押す。が、受話器は無音のままで反応がない。

電話そのものが死んでいるようだ。館内電話の麻痺（まひ）というのはいくらなんでもあり得ないと昴一は思った。

ふと厭な予感が脳裡をよぎり、簡易充電器に差し込んだままテーブルの上に置いていた携帯電話を取り上げた。しばしためらってから登録してある由香里の携帯番号を押す。発信音が鳴って幾分ほっとしたが、しかし電話は通じなかった。

「おかけになった電話は電波の届かない場所にあるか、電源が入っていないためかかりません……」

一度切って発信履歴を確認する。間違いなく由香里の番号だ。もう一度やってみた。

「おかけになった電話は電波の届かない場所にあるか、電源が入っていないためかかりません……」

どう考えても奇妙だった。もし何らかの理由で由香里が電源を切るなり、通話不能の場所にいたとしても、留守番電話には接続されるはずだ。いきなりこのメッセージに繋がったことはこれまで一度もなかった。

このテレビの不全といい、館内電話の不通といい、そして由香里への連絡不能といい、単なる偶然の重なりとは思えなかった。昨日会った「先生」の温和そうな顔が浮かぶ。帰路で見せた絹子の自信たっぷりの様子が甦ってきた。昴一は急いで荷物をまとめはじめた。どうやらここにも長居はできないようだ。

由香里の声が聞きたかった。というより彼女の存在を確認したかった。こうなってくると一刻も早く会って事情を聞かねばならないという気もする。万が一のことだが、彼女の身に何事か起こった可能性もある。言葉の勢いではあったろうが、そう言えば絹子は物騒な台詞を口走ってもいた。絹子は由香里のことを「きっと破滅させてやる」と言ったのだ。

バッグを提げて昂一はドアノブに手をかけた。このときもう一度だけ由香里に電話してみる気になった。

携帯を取り出しリダイヤルする。不思議なことが起きた。呼び出し音に変わったのだ。震えるようなベルの響きがあって、誰かが出た。

「はい……」

くぐもった声だ。昂一は警戒した。

「種本さんでいらっしゃいますか」

おそるおそる訊く。

「はい、そうですが……」

どうやら由香里本人だが、起き抜けのようなぼやけた声になっている。

「ぼくです、繁村です」

昂一も他人行儀な言い方になる。

「ええ」

ひどくそっけない。

「さっきからずっと電話してたんですが……」

「そうですか。ちょっと頭が痛くて寝ていたから」

昂一は二の句の継げない心地になった。由香里の抑揚のない声には明らかに拒絶の色が滲んでいる。昨日の一件で彼女も思うところが大きかったのだろうか。電話するべきではなかったと後悔したが、わずかに踏みとどまる気分になった。

「ずっときみの携帯が通じなくて心配してたんだ。ぼくの方も昨日はあれからいろいろなことがあってね。いま一人で都内のホテルにいるんだけど、絹子がまた何か言ってきたんじゃないかとも思って、大丈夫かどうか確かめたかった」

由香里は黙って昂一の言葉を聞いている。さしたる反応はない。

「絹子から、連絡なかった？」

「いいえ、あれからはなんにも」

「そう」

「……」

「すまなかったね。具合が悪いときに電話なんかしちゃって」

「いえ」

「じゃあ、またぼくの方から連絡します。もし絹子から何か言って来たら教えてください。きみには迷惑かけないようにこっちで方法は考えるつもりだから」

「はい」

とりつくしまがない、という印象のままに昂一は電話を切るしかなかった。

ベッドに戻り、膝を折るように座り込んで呆然と窓の方に視線をやった。こんな姿を絹子にだけは見られたくない、と思う。仰向けに寝そべり天井を眺めながら、まいったなと呟く。この一室にまるで監禁でもされているような頼りなさと孤立感を覚えた。とうとうどこにも行く場所がなくなってしまった。

だが、その一方で、持ち前の冷静さが自分の中に生まれてきているのも感じた。

昨日の別れ際、耳朶の奥に聴こえた由香里の最後の言葉がくっきりと脳裡に再現されてくる。

「昂一さん、また疲れたらおいでね。わたしずっと待ってるからね」

思い出せば、あれは呟きですらなかったのではないか。もし由香里が実際に口にしたのなら、たぐいまれな聴力の持ち主である絹子が聞き咎めなかったはずはない。ということは、あのときの由香里は昂一の心のなかに直接語りかけてきたのだ。

絹子が先生に語った由香里の超常能力なるものには、まだ今ひとつ現実味がなかった。しかし、あの一瞬の声ならぬ由香里の声については、こうして記憶を辿ってみると、ただならない実感を伴って意識に迫ってくるものがあった。たしかに、と昂一は思った。

たしかに由香里には何らかの特別な能力がある。

やはり由香里に会わなければならない。頭が痛いと言っていた彼女のことも気にかかる。それに、昨夜、大丸のレストランの席を立ったときから、いや、絹子と共に由香里の部屋をあとにした瞬間から、自分はもう一度由香里のもとに帰ろうと決めていたのだ。自分の進む道は自分で決めたい、その素直な気持ちを昂一はようやく見定めることができた気がした。そして、いかなる思惑やサイキックめいた力が周囲に渦巻いていたとしても、自らが揺るぎない意志を保つ限りは何ほどのこともあるまい、と彼は感じた。

昂一はベッドから立ち上がり、再びバッグを提げてドアのところまで行った。

ところが、また不思議なことが起こった。

今度はいくらノブを回してもドアが開かないのだ。五分近くも押したり引いたりしたあげく、昂一は深い吐息をついてドアから身を離した。どうして通じるはずの携帯が通じなかったのか。由香里のところへ行こうと決めた途端に通じたのはなぜなのか。そして、この扉はなぜ開かないのか。

昂一はふっと背中に人の気配を感じて振り返った。

むろん部屋には誰もいない。強烈な夏の午後の日差しが大きな窓からさんさんと降りそそいでいるばかりだ。ズボンのポケットから携帯を抜いて、由香里の番号をリダイヤルする。

「おかけになった電話は電波の届かない場所にあるか、電源が入っていないためかかりません……」

なんたることだ、と慄然（りつぜん）とする。が、次の瞬間、握り込んでいた携帯の着信音が派手な音を立てて鳴りはじめた。これにはさすがに昂一も仰天して声を上げた。ディスプレイには「種本ケイタイ」の文字が表示されている。慌てて通話ボタンを押す。

「もしもし、昂一さん」

由香里の声だ。昂一は救われたような気分になった。

「さっきは、ごめんなさい。なんだか頭が急にぼんやりして、昂一さんだってよくわからなかったのよ。そっちは大丈夫？」

先ほどと異なり、普段通りの由香里のようだ。

「あんまり大丈夫じゃない感じだね。変な具合になってるようだよ。昨日絹子に千葉の霊能者のところへ連れて行かれておまじないのようなことをされたけど、それと関係あるような気がする。由香里さんには分かる？」

「ええ。誰かがすこし余計なことをしてるようだわ。さっきは油断してたから、わたしもひっかかっちゃったみたい。でも、大した力でもなさそうだから、全然心配しなくても大丈夫よ」

「ねえ、一体どうなってるの。ぼくにはうまく呑み込めないんだけど、絹子はきみが超能力者で、その力を使ってぼくのことを誑かしていると言っている。ぼくもきみが何らかの特殊な能力を持っているような気はするし、いまこの状況を見ても奇妙なことばかり起こっている。そもそもきみたちは高校時代からの付き合いじゃなくて、美別で一緒に育った仲だというじゃないか。正直なところ、ぼくには何が何やらまったく理解できないんだけど」

昂一は半ば途方にくれたような声でそう言った。

「もう大丈夫だから、そんなに心配しないで。あなたのことはわたしがシールドしたから、もう誰も手は出せないし、絹ちゃんはわたしのことも、わたしの力のことも誤解してるのよ。ほんとうはそんなに大袈裟なものなんかじゃ全然ないんだから」

「だけど、現にいまだってドアが開かないんだよ」

「もうそんなことない。試しに開けてごらんなさい」

昂一は携帯を耳に当てたままドアに近づいてノブを回した。ドアはちゃんと開く。それでも念のため開け放しにして、

「ほんとだ」

と言った。

「その人は、あなたの潜在能力をほんのすこし利用してそんな手品まがいのことをしてるだけだから、あなたをどうにかしようというつもりも、それだけの力もないのよ」

「やっぱり、きみはサイキックなわけ。どうなの」

「だから、そんなんじゃないって。ただ、ちょっとだけ、普通の人は一生眠らせたまま終わらせる能力を使うことができるだけだよ。ねえ、よかったらいまからわたしのところへ来ない？　そのことも昂一さんに説明しておきたいし、絹ちゃんとのあいだもこのままというわけにもいかないと思うから」

由香里の口振りは、いつになくしっかりとしていた。

「そうだね。その方がよさそうだ」

最初からそのつもりだったので昂一はすぐに同意した。

「じゃあ、待ってるね」

「ああ」

電話を切ろうとすると、

「ねえ」と由香里は言葉を引きずるようにしてつけ加えた。

「わたし、昂一さんが大好きだよ」

15

吉祥寺駅北口を出て左手のパルコの前を通り過ぎ、吉祥寺通りにぶつかった右斜にUFJ銀行がある。由香里のマンションはこの銀行の脇を入ってしばらくつづくこぢんまりとした商店街の一角にあった。デパートが並んだ表通りの賑やかさとは様変わって、街路には銭湯や八百屋、雑貨屋が軒をつらね、古びた二階屋なども幾つか残っている。人通りも疎らだった。

茶色の煉瓦タイルを張った見栄えのするマンションの入口が見えてくると、前庭の駐車場に赤ん坊を抱いた女性が佇んで、歩いてくる昂一の方を見ている。昂一は最初、それが由香里だとは思わなかった。長い髪をひっつめて後ろで束ね、ジーンズに白いTシャツを着た彼女は、黒縁の丸い眼鏡をかけていた。振った手でようやく気がついて、昂一は彼女の前まで小走りになった。

こうして出迎えてくれたことだけで、昂一は由香里の柔らかな気持ちに触れたような気がした。眼鏡をかけた彼女は、いままでより若々しく愛らしく見える。

「眼鏡だから、気づかなかったよ」

昂一が近づきながら声をかけると、由香里は、

「昂一さん、電車で来たの？」

と訊いた。

「うん、遅くなってごめん。待たせたかな」

「そんなことない。でも良かった」

「何が？」

「うううん、何でもない。車で来るのかなと思ってたから、ちょっと心配になったの」

「車は絹子のところに置いたままだから」

「そっか。じゃあ、暑いから部屋に戻りましょう」

促されて、昂一はマンションの玄関をくぐった。

由香里の部屋に上がり、リビングのテーブルの前に腰を落ち着けた。壁にかかった時計の針はすでに三時を回っている。寝室で真悟を寝かせてきた由香里が、冷たい麦茶の入ったコップを昂一の前に置いて向かいに座った。テーブルには大きなヒマワリの花が

一本白い花瓶にさしてある。

「ずいぶん立派なヒマワリだね」

昂一は麦茶を一口すすって言った。

「気づかなかった？　このマンションの向かい側にたくさん咲いていたでしょう」

「そうだったっけ」

「向かいのクリーニング屋さんの奥さんが入口の前に何本も植えているのよ。それで、ついさっき一本いただいたの」

昂一は自分の方を向いた花に顔を寄せた。

「なんだか、見てるだけで元気が出てくるような気がするよ」

「でしょう。わたしもそう思ったの」

無言でヒマワリの黄色い花びらを一枚一枚数えていると、

「たった一日だけなのに、もうずいぶんあなたと会ってなかったような気がする」

由香里が静かな声で言った。昂一はヒマワリから視線を外して由香里を見た。

「なんだか、きみにもすっかり迷惑をかけちゃって」

「そんなことない。わたしの方こそ、昂一さんに迷惑かけてしまって」

そこでしばらく二人とも黙り込んだ。

考えをまとめ、言葉を選んだあとで昂一は口を開いた。

「無責任な言いぐさに聞こえると思うけど、ぼく自身、これからどうしていいかよく分からないんだ。絹子とのことにしても、きみとのことにしてもどうすればいいのか分からない。こんなことになって絹子をひどく傷つけたことはたしかだと思うし、この二年のあいだぼくが彼女にかけてきた負担を考えれば、ぼくのやったことに弁解の余地はないと思う。ぼくが彼女だったとすれば、きっと我慢がならないことなんだと思う。そりゃあ、ぼくにだって探せば言い分の一つや二つは見つかるかもしれないし、絹子の方に別に付き合っている男がいることもどうやら間違いはなさそうだ。一個の夫婦として客観的に観察すれば、ぼくと彼女との関係はすでに破綻してるのかもしれない。しかし、だからといってぼくが開き直るわけにもいかない。結局、いま必要なのは絹子の心中を見極めて、これからのことを真剣に二人だけで話し合うことなんだと思う。絹子が一体どうしたいのか、まずはそれを知ることが大切だし、それが分かった上で、ぼくはぼくなりに自分の言い分を彼女にきちんと伝えないといけない。むろんきみとのこともそうだし、彼女の男のことについても突き詰めた話をすべきだと思うよ。だけどその一方で、ぼくはもうそんな話し合いなんかしても仕方がないような気もするんだ」

真剣なまなざしで聞いていた由香里が怪訝そうな表情を浮かべた。

「どうして仕方ないの」

と言う。

「本気になれないような気がする。すくなくともいまの時点ではね」

昂一は言った。

「本気って？」

ますます由香里は不思議そうな顔になった。

「さっきの電話でもちょっと言ったと思うけど、絹子はぼくがきみに騙されてると信じ込んでるんだよ。きみの人間離れした能力にぼくが操られていると思ってる。自分がきみの被害者であるようにぼくも同じ被害者だと考えてる。そうやって、彼女が事実の客観的な評価を投げ捨てて、互いのあいだに起きた出来事を軽んじているかぎりは、ぼくが何を言ってみてもまともな話し合いになんてなるわけもないし、結果だってうまくいくはずもないと思うんだ」

昂一はそこで言葉を区切って由香里を見た。なおも困惑したふうに彼女が見つめ返してくる。

「それに……」

さらに言葉を足すことにする。

「絹子だって本気だと思えないしね」

「どうして」

由香里の瞳が昂一を咎めるような色合いを帯びた。

「絹ちゃんは、わたしのことも、でたらめを言ってるわけじゃないのよ」

「そうだとは思ってるよ。ぼくだって、きみについては訊ねたいことが山ほどある。だけど、ぼくがきみに惹かれたのが全部きみの超能力のせいだ、というのはどう考えてみても絹子の間違いだよ。別にぼくは行きずりの人に突然攫われたわけじゃない。きみに何らかの能力があったとしても、まさかきみがハーメルンの笛吹き男みたいなことやったわけじゃないだろ。そのくらいはぼくにだって分かる。きっと絹子にだって薄々分かってはいるはずだよ。なのに絹子はそこからは目を逸らし、直視しないようにしてる。彼女が事実を軽んじているというのはそういう意味だし、本気じゃないというのはそういうことだよ」

　由香里はひとつ息をついて言った。

「絹ちゃんは一体どうしたいんだと思う？　わたしは絹ちゃんがこれからも昂一さんと一緒にいることを望むのなら、昂一さんを返してあげてもいいと思ってるよ」

　返す、という言葉に昂一は由香里の気持ちの勁さを感じた。それほど不快な印象は持たなかった。

「たぶん、彼女にもまだ分からないんだと思うよ。ただ、絹子は突然に勃発した人生上の大問題をとにかく解決したいんだろう。あの人はそういう人だからね」

「そうかもしれないわね。わたしはいつでも身を引いていいし、これ以上、絹ちゃんに厭な思いをさせたくないと思ってる。だとすれば、やっぱり昂一さんがどうするかを決めるのが一番なのかもしれないね」

「そうだね。だけど、ぼくがいまできることと言えば、絹子ともしばらく距離を置き、きみとも距離を置くってことくらいだと思うよ。変な言い方になるけど、そうやって独りになって成り行きを眺めているしかないような気がする。どちらとの関係が時間に耐えて生き残るのかを、じっくり一人で見きわめるっていうか」

昂一のこの台詞に由香里は苦笑した。

「昂一さんも、やっぱり男なのねえ」

「なんで?」

「肝心なことは自分で決めないのよね。ほんとずるいんだから」

そこで昂一も笑う。

「たしかにね。だけど、どうしていいか分からないときは時間に任せるしかないじゃない」

「その時間がさ、男と女だとぜーんぜん違うんだよね」

「そうかなあ」

「そうだよ。女の持ち時間はすくないから、時間頼みなんかできないんだもん。絹ちゃんが問題を解決したいのは、彼女には昂一さんみたいに持ち時間がないからだよ」

「そういうもんかね」

由香里がまた笑った。

「ほらね、こんどはそうやってオトボケだもんね。やっぱり男ってずるいよ」

「だけど……」

昂一も反論することにした。

「きみだって、これからどうしたいか分からないんだろ。別にぼくとずっとやっていきたいってわけでもなさそうだし」

「そんなことないよ」

由香里がきっぱりと言った。

「わたしは、昂一さんのこと絹ちゃんに返したくないよ。だけど、こんなこぶつきのわたしじゃ昂一さんに悪いし、さっきも言ったみたいに、絹ちゃんにはもっと悪いでしょ。諦めるときはきっぱり諦めないと。真悟もいてくれるし、わたしみたいな人間があんまり欲張ってみてもどうしようもないもの」

「ふーん」

由香里の言葉を聞きながら、やはり時間に任せる以外に当面の手立てはなさそうだ、と昂一は思った。絹子の様子からしても、自分がこのままずるずると由香里と共に過ごすわけには到底いかないだろう。そんなことをすれば絹子はますます由香里への憎悪を滾らせるに違いない。

「ところで……」

と昂一は切り出す。

「きみのことなんだけど、すこしぼくに説明してくれないかな。絹子はきみの能力について祈禱の先生にいろいろと話してたけど、中にはとても信じられないような話もあった。きみの口から、実際どういうものなのか聞かせておいてほしいんだ。それが、ぼくのこれからにどんな意味を持つのか、いまのぼくにはよくは分からないんだけど、それでも事実を大切にしなければ何も進展しないからね」

由香里は「そうね」と呟いたあと、こう言った。

「説明といっても、わたし自身にも本当はよく分かっていないのよ。ただ、わたしの持っている力がそんなに大袈裟なものでもなければ、自分や誰かの人生を塗り替えたりできるようなものでもないことは分かるの。だから、絹ちゃんが思ってるみたいに、わたしが力で誰かのことを好きにさせたりなんて、そんなことは絶対にできないし、そんな特別な力はどんな人間にもあり得ないってことは断言できるわ」

「まあ、それはそれとして、最初から話してくれないかな。美別で絹子と一緒に育った頃の話からね」

「分かったわ」

由香里は居ずまいを正して息を整えるような姿勢になった。が、そのとき不意に寝室で真悟の泣き声が聞こえた。

「ちょっとごめんね」

由香里は寝室へと立った。五分ほどして真悟を抱いて戻ってくる。彼女の腕の中の真悟は機嫌良さそうに笑っている。

「ねえ、おなかすいてない？」

由香里が言った。

そういえば一日何も食べていなかった。にわかに空腹をおぼえて昂一は頷いた。

「じゃあ、先に何か食べたら。簡単なもの作るから」

由香里は座っている昂一に真悟を渡す。受け取ると、この二日のあいだにまた重くなったような気がした。

由香里が炊事をしているあいだ、昂一はずっと真悟をあやしていた。台所の方を覗き、由香里の背中に声をかける。

「今日はどうして眼鏡なんてかけてるの」

「いつもはコンタクトレンズ使っているから」

「そうなんだ。そんなことも知らなかったよ」

「絹ちゃんに教えてあげたいくらいね」

包丁を使いながら由香里がくすりと笑う。

「今日はどうしてつけてないの」

「だって、昨日の晩、泣きすぎたから」

由香里はあたりまえの声でそう言った。

焼き魚にきのこの和えもの、こんにゃくの田楽、なすの漬物に豆腐の味噌汁と、食卓に並んだ料理は簡素なものだったが、昂一は箸をつけてみると、思わず食がすすんだ。

由香里はその間、向かいで昂一が食べるのをじっと見守っている。空の茶碗を差し出すたびに席を立って御飯をよそってくれる。

しかし、と昂一は食べながら思う。こうやって飯を食わせてもらうと、それだけで由香里にますます傾斜していくような気がする。

食事が終わると由香里は真悟を寝かしつけたあと、食器を片づけて洗い物を始めた。昂一は淹れてくれたお茶をすすりながら、流しに立っている由香里の後ろ姿を眺めていた。ジーンズにぴっちり張りついた由香里の大きな尻を見ているうちに、強い欲望が湧いてくるのが分かった。満腹になったら今度はこれか、と思い、我ながら勝手なものだという気がした。だが一方では、絹子とのあいだではとっくに失われてしまった男女の自然な生活を久しぶりに取り戻したような充実した気分もあった。

16

翌土曜日、昂一は朝早くからマンションを出た。由香里には「また絹子が乗り込んで来る可能性もあるし、夕方まで時間を潰してくるよ」と言い置いてきたが、本当は別に目的があった。昨日の彼女の告白を聞いて、誰か第三者に今現在の自分の状況を聞いてもらいたいと思ったのだ。むろん由香里に言ったとおり、絹子の再度の来訪を警戒しないわけではなかったが。

とりあえず駅北交差点そばのデニーズに入り、コーヒーを飲みながら相談に乗ってくれそうな知人たちの顔をいくつか思いうかべた。二時間近く考えをめぐらせて、やはりこの人しかいない、とある人物に絞りこんだ。十時を過ぎて席を立つと吉祥寺駅前のJTBで飛行機のチケットを購入し、店を出てすぐに携帯でその人に電話をかけた。二年ぶりの突然の電話に相手はかなり意表を突かれた気配だったが、「ぼくの個人的なことなんですが、どうしても聞いてもらいたい話があるんです。何時でも構いませんから今日中にお目にかかることはできませんか」と訴えると、彼は持ち前の明るい声になって快諾してくれた。久しぶりにその穏やかな声を耳にして、昂一の方は胸のつかえが幾分軽くなるようだった。

相手の指定した時間は午後二時半で、場所は豊洲のボウリング場だった。越中島の商船大学の裏手に住んでいる彼にすれば近場ではある。

「今日は、かみさんが同窓会で昼から出かけるから、午後は息子と二人でボウリングをして、それから食事でもしようと思ってるんだ。なんだったら繁村君も一緒に付き合ってくれると息子も喜ぶと思うんだけどね」

一も二もなく了解した昂一だったが、電話を切ったあとで面妖な心地になった。彼は当たり前の口調で「息子と二人でボウリング」と言ったが、三年近く前に会ったその息子さんの姿を想起してみれば、それはいかにも信じがたいことのように思えたからだ。

相変わらず熱暑の街中に出て、昂一は二時までのあいだどうやって過ごすかを考えた。月曜からの旅行に備えて幾つか揃えておきたいものもあったが、いまからデパートに寄って買い物をし、その荷物を提げて待ち合わせ場所に向かうというわけにもいかない。

豊洲まではＪＲと地下鉄を乗り継げば一時間足らずの距離だから、一時に吉祥寺を出発すれば充分間に合うだろう。昨夜も由香里の手料理をたっぷり食べたので空腹感もない。映画でも観て時間つなぎすることにして、彼は近くの映画館の門をくぐった。

電話した際に教えてもらった携帯の番号を使うまでもなく、ボウリング場のあるフロアに上がってガラス戸を引くと、受付カウンターのところで彼と息子さんが昴一を待ち構えていた。

「相変わらず時間には正確だね、きみは」

高木洋平はカウンターに置かれた大きなデジタル時計をちらと見ながら笑顔を作る。二時半ちょうどだ。

「すみません、待たせてしまったみたいですね」

昴一は、二年前とほとんど変わらぬ様子の高木に軽く頭を下げ、彼の隣に立っている少年の姿に目を見張った。思わず、

「丈太郎君？」

と語尾が跳ね上がってしまう。

丈太郎は頷いて、「こんにちは」とくぐもった声ながらもはっきりと言った。

最後に会ったときは小学校四年生だったから、いまは六年生、十二歳になっているはずだ。しかしその変貌ぶりは歳月の力量を遥かに凌(しの)いでいるとしか思えなかった。刈り

込んだ頭髪にヘッドギアを嵌め、車椅子に弛緩した痩身を横たえるように預けていた当時の少年からはまったく想像のつかない姿で、丈太郎は父親の隣に佇立していた。

「どう、見違えただろう」

高木がさらに満面の笑みになって言う。

「驚きました。ちょっと信じられないような気分です」

率直に昂一も答える。

「きみと会うと言ったら、かみさんはえらく残念がってたよ。ぼくが会社を辞めたあときみもすぐに辞めたと聞いて、ぼくたちはかなりショックだったんだ。何度か連絡しようかとも思ったんだが、ついつい臆病になっちまってね。いつかきみの方から連絡してきてくれるのを待ち焦がれてたんだ。そしたら今朝突然電話が来て、ちょっと面食らってしまったけどね」

「すみません、すっかり無沙汰にしてしまって」

「いや、謝らないといけないのはぼくたちの方だ。ほんとうはこの丈太郎のことも真っ先にきみに知らせなくちゃいけなかったのにね」

「とんでもないです。結局、ぼくはあの時もなんにも御役に立ててなくて」

「そんなことないよ。ぼくたち家族はきみのことは恩人だと思ってるんだ。あんな馬鹿なことをしでかして、ぼくの方こそさっさと会社を辞めてしまって、きみには礼一つ、恩返し一つできなかった。ほんとに申し訳なかったと思ってるんだ」

丈太郎は父の横で興味深そうに二人のやり取りを窺っているようだった。

「ところで、靴のサイズは？」

思い出したように高木が訊いてくる。

「26センチです」

高木は昂一の前を離れ、ハウスシューズの貸出機の方へ歩いていった。父親の後ろを丈太郎もついていく。足取りは多少不自由なものの、しっかりと歩いている。背筋もまっすぐに伸び、背もぐんと高くなったようだ。遠目にはごく普通の小学校六年生としか見えない。「驚くべき回復ぶり」などというレベルではない。高木夫妻はこの二年のあいだに一体どんな治療を試みたのだろうか。あのキンダム教授でさえ「これ以上の回復の見込みはない」と断言した丈太郎の重度の障害を、夫妻はどうやってこうまで劇的に克服させたのか。

高木から靴を受け取り、カウンターで指定された左端の2番レーンに三人で陣取った。五十レーンほどもある大きなボウリング場だったが、同じブルーのユニフォーム姿の団体客がその三分の二ほどを占めて何かの大会をやっているようだった。レーンをすべるボールの音、跳ね飛ぶピンの音で会場全体が沸き立つような喧騒に包まれている。

それぞれボールを選び、丈太郎は慣れたしぐさでスコアマシンの前に座ると、多少震える指先でゆっくりと三人のイニシャルを入力していく。その様子を昂一は呆気にとられて見つめた。

「ぼくたちは最近ボウリングに凝っててね。丈太郎の身体のためにもいいみたいなんだ。もう半年近くになるけど、どんどん運動能力が上がっていっているのが分かる」

隣に腰を下ろした高木が言う。

「凄(すご)いですね」

昴一が唸ると彼は無言で深々と頷き、

「奇跡だよ」

一言呟いてみせた。

奇跡か……。昴一も心の内で呟いてみる。昨日の由香里の話が甦ってくる。仮にあの話を百パーセント信じるならば、たしかに彼女が絹子に与えたものも奇跡以外の何物でもないだろう。

高木一家と昴一が関わりを持つようになったのは、高木退職の一年半ほど前からのことだった。それまではお互いろくに言葉を交わすこともない間柄にすぎなかった。きっかけはほんの偶然だった。当時、昴一は月刊誌の編集部にいて、その雑誌に連載を始めることになったある作家の新任担当者を命じられた。一方高木の方は出版部に在籍し、作家とはとりわけ深い親交を結ぶ長年の担当者で、そもそも当の雑誌連載も高木が作家を口説き落としてようやく実現にこぎ着けたものだった。刊行すれば大ベストセラー確実の大家ではあったが気難しいことでも有名で、彼に直言できるのは業界全体を見渡しても高木一人というのがすでに常識となっていた。

この作家は新任いじめでもとかく定評のある人物で、大のゴルフ好きということもあってゴルフ下手は門前払い同然の扱いを受けると言われていた。従って連載の打ち合わせもっぱらコース上で行なうのが相場だったのだが、どうしてそんな拝命となったのか、昂一はクラブなどろくに握ったこともなければゴルフ中継だってまともに観たことがないという素人で、はなから担当失格と言っても過言ではなかったのだ。もちろん高木の場合は社内でも聞こえたシングルプレイヤーだった。

連載の打ち合わせのために作家のもとを訪ねる日も迫り、昂一は高木のところへ相談に行った。編集長も同行する最初の顔合わせはともかくも、今後、ゴルフ抜きで作家と付き合うのはおよそ不可能であり、といっていまから押っ取り刀で始めたとしても、共にラウンドすれば足手まといになるだけなのは目に見えている。一体どうしたものかと昂一は正直思案に暮れてしまっていたのだった。

よほど浮かない顔をしていたのだろう、高木は昂一の心配を聞くと、「そんなこと気に病むなんてきみらしくないねえ」と一笑に付した。

「きみらしくないって、どういう意味ですか」

昂一が訊き返すと、

「きみは相手が誰だって思ったことはズバズバ平気で言う、って評判の男なんだろ」

そんな噂は初耳で、昂一は内心でちょっとげっそりした。

「あの先生のゴルフ好きは、まあ病気みたいなもんだけどね。しかし、実は半年前に心筋梗塞で一度倒れてるんだ。医者にもほどほどにしろときつく注意されてるくせに、ちっとも言うことをきかない。ぼくも会うたびに夫人と口を揃えてゴルフは駄目だと言いつづけてるんだよ。だから、今度の連載の担当者は、若くてはっきり物が言えて、ゴルフなんか全然興味のない男にしろってぼくの方できみんとこの編集長にリクエストしてたわけさ。だから、きみがゴルフができないのを気に病むのはまったくのピント外れってことだよ」

「しかし、そうは言ってもゴルフができないんじゃ、相手にしてもらえないそうじゃないですか」

「ま、いままではそうだったけどね」

「だったら、ぼくはどうすればいいんですか。面と向かってゴルフなんてやりませんってきっぱり言えばいいんですか。そんなわけにもいかんでしょう」

高木は愉快そうに笑い、

「いや、きっぱりそう言ってくれたまえ」

「だけど、それじゃ口もきいてもらえませんよ」

「まあ、しばらくはそうだろうね」

「しばらくじゃないですよ、永久にです」

「それならそれで仕方ないさ。だけどあの人は、担当がゴルフ嫌いだからといって連載を落とすような人ではないよ。それはぼくが保証するよ」

「そんなめちゃくちゃな」

「それでも、先生のためにはゴルフなんかしない担当者の方がずっといいってことだよ。ぼくだってもう二度と彼とは回らないと宣言してるんだしね」

その場はそれきりで相談ともつかぬ高木との話し合いは終わったのだった。

二度目に高木と会ったのは、作家との顔合わせを終えた直後のことだった。昂一は、高木の言うことをきいたわけでもないが、のっけからゴルフはやらないと作家に言い放って、憮然(ぶぜん)とする相手に「いまさら始めても連載が終わるまでに先生とお相手できるほどに上達するとはとても思えないので、練習するつもりもまったくありません」とまで言ってのけてしまったのだった。

顔合わせの翌日、高木はわざわざ昂一の編集部まで訪ねてくると、隣の空いた椅子に腰掛けて、

「先生、相当おかんむりの様子だったよ。きみたちが帰ってすぐにぼくのところに電話寄越してきたよ」

と面白そうに言った。

「あとはお任せしますから」

昂一がぶっきらぼうに返事すると、

「ま、連載が始まったら毎回長い感想文を送りつづけることだね。何だったら最初の二、三回はぼくが添削してあげるから」

そう言い残して帰っていった。

結局、昂一は今度は高木の忠告に従い、原稿を貰う度に長文の手紙をしたためて先生に送った。業腹ではあったが、最初の三通は高木のところに持っていき、素直に教えを乞うた。そして、真っ赤になって戻される自分の拙文をためつすがめつし、高木の編集者としての才能とその文才に舌を巻きもしたのだった。

そのうち先生も原稿やゲラのやり取りで自宅に足を運ぶ折にぽつぽつと話をしてくれるようになった。半年近くが過ぎて、先生と高木と三人で銀座で食事をした。当然、話題はゴルフ談義となって、その席で、昂一は大学時代の親友が実はゴルフ部の主将で、一度彼に連れられてコースを回ったことがあると打ち明け、余りに達者な彼のスイングを目の当たりにして、却ってゴルフ嫌いになったと告白したのだった。その親友は、秋吉博文といって大学卒業後にニューヨーク州立大学に留学し、感覚統合療法の世界的権威であるジョニー・キンダム教授の研究室で研究をつづけている男だった。

この他愛ない一夜の余談が、高木一家と昂一とを結びつけた。

会食の三日後、昂一は高木に誘われて新宿に飲みに行った。しばらく仕事の話などしたあと高木は表情をあらためて、秋吉が師事するキンダム教授を昂一と秋吉の仲介で自分に紹介してもらえないだろうか、と頼んできたのだ。

そこで初めて、昂一は高木の一人息子である丈太郎の話を聞いた。出産時の酸素不足で重度の脳障害を負ってしまった丈太郎は、生後数ヵ月目から各種の発達トレーニングをつづけていた。中でもキンダム教授の主唱する画期的な感覚統合療法は、高木夫妻にとって希望の光とも言うべきもので、その二年ほど前から、彼はニューヨークの教授宛に診療依頼のレターを送っているということだった。

「もし、アメリカに来てくれと言われたら、まずは女房と息子の二人で渡米させるつもりなんだ。さいわい女房は英語は不自由しないし、ぼくも行った方がいいなら会社を辞めて向こうに渡るつもりでいる。そんなことも綴って数回手紙を出したんだが、先方からは丈太郎の年齢がすでに高すぎることと、やっぱり言語が違うこともあって効果的な治療が患者に対して行なえないという理由で、診療はむずかしいという返事しか来ない。そしたらあの晩、きみの口からキンダム先生の名前が飛び出したんで、これもきっと何かの縁かもしれないと女房とも話し合って、きみには迷惑な話だろうが、その秋吉さん経由でなんとか教授に接触させてもらえないかと考えたんだよ」

高木によると、英語圏の諸国からだけでも毎日幾通もの同様の依頼状が大学の研究室には舞い込み、とてもその一つ一つに対応はできないというのが教授側の実情らしいということだった。

高木が家庭にそんな大きな難題を抱えていようとは思ってもみなかったので、昂一は話を聞いてかなり衝撃を受けた。日頃の彼の水際立った仕事ぶりや穏和で快活な人となりからはおよそ想像できない一面を見せつけられ、自分の凡々たる生活に幻滅する思いもそこにはたっぷりと入り混じっていた。

秋吉とは留学以来ろくに連絡も取り合っていなかったが、昴一が頼めば最善の努力をしてくれることは疑いなかった。昴一は高木の求めに、その場で「やってみます」と答えた。

多少の紆余曲折はあったが、それから三ヵ月後、秋吉の奔走のおかげで丈太郎はキンダム教授の診察を受けた。京都で開かれる学会に招かれて来日した教授を宿舎のホテルに早朝訪ね、特別に診てもらうことができたのだ。だが、結果は高木夫妻の希望を打ち砕くことにしかならなかった。昴一も前夜から高木一家と共に京都に出向いたのだが、教授は自室で一時間以上にわたって熱心に丈太郎の状態を調べ、流暢な英語でこれまでの治療について語る高木の話に真剣に耳を傾けたあと、何とも言えぬ面持ちで、

「ここまでの重度障害のケースでは、年齢もすでに十歳に近づき、大脳の発達もほぼ完成されてきているため、知能、運動能力ともにこれ以上の向上はほとんど不可能だと言わざるを得ない」

はっきりとそう宣告したのだった。

たしかに、車椅子に座った丈太郎と前日に初対面し、歩行どころか起立すらまったくできず、発話も皆無に等しいその有り様を見て、昴一も門外漢ながら、この状態を改善する秘策などどこを探してもないのではないかと感じていた。

キンダム先生の診断を聞いた途端、母親の美樹は穏やかな表情のまま大粒の涙をこぼした。高木も目に涙を溜めていた。同席した秋吉も顔を下に向け、何かを堪えるように

肩を落としていた。だが、昂一が何より胸を抉られたのは、その一瞬の場面で、それまで薄笑いを浮かべてばかりいた丈太郎が、うちひしがれた両親をそっと見やり、ほんの幽かにその歪んだ頰を痙攣させて、まるではにかむように唇を嚙みしめながら、これ以上はあるまいというほどの哀しい色を瞳に浮かべて静かに俯く姿を黙視したことだった。

その日以降、高木とはしばらくの交流がつづいた。一緒に飲みに行き、彼の越中島のマンションに寄って奥さんや丈太郎に会うことも何度かあった。が、一年も過ぎるとお互いの仕事も忙しく、いつの間にかそれ以前の希薄な関係に復していった。だから、絹子は高木家の事情は昂一から聞かされてはいたものの、高木本人とも美樹や丈太郎とも一面識もない。

昂一が高木の突然の事件を聞きつけたとき、彼の取った行動に一点の曇りも感じなかったのは、昂一自身が評論家先生の暴言の中身を知ると同時に、丈太郎の顔を思い出したせいもあったろう。京都のホテルで、いとも恥ずかしそうに哀しんでいたあの少年の小さな姿を、昂一はそのときも鮮明に脳裡に再生することができたのだ。

17

高木とはゲームをやりながら話をした。

丈太郎がどのような治療を受けたのかまずは知りたかったが、昂一が一投目を投げてボックスに戻ってくると「ところで聞いてもらいたい話って何なんだい」と切り出され、彼の隣に座ってこの数日で自分の身に起きた出来事を、順を追ってできるだけ忠実に詳細に説明していった。

といっても、丈太郎がいい球筋のボールを投げると一緒になって歓声を上げ、高木や昂一も稀(まれ)にストライクでも出すとついつい盛り上ってしまい、一通り話し終えるのに一ゲームまるまる費やしてしまった。昂一が話すあいだ、高木は頷きながら黙って耳を傾けていた。丈太郎のスコアは七十八、高木が百四十一で昂一は百三十四だった。それでも丈太郎は八ポンドのボールをガターもたった一度しか出さずに十フレーム見事に投げ抜いたのだ。

一ゲーム終えると、高木は、

「丈太郎、お父さんはちょっと繁村君と話があるから、次のゲームは一人でやっててくれないか」

と言った。丈太郎は頷いてスコアマシンの画面を睨むようにしてメンバー表を修正すると、さっさと立ち上がって自分のゲームを再開する。

「三十分はかかるから、お前もジュースでも飲みながらゆっくりやっててくれ」

言い残すと、高木は別に心配げな顔をするでもなく、昂一を誘ってレーンから離れていった。

「一人で大丈夫でしょうか」

並んで歩きながら昴一が訊ねる。

「全然平気だよ。まだ発話の方はあと一歩なんだけど、知能は歳相応まで回復してるし、身体だってご覧の通りだろ。あの子はもうすっかり良くなってるんだ」

彼はちょっと誇らしげに言った。

二階のボウリング場を出て、昴一たちは四階のレストランに上がった。土曜日ということもあって意外に立て込んでいたが、奥のテーブルに向かい合って座り、二人ともコーヒーを注文した。

すぐにコーヒーが運ばれ、互いに一口すすったところで高木が口を開いた。

「要するに、きみが現在直面する問題は二つ、ってことだね」

「そうでしょうか」

喧騒の中で途切れ途切れに、それでいて集中を切らさないように話したので、昴一は幾分疲れてしまっている。つい間の抜けた返答になった。

「ああ。一つ目の問題は、きみと奥さんとの関係を今後どうすればいいかということ。加えて新たに関係を持ってしまった由香里さんとのあいだをどうすればいいかということ。つまりは男女の三角関係の問題だよね。そして二つ目は、その由香里さんという人が持っているという超能力についてきみがどう受け止めるかということ。これは、奥さんや彼女が打ち明けた摩訶不思議な話をどの程度信じればいいかという問題だね」

相変わらず冷静に喋る高木の落ち着いた面貌を眺めながら、昴一はさきほど自分が伝えた奇妙な話に彼がどういう感想を持ったのか読み取ることができなかった。もし昂一が高木の立場だったら、突然二年振りにやって来た後輩からあんな話を聞けば、真っ先に相手の精神状態を疑うにちがいない。

昂一が黙っていると、高木は口許に笑みを浮かべた。

「そして」

そこで一度言葉を切って、昂一の目を見据える。

「どちらかというと、きみは二つ目の問題について、ぼくに意見を聞きたいんだろう」

「そうですね」

「でも、まあ順番にぼくの考えを話させてもらおうかな」

「はい」

「まず最初の三角関係の問題についてだけど、急に由香里さんとの関係が奥さんに露顕して、きみとしては今後どうしたらいいか判断がつかないのは当然だし、きみが先行きについてどう結論を出したとしてもそうなるとは全然限らないね。奥さんにバレちまった以上、きみとの関係を続行するか否かの主導権は奥さんの側にあるし、由香里さんにしても事態がこうなってしまって、きみと今後も付き合っていくかどうかは、彼女自身がいまから考えることだろう。そして、奥さんと由香里さんとの友情関係について言えば、たとえきみがどちらの側に回ったとしても、またはどちらの側にもつかなかったにしろ、もう元に戻ることはあり得ないと思うね。どんなに親しい友達同士であっても一人の異性を奪い合う状況になれば、その関係は実質的に破綻するよ。これは例外のないことだとぼくは思う」

「そうでしょうか」

「そうだね。それに二人の関係は二人のあいだで決まるものであって、いまさらきみがどうにかできるものでもないだろ。最初に言ったように、きみには奥さんや由香里さんとの関係についても現在のところ決定権はほとんどない。だとすれば、きみが二人とのあいだで行き惑ってあれこれ悩んでみたところで意味はないってことだ。意味がないなら別に悩む必要はない。要するにきみは好きにしてればいいってことさ」

「好きにするってどういうことですか」

「だから、言葉通りの意味だよ。当分は由香里さんのところに厄介になってもいいし、頭を下げて奥さんのもとに戻ってみてもいい。ただ、奥さんがきみをすんなり受け入れるかどうかはかなり疑問だけどね。何しろ、きみの話だと、木曜日の晩にきみは奥さんの前から脱走しちまったんだろ。そうなると向こうだって易々(やすやす)ときみを許すわけにもいかないだろうしね。きみが二人の女性のどちらともいまは接触を断ちたいというなら、どっか安ホテルでも見つけて避難するしかないね。二番目の問題にも関わるけど、それが千葉の先生とやらのおまじないで恐ろしいことになるというなら、きみを守ってやると言ってくれている由香里さんのマンションに転がり込むしかないだろう。それがどうしても厭なら、ぼくのところに来てくれてもいいよ。ぼくも独立して大体は毎日家で仕事をしている身だし、何かきみにただならない事態が起きたら、その場で誰にだって連絡くらいしてあげられるからね」

高木は矢継ぎ早に言葉をつないでいく。そうやって整然と語られると、何となく彼の言う通り、絹子や由香里との関係はやはり成り行きまかせにするしかないようにも思えてくる。昂一自身がずっとそう感じてきたように高木も同様に考えているということなのだろうか。

コーヒーを口に含むと、高木は「さて……」と点を打つように言った。

「問題はやっぱり二番目のことだろうね。きみが深刻な混乱を余儀なくされているのも、こっちの方をどう理解していいかまったく見当がつかないからだよね」

「その通りです」

たしかに千葉での絹子の話にしても由香里の話にしても、さらには由香里が昨日の午後に見せてくれた不思議な能力の一端にしても、実際この耳や目でしかと見届けた部分もあるというのに、昂一にはどうにも信じがたいものなのだ。

「その種の話に関しては、二年前のぼくだったら言下に否定して、きみの精神状態をきっと危ぶんだと思うね」

さきほど昂一自身が思った同じことが相手の口から洩れて、彼は高木の顔をまじまじと見返した。そうは言っても、昂一のことを錯乱しているとでも見做(みな)しているのではないか、ふとそういう気がしたのだ。しかし、彼の温和な瞳からはそんな気配は感じ取れなかった。

「だけど、いまのぼくにはきみのことが信じられるよ。きみがこうしてぼくに相談しに来てくれたことにも何かの計らいがきっとあるんだろうと思うし、さっきも言ったように、ぼくや美樹がきみに連絡しようとしてどうしてもできなかったのも、恐らく今日この日のためにそうだったんだろうという気がする。きみの話を聞きながら、なるほど、だからだったのか、とぼくはそのことばかり胸の中で思っていたくらいだよ」

そこで高木は腕時計を見るしぐさをした。

「十五分経っただけか。まだたっぷり時間はあるね」

呟くと、姿勢を正して彼はゆっくりとした口調になった。

「人と人との縁というのはほんとうに不思議なものだね。今日きみと会えてあらためてぼくは痛感してるんだ。きみには何もしてあげられなかったと思ってずっと美樹と二人で悔やんできたんだけど、ようやくすこしは恩返しができそうな気がするよ」

まず高木はそう口にした。そして、

「その由香里さんという人に超能力があるのは間違いのないことだろうし、奥さんや彼女がきみに話したことは、たとえそれで全部ではなかったとしても、恐らくその通り事実なんだとぼくは思うよ」

と言い切ったのだ。

それから高木は「丈太郎がどうしてあそこまで回復したのか、きみに是非知っておいてもらいたいんだ」と前置きし、その不思議な経緯を話し始めたのだった。

丈太郎が見違えるほどに良くなったのは、一人の治療師と出会ったからだった。

高木は彼のことを「西新宿の老人」と呼んだ。名前や経歴はどうしても明かせないとのことだ。会社を辞めたあとの高木は、昂一同様やはり茫然とした心境でしばらくの日々を送ったという。事情はどうあれ、あれほど望んだ自由を手に入れ、時間のすべてを丈太郎の治療のために使える身となったにもかかわらず、彼には何をする気も起きなかった。そうやって三ヵ月ほど月日が過ぎたある晩のことだ。徒然に読んでいた友松円諦という浄土宗の僧侶の記した『法句経講義』という本の中に高木は次のような一節を見つけた。

——どこへ人間は行くのか、何をなすべきやということをほんとうに知り得たものだけがこの地上において生まれた喜び、生きていることの喜びを感ずるのです。しかもその、人生の意味を知らせてくれる真理というものは、どこにもある。道はまことに近きにある。ただ心なきものは、ちょうど匙がスープの味を永遠に知ることのないように、人生の中にいて人生の味と価値がわからないで死んでしまう。法然上人の言われた通り、月影の至らぬ里はなけれどもながむる人の心にぞ住むのです。

この老師の言葉に触れて、その晩の高木はまさに電撃に打たれたような感覚を味わった。自分はいままで丈太郎のことをごく普通の子供らしい子供にしようと躍起になってきた。その挙げ句、酔った勢いで誇張めいた言辞に自ら溺れただけの老人を殴り倒し、大切にしてきた仕事まで棒に振ってしまった。だが、この僧侶の記すように、たとえ五体満足に生まれたとしても「匙」のようにしか生きられないものばかりのこの世界で、果たして自分は丈太郎よりもどれだけ真理に近づくことができていただろうか。丈太郎以上に、月を眺めてその月を深く心におさめることが果たしてできていただろうか。そう思うと、高木は、息子がそのようにして生まれた、そのあるがままの姿に背を向けつづけてきた自分の罪業に戦くような恐怖を覚えた。要するに、自分は丈太郎が不自由な身体の全部を使って自分や妻に必死に教えてくれようとしたことを一顧だにせず、ないがしろにしつづけてきたのではないか。すぐ近くある道を知らず、どこにでもある真理に目を止めず、ただ自分は自分の見栄のために、決して肩代わりのできぬ苦しい日々を耐えている丈太郎の存在を、実のところ一切認めようとしなかったのではないのか。そしてこの十年のあいだ、何をなすべきかをほんとうに知っていたのは自分ではなく、むしろ丈太郎の方だったのではないか——高木は不意にそう悟ったのだそうだ。

「その晩を境に、ぼくはもう丈太郎を良くしようと考えないことにしたんだよ。それまで暇があればつづけていた医者探しも療法探しもすべて一旦諦めて、ただ、丈太郎が少しでも楽しく生きられるように、そのために自分にできることを日々積み重ねていこうって決心したんだ。そしたらそれまでの十年間、たとえどんなに愉快なことがあっても芯からは楽しむことのできなかった鉛のような心が途端に風船みたいに軽くなった。丈太郎が毎日を明るく生きていくためには、まず親であるぼくや美樹が毎日を楽しく過ごさなくてはいけないんだって分かったんだよ」

そう思い立った高木は、翌日、家族揃って車で旅行に出かけたのだという。二ヵ月かけて日本中を回り、行きたい土地に行き、泊まりたい町に泊まり、食べたい物を食べて歩いた。大変な散財にはなったが、それでもそんな金の心配や今後の仕事のことなどこれっぽっちも気にならなくなったところで、高木は東京に舞い戻ってきた。

高木が運転中に追突事故を引き起こしたのは、東京に帰った翌日のことだった。といっても彼がぶつけたのではなく、後続のトラックにしたたかにぶつけられた事故だった。幸い外傷はなかったものの数日もするとひどい鞭打ちの症状が出て、十日を過ぎると歩くのも困難な状態になった。頭痛もひどく、大きな病院で検査を受けたが、脳にも頸椎にも損傷はなく、ただの頸部捻挫という診断をもらっただけだった。

「馬鹿な話だけど、そうやって鞭打ちになって身体が思うにまかせなくなって、初めて丈太郎がどれだけ大変なのか身に沁みて知った気がしたよ」

整体や鍼にも通ったが、一向に症状は緩和しなかった。「長い旅行だったたし、何しろ丈太郎を連れての道中だしね。楽しかったけど、やっぱり身体がへばっていたんだろうね」。そんなとき、事故を起こした二十歳そこそこの運転手の雇い主である運送会社の社長が、おずおずと知人の治療師の名前を持ち出してきたのだという。それまでも半月に一度は高木宅に青年同行で見舞いに来ていた彼のことを高木は内心感心した気持ちで眺めていた。

とにかくどんな病気でも治す人物なのだが、懇意となった患者の紹介でなければ新患は受け付けないらしく、社長の場合は、夫人の母がその治療師の幼馴染みという誼で特別に紹介の労を取れるということだった。どうやら社長の身内でも幾人かが難しい病気を治してもらった気配ではあったが、具体的なことは社長も一切口にはしなかった。

その治療師が、高木が「西新宿の老人」と呼ぶ人物のことだ。

高木の場合は、たった一度、ほんの数秒のあいだ首筋から脊椎にかけて撫でてもらっただけで症状はきれいに消えてしまったという。

「それがちょうど一年ほど前だよ。あまりの効果のほどに、ぼくは思い切って丈太郎のことを老人に頼んでみた。すると、大丈夫だろうと言うんだ。それから三ヵ月間毎日通いつめた。最初の一ヵ月は何の変化も見えなかったけど、ぼくも美樹もきっと奇跡が起こると信じていた。ちょうど二ヵ月たった日、丈太郎が立ったんだ。そして翌日には歩き始めた。それからは一日ごとに見違えるように回復していったよ。繁村君、きみも丈太郎のあの変化を見ただろう。この世界には、まだまだぼくたちが知らないことが山ほどあるんだよ。だから、きみの奥さんや由香里さんという人が話したことも、きっとほんとうに起きたことだとぼくは思うんだ」

高木は、この世に奇跡は必ずあるし、それはいつでも、誰にだって起こりうることなのだ、と言うのだった。

18

全日空59便は定刻より五分ほど遅れた午前十一時四十分、無事に新千歳空港に着陸した。

空港ターミナルからJR新千歳空港駅までの長い連絡通路を歩いているあいだも東京とは比較にならぬ過ごしやすさを感じたが、いざ駅のホームに降り立ってみると、慌ててバッグから上着を取り出し、Tシャツの上に羽織らなければならないほどの涼しさだった。

東京はここ数日、日中は三十五度を超える猛暑がつづいている。夜に入っても二十八度という熱帯夜だ。それがわずか一時間半足らずでこの温度差というのには、やはり驚かされてしまう。さきほど空港で見た天候案内では、道南地方の天気は曇り、気温は二十二度と表示されていた。

夏の北海道は久し振りだった。

一昨年の正月には夫婦で札幌の義母の家へ帰ったが、夏休みを使っての帰省となると結婚した翌年、つまりは五年前の一度きりなのではなかったか。

十二時三十三分発のエアポート一二五号に乗って札幌駅に着いたのは午後一時過ぎの

ことだった。昂一は北口に出て、まずは予約しておいたホテルに向かった。

札幌の繁華街は駅の南口に集中している。赤煉瓦建築で有名な旧道庁も時計台も大通公園も、主要なホテルが建ち並ぶのもみんな南口方面だった。昂一が足を向けた北口の方には広々とした北海道大学の敷地があって、南口の喧騒とは無縁の雰囲気を醸し出している。

お盆が近いこともあるのか閑散とした街路を五分ほど歩いて、北大正門そばのビジネスホテルにチェックインした。七階のシングルルームに入り、窓の外を眺めると、大学構内の古めかしい建物群が一望に見渡せる。昂一は部屋にあった煎茶のティーバッグでお茶を淹れ、ベッドに腰かけてゆっくりと飲み干しながら、しばらくその景色を眺めていた。千歳は薄曇りの空だったが、この札幌はよく晴れている。

大きな空の下、遥か遠くまで澄み渡った北の大地がつづいていた。

まさかこんな時期、こんな形で北海道を訪れるとは思いもよらなかった、と昂一は思う。由香里の部屋で週末の三日間を過ごした。土日は絹子も休みのはずだったから、何らかの行動を起こしてくるのではと覚悟していたが、結局、連絡の一本すら入らなかった。しかし、だからといってこれ以上居つづけるというわけにもいかない。昂一は三日のあいだに買いそろえた衣類や日用品を、これも新しく買ったボストンバッグに詰め込んで、週明けの今日、由香里の部屋を出てきたのだった。心配気な彼女には、一日、二日都内をぶらぶらして、それから久し振りに熊本の兄貴のところへ甥っ子たちの顔でも見に行くかもしれない、と告げておいた。

由香里の話を聞いた時点で、絹子の母親に会いに行くことは決めていた。

彼女が打ち明けた話は、絹子のそれ以上に信じがたい内容だった。どうしても自分自身で事実を確認する必要があると昴一は思ったのだ。今後のことは、その作業を終えてから判断しようと考えている。まず義母に会い、それから二人が育った美別にも足をのばしてみるつもりだ。何日の滞在になるのかも分からない。急いで東京に帰ったところで、帰る家もなければ転がり込む場所もない。ある程度の収穫があるまで腰を据えても構わないと大雑把に考えていた。

お茶を二杯飲んで、携帯のディスプレイで時間を確認した。八月十一日月曜日の午後二時ちょうど。そのまま番号登録に表示を切り替え、か行の欄をスクロールする。「風間市子自宅」の電話番号を選び出して通話ボタンを押した。

五度コール音が鳴って相手が出た。軽く息を吸って昴一は切り出す。

「もしもし、風間さんのお宅ですか」

「はい」

「お久し振りです。東京の昴一です」

もう半年は声を聞いていないので、できるだけ気安い口調で話した。突然の電話でもあるし、なるべく義母を驚かせたくなかった。

「あら、お久し振りね。どうしたの」

市子（いちこ）はいつもの暢気な調子だ。むろん娘から自分たち夫婦の現状を聞かされている気配はない。絹子はそういうことで母親に泣きつくようなタイプではなかった。

「実は、昨日から取材で札幌に来ていて、今夜遅くの便で帰ろうと思ってるんですけど、よかったら夕方にでも顔を出させてもらおうかと思いまして」

「なあんだ、そうなの。取材って何の取材」

「ときどき書かせてもらってる旅行雑誌が北海道の特集をやることになって、それでコラムを幾つか引き受けたもんですから」

「もう仕事は片づいたの？」

「ええ。これから一軒ススキノのお店で簡単な取材をすれば、あとは空いてるんです」

「帰りの便は何時？」

「九時五十分の最終なんで、九時くらいまでは大丈夫です」

「そうね」

そこで短い時間、市子は口を噤んだ。

「だったら、その取材が終わったら家にいらっしゃい。晩御飯食べて行くといいわ」

「いいですか」

「もちろんよ。それより二人とも元気にしてる？　最近は絹子とも話してないんだけど」

「ええ。東京はすごい暑さなんで参ってますけど、絹子もぼくも元気にしてます」

「それならよかったわ。じゃあ、待ってるから。大体何時くらいになりそう」

「たぶん、三時過ぎにはお邪魔できると思います」

「わかったわ」

「じゃあ、のちほど」

そう言って昴一は電話を切った。

ボストンバッグから小さなリュックと市子への土産の菓子を取り出し、リュックにノートや地図などを詰めると、昴一は携帯のアラームを一時間後にセットしてベッドに横になった。この三日間、あまり眠っていなかった。毎夜、由香里と激しく交わったせいもある。昼間も真悟が眠った隙を見つけてはどちらからともなく互いの体を求め合った。だが、今日の睡眠不足はまったく別の理由だった。昴一は全身の力を抜いて部屋の白い天井を眺める。

うなされて目を覚ましたのは午前四時頃のことだ。

ひどく気味の悪い夢を見た。

最初に意識されたのは、目の前に横たわる誰ともつかぬ男の姿だった。彼は何か背の高い無機質な寝台の上に載せられていた。周囲はぼうっと靄(もや)でもかかったようにかすんでよく見分けられない。ただ、男の姿だけはくっきりと実在感を持って視野に入っていた。男は全裸のようだ。まるで検屍を受ける直前の死体めいて、彼が眠っているだけなのか、それともすでに死んでいるのか、はっきりと判別がつかない。昴一自身もどこにいるのか、視点が絶えずゆらゆらと揺れている。男に近づいたかと思うと、次の瞬間には、足元のあたりを遠く眺めるような位置にいる。接近したときに見た男の青白い顔は、頬がこけ、皺深く、五十歳はとうに過ぎた初老の面貌だった。誰かに似ている気がした。誰だろうと夢の意識で昂一は考える。誰だろう。思考を凝らしたその刹那、わずかな空白があって、気づいてみると昂一は横たわる男自身になりかわっていた。そして思い当たる。あの顔は俺の顔だ。

目覚めたように彼は寝台の上で目を開けた。何やら薄気味の悪い音が聞こえていた。それもすぐ間近だ。ふと首を小さく持ち上げて、胸のあたりを見やると、赤黒く巨大な一匹のムカデのような虫が全身を這いまわり、胸といわず腹といわず、尖った鋏のような顎で皮膚を喰い千切っている。昂一は仰向けに寝そべったまま、首をさらに起こして自分の身体が食われてゆく有り様をしばらく眺めていた。痛みは感じないが、吸い着くような感触があり、ムカデは小さな穴をあけて皮膚の中に滑り込んでいく。やがて内側から皮を喰い破って頭を出し、そのたびにじっと昂一を見すえた。不思議な桜色の血液が虫の穿った穴から噴き出し、昂一は全身血まみれだ。キチキチと微かな音を立てて虫は鳴く。最初に気づいた気色の悪い音がこの虫の囀りだったことを知る。虫は何か喋っている。昂一には聞き取れないが、それが激しい敵意を持っていることは感じる。ここから出ていけ、由香里に手を出すな、と言っているようだ。そのうち握り拳大の虫の頭が人間の顔に変わりはじめた。昂一は瞠目し、凍りつくような心地でその顔を見つめた。

見知らぬ男の顔である。年齢は四十歳くらいではないだろうか。髪を短く刈り込み、浅黒く焼けた頰はげっそりと削げ落ちている。そのくせ、黒目がちの瞳は異様に強い光を放って昂一を睨みつけていた。ふと目を凝らすと男の顔は濡れているようだ。短い頭髪も、そういえばびっしょりと濡れている。顎の輪郭から滴がしたたり落ち、それは昂一の腹のあたりにこぼれているのだろうが、感覚はない。

こんどははっきりと声がした。

「由香里に二度と手を出すな、殺す」

低くくぐもった、やすりで擦りつけてくるような厭な声だ。この顔は誰かに似ている。張りついた視線を引き剝がしながら昂一は思いを集める。

由香里……。

そう気づいた途端、突然、激しい恐怖が全身を一気に貫いた。動きのとれぬ身体を揺すって昂一は懸命の叫びを上げた。

そこで、ほんとうに大声を上げて目を覚ましたのだった。

隣で由香里の起きる気配がして、不意に部屋が明るくなった。眩しくて半眼の目を閉じる。

「血！」

由香里の尖った声が聞こえ、昂一はやっと目を開けた。意識が完全に戻った。声につられるように、いつの間にか大きく割れているパジャマの襟元に目をやった。夢のつづきさながら、昂一の胸は血だらけだった。ボタンを外して前をすっかりはだけてみる。

胸から腹にかけて太いミミズ腫れが幾筋ものたうち、その中心線に刃物で裂いたような傷が口をあけている。そこから、雨だれ模様に血がしたたっているのだ。不思議と何の痛みも感じない。

「なんだろう、これ」

昂一は半身を起こして、間の抜けた声でベッドの脇に立っている由香里に訊ねた。

「じっとしてて」

由香里の方は切迫した声音になっている。

「もう一度横になって。触らないで」

言われるままにベッドに再び仰向けに寝る。

「しばらく目を閉じて、何も考えないでぼーっとしててちょうだい」

由香里が屈み込むようにして腕を伸ばし、傷のあたりに手をかざすのを視野の隅におさめてから、昂一は目をつぶった。胸から腹にかけて、微かな風の感触が広がった。一分も経たなかったのではないか。

「いいわよ」

由香里が息の切れた掠れ声を洩らし、昂一は目をあけた。見事なほど、傷はあとかたもなく消えていた。

「また、あの霊能者が邪魔してるの？」

じっとしていたあいだに想像したことを言ってみる。

「違うと思う。わたしがシールドしてるから、もう彼女には手を出せないはずよ」

「じゃあ、何なの」

「たぶん、別の人の仕業。わたしが好きになった人にいつもこんな悪戯をして追っ払おうとするのよ」

由香里の意味不明の言葉に昂一は戸惑ってしまう。

「だけど……」

そう言って口を噤む。夢の中に現れた虫は、最初は自分に似たあの初老の男を襲っていたような気がする。それがいつのまにか自分自身になってしまっていたのだ。だが、昂一は夢の内容には触れなかった。目の前の由香里が、心ここにあらずの虚ろな表情で、何か他の思いにとらわれているように見えたからだ。

「別の人って、誰のことを言ってるの」

それだけを訊いた。

「昔、よく知っていた人。昂一さんは知らない人よ」

由香里はそう言うと、あとは何も答えずに寝室から出て行ってしまった。

昂一は不思議なことに気づいた。あれだけの出血がありながらシーツには一滴の血もこぼれていないのだ。パジャマもそうだった。真っ赤に濡れていたはずなのに、いまは染みひとつ見当たらない。さっきの出来事は本当に起こったのだろうか。それとも幻覚だったのか。自分はいまのいままで眠っていたのではないか。現実だと信じていたここまでの全部が夢だったのではないか。しばらくして、由香里があたためたミルクを持って戻ってきた。

「何もかも消えてしまっている」

呆然として昂一が顔を上げると、カップを差し出しながら由香里が頷く。だが、

「もう大丈夫だから、心配しないで」

と、一言呟いたきりだった。

こうやって思い出してみても明け方の薄気味悪さが甦ってくるようだった。それに由香里のあの言葉は何だったのか。どうして夢の中の虫の顔が由香里に似ていたのか。「昔、よく知っていた人」とは一体誰のことなのだろう。さらには、寝台に横たわっていたあの初老の男は誰だったのか。ほんとうに俺自身なのだろうか。

ようやくうとうとしはじめたところで携帯のアラームが鳴り、はっとして昂一は身を起こした。もう一時間が過ぎてしまったのか。

眠気ざましにシャワーを浴びてから出よう。ぼやけた頭を振りながら緩慢な動作で彼はベッドから降りた。

19

市子のマンションは、北大のちょうど裏手、札幌北高校と大学第二農場に挟まれたバ

ス通り沿いに面している。北区役所は目と鼻の先で、札幌駅までも地下鉄を使えば二駅という至便な都心の一等地だった。昂一たちが結婚した当時の市子は東区に住んでいたが、二年前の春、絹子の弟が北大を卒業して大阪で就職したのを機会に、彼女はこのマンションを買って一人暮らしを始めたのだった。もとの家はいまもそのままにしてある。

風間家は北海道では名門の一つに数えられる資産家で、絹子の父親も北海道庁の教育長まで進んだ役人だった。東区の家も良材を贅沢に使った豪華な日本建築で、初めて門をくぐったときは、国鉄勤めの父を早くに失って、筑豊の片田舎で母の手ひとつで育った昂一には相当気圧されるものがあった。

容姿も人並み以上で成績も良く、現役で東京の大学に進学した絹子にとって、不幸と呼べる経験があるとしたら、大学二年の時に父親を突然の交通事故で失くしたことくらいだと昂一はこれまでずっと思ってきたのだ。

マンションの広いロビーで時間を確認し、昂一は分厚い硝子扉の正面に据えられた金色のインターホン・テーブルの前に立った。三時半ちょうど。いい頃合だろう。702とボタンを押してコールすると、市子の明るい声が返ってきた。

市子は出前の寿司をとり、かにの天ぷらの用意をして待ってくれていた。

一年半振りの再会だった。相変わらず若々しい。そろそろ還暦を迎える年回りのはずだが、五十代の初めくらいにしか見えなかった。絹子の容貌はこの母から受け継いだものだが、顔立ちでいえば、市子の方が上だろうと昂一は思っている。写真で知るだけとはいえ、亡くなった父親の賢一郎(けんいちろう)は案外に地味で昴一同様無骨な印象の人だった。

お吸い物の椀を昴一の前に置き、

「ごめんなさいね。大したものじゃなくて」

と言いながら市子は向かいの椅子に腰を下ろした。

広い居間は全面硝子張りの大きな窓に取り囲まれ、午後の日差しがいっぱいに射し込んできている。窓外には札幌の美しい街並みが広がっていた。

昴一は問わず語りにしばらく東京での絹子との生活について話した。市子はときどき揚げた天ぷらを補充しながら、自分は寿司にも天ぷらにもろくに箸をつけずに昴一の話を聞いていた。たらばがにの天ぷらは口の中で甘くとろけるようで、昴一は遠慮も忘れてほとんど一人で平らげてしまった。

テーブルの上のものが片づき、エスプレッソと雪印パーラーのアイスクリームが出てきたところで、昴一はさりげなく今日の来訪の本当の目的を口にした。

「そうそう。お義母さんにちょっとお訊きしたいことがありました」

まるで不意に思いついたふうを装う。

「あら、何かしら」

市子はアイスクリームをすくう手を止めて、興味ありげな顔になった。さきほどまでの彼女の話でも、おおいに一人暮らしを満喫しているようだった。幾つかのカルチャースクールに通い、二十代の若い女性たちの中にも友だちが大勢できたと言っていた。しばしばこの部屋に仲間たちを招いて食事をしたり、酒を飲んだりもしているようだ。その精神の潑剌さが尚更に彼女を若々しく見せているのだろう。絹子にもそうした好奇心の旺盛さはあったが、この母のような根っからの朗らかさはないようにも思う。

「半月ほど前に絹子と一緒に部屋の整理をしたんですけど、そしたら、彼女の若い頃のアルバムが出てきたんですよ」

「へぇ、それで」

「で、一冊すごい古いのがあって、他のは見せてもらった記憶があったんですが、それは初めて見るアルバムだったんです。ぼくが開こうとしたら、絹子が恥ずかしがってどうしても見せてくれないんですよ。その場は引き下がったんですけど、翌日彼女が会社に行ってから、もう一度、そのアルバムを引っぱりだしてきて、中の写真を見てしまったんです」

ここまで言って、昂一は相手の反応を窺った。アルバムの話はむろん彼の創作だ。市子は別段警戒する様子でもなく、次の言葉を待っている。

昂一は思い切って単刀直入に訊いた。

「絹子、高校生までずっと難聴だったんですか」

そこで、ようやく市子が驚いた顔になる。

「あら、昂一さん知らなかったの」

だが、出てきたのは拍子抜けするようなこの一言だった。

昂一は身を乗り出すようにして話を継いだ。

「全然知りませんでしたよ。写真を見たら、大きな補聴器をつけているんでびっくりしてしまって。絹子は一言もそんなこと言ったことありません。それに、あいつの耳の良さは人並み外れてるでしょう。それが子供の頃は耳がよく聴こえなかっただなんて、正直なところぼくには信じられないし、ショックでした」

「ショックって」

わずかに市子の眉間の皺が深くなった。

「だってそうでしょう。どうしてそんな大事なことを絹子はぼくにずっと黙ってたんですか。いまは聴こえないどころか素晴らしい耳をしてるんだし、何もそんなこと隠し通す必要なんてないじゃないですか。もちろん、そのアルバムを見たことは絹子にはまだ内緒にしてますけど」

市子は、昂一の話の途中からどこか遠くを見ているような表情になっていた。やや沈黙したあとでこんなことを口にした。

「生まれつきじゃなかったのよ」

意外な台詞だった。

「だから、先天性のものじゃないの。心配ないのよ」

「別に、ぼくはそんなことを気にしたわけじゃないですよ」

すこし声を高くして言う。若くは見えても市子はやはり母親であり、昔の人なのだと思った。妙な気をつかわせてしまったことに済まない気持ちになる。同時に、ずいぶんと悩み苦しんだ長い時間を、彼女も絹子と共に過ごしたのだろうと察せられた。

「あの子が二歳のときにひどいインフルエンザに罹(かか)ってね。私たちも親になりたてで無知だったし、両耳にウイルスが入って苦しがってたのに気づいてやれなかったの。札幌の義母には、あとでこっぴどく叱られたけど。熱が下がってから、わたしや夫の言うことがよく聴こえないって絹子が突然泣きだしたときは、二人して目の前が真っ暗になったわ。あの子、あんな性格だからなかなかそのことを言わなかったのよ。まだたった二つだったのに」

最後は呟くような口調になっていた。

「そうだったんですか」

由香里の話はやはり真実だったのだ、と胸に刻みながら昴一は椅子の背に身体を預けた。

「高校の制服姿の写真の中にも、よく見ると補聴器を使ってるのがありましたけど」

それでも昴一は詳細を確認しないわけにはいかない。

「そうよ。高校の二年まではずっと聴こえなかったのよ。難聴だと分かってからはどれだけたくさんの病院に連れていったか数えきれないくらい。東京や大阪のお医者様のところにも診せに行ったし、ちょっとでも効果があると言われてることは何でもやったわ。でも、聴覚の神経自体が駄目になってて、とくに左耳はほとんど回復しなかったの。ほんとはね、普通学級は無理だってお医者様は言ってらしたのよ。だけど、何より絹子本人が普通の学校に行きたいって言ってきかなかった。昂一さんも知ってると思うけど、すごい頑張り屋でしょう、あの子。生まれつきの性格もあるだろうけど、やっぱり耳が悪かったことがそうさせたんだと思うわ。とにかく、授業中は先生たちの言葉がうまく聴き取れないんだから、あの子は独りで勉強するしかなかったのよ。学校から帰ってきたら外にも出ずに、毎日夜遅くまで勉強ばっかりしてた」

そういえば、と昂一は思い出していた。付き合い始めた頃の絹子は冗談半分に、「昔のわたしは、いまと違ってすっごい内気な女の子だったんだよ」とよく言っていた。由香里との間柄にしても「高校のころは正反対の感じだったのよ。わたしの方がずっと内気で、由香里の方がずっとずっとたくましかった」と洩らしたこともあった。

「友だちもいなくって、さみしい思いをしてたと思うわ。顔には決して出さない子だったけど。補聴器も当時は性能のいいものがなかったし、とっても重くて大きくて子供には使いづらそうだった。ただ子供時代は美別で過ごしたでしょう。それに札幌に出てきた頃には成績も良かったから、いまみたいに学校でいじめられるってことはなかったと思うけど」

「でも、由香里さんとは小さい頃から親友だったんでしょう」

ここで昂一はもう一つの事実をぶつけた。だが市子の表情に驚きの色はない。絹子は由香里と幼馴染であることを隠していたが、市子はそれ自体を知らないふうだった。その証拠に彼女は昂一の問いかけにすんなりと頷いてみせたのだった。

「そうね。由香ちゃんとはほんとに仲良しでね。昂一さんも知ってる通りで、由香ちゃんみたいに優しくて気立てのいい子はそうそういないでしょ。あれはどういうことなのかしら、お互いちっちゃな頃から一緒だったからかなあ、絹子は由香ちゃんの言葉だけは不思議とよく分かるみたいで、何をするにも二人くっついて、まるでほんとの姉妹みたいだったわ。絹子の発声があの通り不自然にならなかったのは、由香ちゃんがいてくれたおかげだってわたしはいまでも心から感謝してるのよ」

たしかに、と昂一は市子の話に気づくことがあった。由香里の言葉だけが絹子に聴こえたのは、彼女が絹子の心に直接思念を送ることができたからだろう。千葉の先生のもとへ出向いたとき、絹子は由香里の能力についてあれこれ喋ったが、肝腎なことには口を噤んでいたのだ。絹子が由香里の力を知ったのは小学校二年生になってからなどでは決してない。「文鳥さんがいなくなっちゃう」も「おばあちゃんがあそこに立ってるよ」も「誰にも喋っちゃ駄目だよ」もすべて彼女は心の耳で聴いた。子供時代の絹子にとって由香里の声だけが自分に届く唯一の外界からの声だったのだ。由香里という存在が特別のものであることを、もの心ついたその瞬間から絹子ははっきりと自覚したに違いない。

「由香里さんとは相変わらず姉妹みたいですよ」

「そうみたいね。由香ちゃんも赤ちゃん産んで、いまは一番大変なときだろうし。絹子が力になってあげないと」

市子が現在の二人の関係を知ったらどう思うのだろうか、とふと思う。だが、昴一は相槌を打ちながら、さらに核心に触れる質問をした。

「だけど、どうして急に聴こえるようになったんですか。それもあんなにすごく」

「それがどうしてだか分からないのよ」

市子は困ったような面持ちになる。

「高校の三年生になったばかりの頃に、突然、絹子が『お母さん、なんだかわたし耳がよくなってきてるような気がする』って言いだしたの。最初は本人も半信半疑みたいだったけど、そのうち日を追うごとにはっきり聴こえるようになってきて、ひと月くらいのあいだに完全に聴こえるようになったのよ。ちょうど由香ちゃんが札幌に出てきた時期でね、絹子は由香ちゃんと再会したことに大喜びで、アパート探しから何から昔みたいに一緒にやってたの。わたしは、絹子の耳が良くなったのも由香ちゃんのおかげのような気がしてるのよ。亡くなった主人もよくそう言っていたけど。何しろ由香ちゃんのご家族があんなことになって旭川に引き取られていったあとは、絹子はふさぎ込んでばかりで、ますます内向的になってしまってたから。絹子の難聴が治って、私も主人もとても信じられなくて、奇跡が起きたんだって思った。きっと由香ちゃんが奇跡を運んでくれたのよ。もちろん病院に行って詳しい検査もしてもらったんだけど、お医者さまも首を傾(かし)げるばかりで、こんな症例は見たことがないって。ＣＴを撮ってみたら、死んでいたはずの神経細胞がきれいに再生されてたんだもの」

由香里の話とすべてが符合すると昂一は思った。「ほんとはその場で完全に良くなったんだけど、それじゃあ周りの人もびっくりしちゃうから、すこしずつ聴こえるようになったことにしようねって二人で相談したの」と由香里は言っていたのだ。

「そんなことってあるんですね」

「そうなのよ。お医者さまも奇跡的だって言ってたわ」

市子の瞳が微かに潤んでいるのが分かる。

「昂一さん、ダニエル・キイスの『アルジャーノンに花束を』は読んだことある？」

「はい」

「主人もわたしも、絹子の突然の回復は、アルジャーノンみたいな一過性のものなんじゃないかって気が気じゃなかったの。それくらい信じられないことだったから。絹子も内心そんなふうに思ってたんじゃないかしら」

そして、ひとつ息をついて市子がつけ加えた。

「結局、由香ちゃんだけだった。絹子はもう絶対に悪くなったりしないって断言してたのは」

20

市子の部屋を辞したのは八時過ぎだった。

帰り際、彼女はちょっとあらたまって「昂一さん、絹子のことよろしく頼むわね」と口にした。昂一が「ぼくもそろそろ仕事を見つけようかと思っています」と答えると、「そうね。そうしてくれるとわたしも嬉しい」と言った。そして、

「早く二人の赤ちゃんの顔が見たいわ」

市子は持ち前の笑顔になって言ったのだった。

昂一はすぐにホテルに戻る気にならず、創成川(そうせい)沿いの大通りを札幌駅の方へと歩き、南口界隈に足を踏み入れた。風もなく、爽やかな夜気が街を包んでいる。夏の晩の時分どきとあって、通りはさすがに賑わっていた。しばらくそぞろ歩いたあと、昂一は喉の渇きを覚えて、札幌全日空ホテルの二十六階にあるバーに行った。ここは東西の壁一面がガラス張りで、北都の夜景が一望に見渡せる恰好の場所だった。絹子と帰省したときは、必ず一度はこのバーからの美しい景色を楽しむことにしていた。

窓際の二人掛けの小さなボックスシートに案内され、昂一はバーボンソーダを注文した。さきほどの市子の話を落ち着いた気持ちですこし整理しておく必要もある。

だが、バーボンを一口すすった瞬間に胸に押し寄せてきたのは、深い後悔の念だった。苦労知らずと思っていた絹子に予想もしない過去が存在していたのだ。いままで自分は絹子の一体何を見てきたのだろう。こんな唐変木を夫に持って絹子もさぞや遣る瀬なかったことだろう。そう思うとひたすら情けなくなってくる。難聴という事実はともか

くも、高校二年まで彼女が抱えつづけた鬱屈の大きさは想像をはるかに超えるものだったに違いない。六年も共に暮らしながら、その鬱屈が彼女の人格に与えた濃い陰影の一端にすら目を留めることができなかったのは、人間失格と言われても仕方がないほどの迂闊さだ。市子には、まるで絹子の沈黙を責めるような言い回しをしてしまったが、非は絹子にあったわけではない。自分にわずかでも彼女を思いやる気持ちがあったなら、絹子だってすすんで打ち明けてくれたろう。絹子が隠したのではなく、自分が隠さざるを得なくさせてきただけのことだ。

藤堂という男のことを教えてくれたとき、そういえば由香里は言っていた。「絹ちゃんのことを責めないであげて欲しいの。絹ちゃんには絹ちゃんなりの理由があること、わたしがいちばんよく知ってるから」と。あのときの由香里は昂一を庇うような物言いもしてくれたが、こんな夫ではたとえ妻に外で男を作られたとしても仕方ないのではないか……。

二杯めのバーボンソーダをオーダーしたあと、脳裡に渦巻く慙愧の念を振り払うように昂一はしばらくネオンに彩られた眼下の風景をじっと眺めていた。

それにしても、と気持ちを立て直してみる。

まだ分からないことがたくさんあった。

何より不思議なのは絹子と由香里の関係のありようだ。今日の市子の話でも、絹子にとって由香里は生涯の恩人と言っても決して言い過ぎではない相手だ。たしかに絹子は由香里のことをずっと大切にしてきたとは思う。付き合い始めて最初に引き合わされたのも由香里だったし、由香里が恋愛で躓(つまず)くたびに物心両面でひとかたならぬ世話を焼いてきたのも絹子だった。しかし、それでもあの二人のあいだには明らかな優劣があった。これまでは年齢差や境遇の差がそうした主従めいた関係を双方にもたらしたのだと単純に考えてきたが、こうした経緯が分かってくると、昂一にはどうにも釈然としないものがある。

市子は由香里のことを、あれほど優しく気立てのいい人はそうそういない、と評していた。それは昂一にも何となく分かる。だが、いくら由香里がお人好しだとしても、これまでの二人の間柄を見るかぎり、由香里の絹子に対する一貫した遠慮ぶりや終始控えめな態度はどうにも不自然に思えた。まして若い頃は、由香里の方がずっと活発だったと絹子自身が認めているのだ。

もう一つ、さきほどの市子の話でひっかかることがあった。

単身で旭川を飛び出してきた由香里は、絹子の父、賢一郎の奔走で絹子の通う高校に編入学を許され、保証人にも賢一郎がなって風間家のそばのアパートを借りたようだった。それからは、絹子が東京の大学に進学したあとも、市子と賢一郎が、高校を卒業する二年近くのあいだ家族同然に由香里の面倒をみたらしい。

昂一が気になったのは、賢一郎が交通事故で亡くなったあとの由香里の行動についてだった。

市子によると、風間家としては成績の良かった由香里を大学まで進学させるつもりだったという。夫婦で熱心に勧めたが、由香里はどうしても首を縦に振らなかった。慎み深い彼女のことだから、そこまで世話になることを潔しとしなかったのだろうと市子は語っていた。結局、就職することに決まり、勤め先は賢一郎のつてで北海道電力にすんなり内定した。由香里が卒業を間近に控えた二月末、運転していた車の事故で亡くなってしまったのだ。由香里が卒業を間近に控えた二月末、大雪の降った晩のことだ。あまりに急な賢一郎の死に、当然ながら、絹子も由香里も我を忘れんばかりの悲嘆ぶりだったという。

奇妙なのは、その後の由香里である。彼女はせっかく決まっていた就職も断り、突然東京に出ると言って市子の前から姿を消してしまったのだ。といって絹子を頼ったわけでもなく、由香里が再び絹子の前に現れるのは、それから一年を過ぎて、すでに銀座の化粧品会社に勤め、北千住（きたせんじゅ）のアパートでひとり住まいを始めてからのことだったらしい。

聞き流せば、そういうものかと思えなくもないが、やはり由香里のとった行動は不可解なものではなかろうか。賢一郎が死んだことはたしかにショックだっただろう。しかし、だからといって彼がわざわざ見つけてくれた就職先を蹴ってしまうのは、故人に対しても礼を失した行為だ。まして、夫を亡くして茫然自失の態だったはずの市子を置き去りにして札幌を去ってしまったというのは、由香里のような人のとるべき態度とはとても思えない。さらに、上京していながら、絹子とも一年にわたって音信不通だったというのは異様な話ではないだろうか。

二人のあいだには、まだ自分には窺い知ることのできない隠された秘密がある。酔いの回ってきた頭で、昂一はそう強く感じた。

三十分もするとバーは立て込んできた。人気のデートスポットだから客のほとんどがカップルだった。九時を過ぎて照明も落とされ、ブルーグレイで統一された店内は幻想的な雰囲気を作りだしている。明かりが薄れ、窓の外の夜景が一段と眼前に迫ってくるようだった。

三杯めを飲みながら、昂一は先週の金曜日に由香里から聞いた話を丹念に反芻した。彼女の告白の中に自分がまだ見落としているものがあるような気がする。

「その話の半分は本当だけど、半分は本当じゃないと思う」

あの日、和室でくつろいでいた昂一のそばにやってきた由香里は、彼の一通りの話を聞いたあとでそう言った。

「町のはずれの廃坑に閉じ込められた時、わたしだってもう駄目だと思った。絹ちゃんが言ったみたいに冷静なんかじゃなかったし、『いまからわたしがすることを外に出たら喋っちゃ駄目だよ』なんて、わたし絶対言わなかった。絹ちゃんの方がずっと落ち着いてて、泣きじゃくったのはわたしだったんだから」

「じゃあ、きみが坑道を塞いだ土砂を、右掌をかざして吹き飛ばしたというのは、ほんとなの」

由香里は静かに頷いた。

「でも、あれ一回だけでもう二度とできなかったの。きっとあの時、私の中の何かの力が突然解放されて、あんな自分でも想像もつかないようなことができたんだと思う」

それでも、昂一は信じがたい思いで由香里の顔を見つめてしまう。

「だったら……」

喉が詰まったような声になった。

「いまは、物を動かしたりとか、そういうことは全然できないの」

「ほんの少しだけ」

「ほんの少しって？」

由香里は俯いて何か迷っているふうだったが、やがて顔を上げると、昂一の背後に視線をやった。

「昂一さん、ちょっとあのぬいぐるみを見てて」

と言う。昂一は胡座をかいたまま振り返った。和室の壁際に先日買ってきた大きなゴリラのぬいぐるみが陣取っている。由香里は右手をまっすぐ伸ばし、掌をそのゴリラの方へ向けて、じっと目を閉じている。

十秒ほどの間合いがあった。

すると、ゴリラがゆらゆらと微かに揺れはじめた。昂一は身を乗り出して凝視する。たしかにゴリラは全身を振動させていた。

思わず唸りそうになったその瞬間、さらに驚くべきことが起きた。

巨大なゴリラのぬいぐるみがゆっくりと畳から垂直に浮き上がり、それはみるまに天井に頭を接するくらいの高さまで音もなく舞い上がったのだ。

ゴリラはわずかのあいだ宙空で静止し、それから静々と畳の同じ位置に着地した。

「こういうことなのよ」

由香里の声が耳元で聞こえ、昂一が彼女に視線を戻そうとしたときだった。今度は一度大きく身体を揺すると、ゴリラはまるで引っ張られるように、つーっと畳の上を滑走して昂一の隣に来てぴたりと止まった。

「すごい」

昂一は声を上げた。

由香里ははにかんだような笑みを浮かべ、二人のあいだの空間に何かを見てとろうとするような玄妙な表情になっていた。そして、

「あの廃坑から出てきた時のふりかかるような蟬しぐれと、夏草をさらさらと揺らしていた風と、空の真ん中でぎらぎらしていた太陽の輝きだけは忘れることができない。あの日、あんなに生き生きとした風景の奥底で、どういうわけかわたしの運命は不自然な方向にきっと捩じれてしまったんだと思う」

と言ったのだった。

しばらく二人とも黙り込んだままだった。窓から射し込んでいる陽光はずいぶん和らぎ、そういえばさきほどから蟬しぐれが聞こえていた。

「昴一さん、わたしのことを怖がらないでね」

ぽつんと由香里が呟いた。

「あのときだって、絹ちゃんもきっと驚いたと思うけど、でも一番びっくりしたのはわたし自身だったの。それからは、こんなことは二度とやっちゃいけないんだって、全身が縮むくらい強く自分自身を押さえつけようと必死だった。きっと何かが自分に取り憑いていて、放っておいたら次々と不幸が起こるような気がしたの。まだ六歳になったくらいで、そういう予感のようなもの以外なんにも考えることができなかったから」

「未来を見たり、予知することもできるの？」

昴一は抑えようとしても、由香里の姿が不気味に感じられるのを止められなかった。いま鏡を覗いたらひどく深刻な顔つきを自分はしているのだろうと思った。

「おとうちゃんたちが死んだ日も、連絡が来る前に絹ちゃんのところへ駆け込んで泣きじゃくったのは本当のことだけど、でも、それだって絹ちゃんはきっと誤解していると思う。絹ちゃんに言っていないことだってあるし、あの後すぐにわたしは旭川の叔父のところへ引き取られて、絹ちゃんとは別れ別れになったから」

「絹子が知らないことって何？」

昴一は、ぬいぐるみを手元に引き寄せ、各所の縫い目を点検するような意味のない仕種で、その大きな手足を触っていた。

「ごめんなさい、そのことはまだ昴一さんにも言うわけにはいかないの。いずれきっと話す機会がくると思うけど」

「絹子はさんざんきみの面倒をみたのに裏切られたと言っていたけど……」

「確かに、絹ちゃんはわたしの恩人なの。でも、お返しにわたしがいろいろしてあげたことが、きっと絹ちゃんにとってはずっと重荷だったんだと思う。だから、いずれはこんなことになるんじゃないかとは感じていたわ。今度のことも絹ちゃんにとっては、ひとつのきっかけに過ぎないのかもしれない」

「してあげたことって？」

「本当は、なんでもないことなの。例えば絹ちゃんの病気を治してあげるとか、取引先とうまくいっていなかったりしたときにどうすれば障害を取り除けるかを教えてあげるとか」

「病気を治す？」

ここで、昂一は絹子の難聴のことを由香里に教えられたのだ。

札幌で二人が再会したのはまったくの偶然だったと由香里は言っていた。たまたま同じ電車の同じ車両に乗り、しかも向かい合わせに座ったのだという。

「最初は一目見て、なんてきれいな人なんだろうって思ったの。そしたら右の耳に耳かけ型の補聴器をつけているのに気づいて、あっ、絹ちゃんだって思った」

絹子の方も由香里が話しかけるとすぐに分かったという。それから二人は一緒に札幌駅で電車を降り、大通公園まで歩きながら、別れて数年来の互いの身の上について語り合った。絹子の難聴は子供時代よりもさらに進んでいたそうだ。

だから治してあげようと思ったの、と由香里はこともなげだった。どうやって、と昂一が訝しげな顔を作ると、

「病気を治すのが意外と簡単だって、もう知ってたから。ただ、悪いところに手をかざして治ったときのことをイメージすればそれでいいの。絹ちゃんの耳も、公園のベンチに二人で座って、五分くらいそうやって完全に聴こえるようになったの」

と、由香里はあっさり答える。そして、

「ちょっと、昂一さん、掌を出してくれない」

と言ってきた。昂一が右の手を差し出すと、由香里は昂一の掌の上に自分の右手をかざした。数秒もすると昂一の掌はなにか生暖かい風のようなものを感じはじめた。それは前日に最善寺キヨから身体を触られたときの感触とよく似ていたが、あの痛みのようなものはまったくなく、まるでエアヒーターの吹き出し口に手を近づけたときのような心地良い感じだった。まぎれもなく風は由香里の掌から吹きつけてきていた。

「感じるでしょう。こうやって悪いところに掌を近づけていると大抵の病気は治るの。どうしてだかわたしにも分からないんだけど」

由香里はそう呟いて、またはにかむような笑みを頬に浮かべたのだった。

その治癒能力が正真正銘のものであることは、昂一も今朝の出来事で身に沁みて経験したばかりだ。

だが、こうして子細に由香里の話を思い出してみると、やはり気にかかることがあった。あのときは呆気にとられることばかりで心を鎮めるのに忙しく、ろくに吟味もできなかったが、たとえば、家族の死を予感して絹子の家に駆け込んだ折のことを、由香里はこう言っていた。

「それだって絹ちゃんはきっと誤解していると思う。絹ちゃんに言っていないことだってある」

これは一体どういう意味なのか。由香里の家族の死について絹子は何を誤解し、また由香里は何を絹子に告げなかったのだろうか。

昂一は思念を凝らして、様々に取り散らかってしまっている絹子や由香里や市子それぞれの言葉を何とか一本に縒り合わせようと試みた。由香里の家族の死、絹子の父の死、由香里の突然の失踪、そして今日の明け方に見た奇怪な毒虫の夢、由香里が口にした不可解な台詞、さらに由香里が絹子に打ち明けなかった何か——それらはすべてがきっと一つに結び合わされているのだ。

だが、幾ら考えても昂一にはその繋がりが見えてこなかった。

ほんの些細な、しかし決定的に重要な何かを見落としているような気がした。しかし、それが何なのか分からない。

氷が溶けてすっかり水っぽくなったバーボンを昂一は一息に飲み干して席を立った。携帯の時刻表示を見ると、とっくに十時を過ぎていた。さすがに重い疲れを感じた。昨夜はほとんど眠っていない。こういうときはすべて保留にして、ただひたすら眠ることだ。

いつも絹子に呆れられていたが、抜き差しならない状況に陥ると、昴一にはとりあえず寝てしまう習性があった。

「B型の人って、何か自分に都合の悪いことや、真剣に考えなきゃいけないことが起きたときに限って、すぐ寝てしまうのよね」

O型の絹子はしきりにぼやいていたものだ。

勘定を済ませバーをあとにしながら、ホテルに帰って今夜はたっぷりと眠ろう、と昴一は思っていた。

21

駅の東口を出て美別の風景に向かいあったとき、昴一は妙な懐かしさを覚えた。

七〇年代初頭にはすべてのヤマが閉山したとはいえ、炭鉱の町の名残がその街並み全体に色濃く漂っている。北と南、気候も風土もまるで異なるだろうが、昴一が育った筑豊の小都市とどこか共通する、それは侘しく物哀しい佇まいだった。

午前九時発の特急電車で札幌からたかだか三十分の距離だ。それでも人々の気配の希薄さはその幾層倍もの彼我の隔たりを想わせる。都会暮らしに慣れた者には、こうした町に住む人々の生活は別世界のもののように映るだろう。しかし、ここにも同じ日常が流れていることを昂一は実感として知っていた。

空を見上げると、夏らしい太陽が輝いている。昨日と打って変わって今日は暑くなりそうだ。時刻は午前九時半を回ったばかりだった。

昂一はまずは絹子が生まれ育った家を探し当てるつもりだった。昨夜の市子の話では、主に役所の経済畑を歩いた夫の賢一郎は、若い頃は空知(そらち)支庁管内の旧産炭地の産業振興に情熱を注いでいたという。美別の道営住宅に腰を据えて、広い管内を東奔西走の日々だったようだ。賢一郎は障害を抱えた娘への配慮から、一家で馴染んだ土地を離れることはせずに、本庁勤務の時代も美別から札幌へと通勤していたらしい。絹子が小学校五年生までの大半を由香里と共にこの町で変わりなく過ごせたのは、そういう両親の心遣いがあったからだった。

駅前の案内板を見ると、東四条に道営住宅の表示があった。わずか二キロ足らずの場所だ。きっとここに違いない。

昂一は人気の少ない街路を歩きはじめる。線路沿いの大きなドラッグストアの前を横切り、「共栄ストア」というスーパーを越えたところで太い車道に突き当たった。旭通りというバス路線だが、この道をまっすぐ下って、二つ目の「労災病院前」で左折すれば道営住宅の正門に出るはずだった。

市役所や図書館、市民会館などの公共施設は西口側にあるので、この東口方面は住宅街だった。大きな施設といえば労災病院くらいだ。どこの炭鉱町もそうだが、病院だけは不釣り合いなほどの規模で、それはそのまま炭鉱災害の悲惨な歴史を物語っている。十五分ほど歩いて横目に通り過ぎた美別労災病院も看護学校を併設した立派な建物だった。

昂一はバス停のところで左の細い路地に入った。しばらく進むと小公園があり、公園内に人の影はない。大きなカラスが数羽、木々と白茶けた地面とのあいだを往ったり来たりしていた。

公園の先に古めかしい山門を構えた寺があり、真っ直ぐの道は寺を過ぎると右に回り込んで、不意に賑やかな商店街になった。路面は真新しい石畳に変わり、ガス灯風の街灯が立ち並んだ往来をベビーカーを押す母親たちや買い物袋を提げた女性たち、子供や老人たちがのんびりと行き交っている。道幅も広く、それぞれの商店の間口も都会のそれより余裕がある。八百屋や精肉店、茶舗や酒屋、幟(のぼり)を立てた定食屋やラーメン屋、クリーニング店や洋品店や化粧品屋、写真屋や布団店などが道の両側に軒を接して連なっていた。コンビニやファーストフードの店、ビデオショップなどは一軒も見当たらず、街路は夏の明るい陽射しを浴びて一昔前ののどかな風情を滲ませている。

まるで宮崎アニメに出てくるような情景だな、と思いながら昂一は歩いた。絹子や由香里はこんな静かな場所で生まれ育ったのだ。

商店街が途切れると、目の前に広い団地が見えてきた。

二車線の通りを渡り、車駐めのポールの前まで来ると、団地の正門に「グリーンヒル美別」というプレートが嵌まっていた。

しかし、そこは、四階建ての煉瓦色の棟がずらりと並ぶモダンな団地だった。敷地はかなりのもので、棟と棟とのあいだには芝生が広がり、北海道らしく背の高いポプラが幾つも植えられて鮮やかな緑の葉々を盛大に繁らせている。絹子たちが暮らした二十年前の面影はどこにもなさそうだった。

昂一はしばらく正門から団地の様子を眺めたあと、敷地内には足を踏み入れず、踵を返してさきほどの商店街へと戻って行った。

この団地の住民に訊ねてみたところで、絹子や由香里のことを知っている人はいないだろう。古い住宅はすでに取り壊されて、当時の人たちはほとんど残っていないに違いなかった。

再び店々の前を歩きながら、昂一は年季の入っていそうな店舗を見つくろった。商店街の入口あたりまでひとわたり点検し、すこし引き返して、一軒の酒屋の前で立ち止まる。地元の住民たちの事情を聞き出すなら、配達のある酒屋や寿司屋、それに近在の人々が集まる小料理屋などが最適だとは取材の経験からよく分かっていた。

ものの五分ほどでその酒屋を出ると、昂一はこんどは団地のすぐそばにあった布団屋に向かった。酒屋の若い店主から「昔のことなら田島布団店のじいさんに訊いてみるのが一番だよ」と言われたからだ。店主は、風間家のことも種本家のことも知らなかったが、あの道営住宅が五年前に再整備される前は、平屋の一軒屋が立ち並ぶ古い住宅街だったことを教えてくれた。絹子たちが住んでいたのは、その平屋の団地の方だろう。

グリーンのビニール屋根に「田島屋ふとん店」と書かれた店は、なるほど古めかしく、入口の大きなトタンの袖看板には「三菱美別鉱業所指定　寝具全般　綿打直し仕立　ブライダル寝具　健康医療布団」と半分かすれた墨文字で記されていた。軒先には赤や青の派手な色模様の座布団と枕がうずたかく積まれて間口を狭くしている。

昂一は入口から中を窺ったが、意外に奥行きのありそうな店内には強い陽射しも完全には届かず、帳場の方は薄暗くて見通すことができない。人の気配は皆無だった。なんだか千葉の先生のあばらやを訪ねた折のことが思い出されて、昂一は束の間、怯むような気分になってしまった。

おずおずと敷居を跨ぎ、おとないを告げる。布団やタオルケット類、カーテンやカーペットが雑然と置かれた店内をしばらく眺めていると、奥の硝子戸が音立てて開き、一人の老人が出てきた。この人がきっと「田島のじいさん」だろう。

「おいそがしいときに申し訳ありません。実は、むかしそこの団地に住んでいた方のことをお尋ねしたくて立ち寄った者ですが」

老人はすこし耳が遠いのか、さしたる反応もなく黙って昂一の目の前まで近づいてきた。優に八十は超えていると思われるが、モスグリーンの半袖シャツに海老茶の麻ズボンを穿いてこざっぱりとした身なりをしていた。白髪は短く刈り込み、縁の太い鼈甲眼鏡をかけ、顔はさすがに皺深いが、大きな鼻と太い眉はなかなか立派な面相に見える。

「どなたですかな」

白い髭（ひげ）がまばらに散った分厚い唇から、思いのほかはっきりとした声が出てきた。

昴一は一瞬、自分の身分を問われたような気もしたが、説明を始めると却って警戒されそうなので、そのまま質問をつづけた。

「もう二十年以上前になると思うんですが、道庁に勤めておられた風間賢一郎さんという人がそこの団地に住んでいらっしゃったはずなんですが。風間さんはその後、道の教育長になられた方です」

「風間さんなあ……」

老人は昴一のことを別段不審がる様子もなく、記憶をたどる面持ちになっている。

「酒屋さんのご主人にお訊ねしたら、田島さんだったらご存じかもしれない、とおっしゃっていたものですから。昭和四十五年頃から十年間くらいは住んでいたと思うんです」

老人はじっと黙り込んだままだ。

「耳の不自由なお嬢さんがいたと思うんですが」

不意に老人が昴一の方に大きな目を向けた。

「そういう方がおられたような気もしないではないが、よくは憶えておりませんなあ。その頃は何しろ市や道のお役人さんがたくさん住んでおらっしゃったからねえ。名前だけではちょっとはっきりしませんなあ」

この老人は耳もよく聴こえるし、頭もしっかりしているようだ。

「そうですか」

たしかに二十年前の道営住宅の住人について、名前だけを頼りに思い出してくれと言われてもむずかしい話だろう。

「じゃあ、種本さんの御一家のことはご存じないですか。この近辺でたしかクリーニング屋さんをやっておられたと思うんですが」

昴一は質問を変える。最も知りたいのは由香里の家族のことだ。すると、老人はにわかに得心顔になった。

「種本さんのことはよく知ってますよ。この商店街に店があったですから」

「そうなんですか」

「はい。そういえば種本さんのお宅もあの団地でしたなあ。あそこはちょっと前まで平屋がいっぱい建っておったんです」

「それは酒屋のご主人にも伺いました」

昴一は内心で快哉を叫んでいた。雑誌記者時代の感覚を久し振りに取り戻したような気がした。

「種本さんのお宅に、由香里さんというお嬢さんがおられたと思うんですが」

「ええ、下の子ですなあ。あそこは娘さん二人でね、上がマナミちゃんで、下が由香里ちゃんじゃった。両方ともえらい別嬪さんでなあ。ヨシオさんもマキコさんもようけ可愛がっておらっしゃったんじゃがねえ」

昂一は由香里の姉がマナミといい、両親がヨシオとマキコという名前であることを初めて知った。

「その由香里さんはぼくの友だちなんですよ。いま彼女は東京に住んでます」

「そうですか。由香里ちゃんは元気にしておらっしゃいますか」

「はい。この六月に赤ちゃんも生まれました」

老人は相好(そうごう)を崩して笑みを浮かべた。

「そりゃ、何よりですなあ」

「はい」

「で、おたくは旦那さんか何かですか」

突然、妙なことを言った。昂一は慌てて手を振って、

「いや、彼女はうちの女房の親友で、女房もあの団地で小さい頃暮らしてたらしいんです」

「ほう、そうだったんですか」

老人はすっかり納得したように頷いている。

「由香里さんのご両親というのはどんな方だったんですか」

「そりゃもう、ほんに働きもんの亭主としっかりもんの女房で、店もようけ繁盛しとったんですよ。ただ、生来のお人好しだったでねえ、あんなことになってしもうてほんと

に気の毒だったですよ」

　見かけによらず老人は話し好きのようだ。一家の事故を思い出したのか、沈痛な表情になっている。

「長女のマナミさんも同じ事故で亡くなったんですよね」

「そうなんじゃよね。あの子はよう勉強のできる子で、大体は、あそこの団地のお役人の子弟が成績も良くてお金もあって、学校では幅を利かせておったもんですが、マナミちゃんはそういう町場の子供たちを寄せつけんくらいに賢くて、子供たちもあの子には一目も二目も置いておったです。それが家族みんないっぺんに死んでしもうて、小さい由香里ちゃんだけあとに残されて、それは可哀そうなもんじゃったですよ」

　そこで老人はますます彼方を見るような目つきになって、深い吐息をついた。

「葬式んときは、この辺のもんはずいぶん悲しがったもんですよ。ヨシオさんもマキコさんも面倒見のいい、親切な人たちじゃったですから。よもやあんな事情を抱えとるとも知らんで、世話になったもんもようけおりましたしねえ」

　昂一はその話し振りに、何か奇妙な陰影が混じっているのを感じた。まさかと思うが確かめてみる必要がある。

「どうして由香里さんだけ残していったんでしょうね」

　と訊ねてみた。

田島老人は、顎に手をやり、しばらく考え込むようにして、

「そうじゃねえ。ヨシオさんたちも、さすがに不憫（ふびん）で、あの子だけは連れていくに忍びなかったんじゃろうねえ……」
ぼそりと言ったのだった。

22

田島屋ふとん店を出ると、昂一は早足で駅まで戻り、構内を通り抜けて西口に出た。由香里の家族が一家心中していたというのは予想外の事実だった。絹子からも由香里からもむろんそんな話を耳にしたことはない。二人のあいだの秘密の一端がようやく姿を現してきたような気がしていた。

駅前にはたくさんの建物が並んでいる。北海道銀行や農協、大きなスーパーもあるし細長いビジネスホテルのビルもある。駅正面から太く真っ直ぐに道が伸びて、両脇には郵便局や保健所、商工会議所、市役所、郷土資料館などが建ち並んでいた。その通りを急ぎ足で歩き、昂一は市役所の裏手にある市立図書館の玄関をくぐった。

時刻は十時半を回ったところだったが、雲一つない空は澄み渡り、照りつける陽光はますますその勢いを増していた。すっかり凪いだ空気はじりじりと熱を加え、気温はすでに三十度近くに達しているのではないか。歩行者たちの中にもハンカチで額の汗を拭ったり、上着を脱いで肩にかけている人が多かった。

開館時間は午前九時からと表示されていたが、平日の昼間とあって、館内はがらんとしている。強く効いた冷房のおかげで、入口を入った途端に滲んでいた全身の汗が瞬く間に引いていくのを感じた。

昂一は広いスペースに書架が配置された一階を通りすぎ、二階の郷土資料室に上がった。カウンターでパソコンを叩いていた男性司書に声をかけて、昭和五十六年分の北海道新聞の縮刷版を請求した。種本一家が交通事故で死んだのは由香里が八歳のときだ。何月のことかまでは聞いていなかったが、ならば年度は昭和五十六年ということになる。

しばらくカウンターの前で待っていると司書が二度にわけて分厚い縮刷版を十二冊運んできてくれた。さっそく近くの空いていたテーブルに積み上げて、昂一は椅子に腰かけ、一月版から順に目を通し始める。

末尾の索引で「社会」の欄を開くと、「事件・事故」の項目に日付順に細かい文字でびっしりと見出しが並んでいる。その一つ一つを見落とさないように慎重にチェックしていった。

八月まで丹念に見たが、それらしい記事はなかった。家族三人が交通事故死し、しかも一家心中だったとなると地元紙の扱いはかなり大きなもののはずだ。速報だけでなしに続報記事も数日つづいたと考えられる。

九月版を手にして、昂一は一度息を整えた。

最初からなんとなく九月のような気がしていた。それでも年初版から見ていったのは、編集者時代に得た経験則に従ったからだ。そうやって律儀に作業を重ねてこそ取材者の勘は現実のものになってくれる。

案の定、索引を開くとすぐに「クリーニング屋の一家、無理心中か？」という見出しが目に飛び込んできた。頁数は六九三頁。昂一は興奮気味にその紙面の載った頁を繰る。

記事は見つかった。

九月十八日朝刊の社会面だ。写真付きで大きく出ている。

「クリーニング屋の一家、無理心中か？」の大見出しのあとに「厚田浜の海岸　車で飛び込む」と小見出しがつづき、亡くなった三人の小さな顔写真も出ていた。写真の下にはそれぞれ「種本芳夫さん」、「牧子さん」、「真奈美さん」と名前が付されている。

――十七日午後四時半ごろ厚田郡厚田村厚田浜の岸壁で、軽自動車が海に落ちているのを近くを通りかかった男性（63）が見つけ、110番通報した。北海道警が車を引き上げたところ、運転席と助手席に中年の男女、後部座席に若い女性の遺体が見つかった。道警は車内で発見された防水紙にくるまれた遺書などから、無理心中事件とみて捜査を始めている。厚田署の調べでは、遺体で見つかったのは美別市東四条美別東道営住宅に住むクリーニング業、種本芳夫さん（43）、妻牧子さん（38）、長女で中学校一年の真奈美さん（13）の三人。種本さんたちは、この日、美別から自家用車で厚田浜まで行き、車ごと海に飛び込んだものとみられる……。

記事をざっと読み、昂一は翌日の紙面、さらに翌々日の紙面と辿っていった。田島老人が話してくれた通り、心中の動機は借金苦だったようだ。友人が事業を始めるにあたって保証人となり、それが仇になって数千万円の債務を背負い込んだことが一家を追い詰めたらしい。十八日夕刊には、真奈美さんの通っていた美別東中学で全校集会が開かれたことが報じられ、十九日朝刊には「クリーニング屋一家心中、しめやかに通夜」の記事、二日後の二十日朝刊には「美別の一家心中、残された幼い次女の姿に住民たちが涙」と葬儀の模様が伝えられている。が、どれも囲み程度のもので、地方版も札幌版に限られるため、それ以上に詳しい記事は載っていなかった。索引で確認してみたが二十日以降の続報は見当たらない。

昂一は三つの記事の複写を申請し、司書の人に「他に道南地方の記事がもっと詳しく出ている地方紙はありませんか？」と訊ねてみた。

「それだったら『札幌タイムス』でしょうが、縮刷版は発行していないんでマイクロフィルムになってしまうんですが」

と彼が言う。

「マイクロリーダーなら扱うことができるので、昭和五十六年九月のフィルムを見せていただけませんか」

昂一が頼むと、「分かりました」と言って彼は奥に引っ込んだ。

コピー三枚と35ミリのロールフィルム一本を受け取り、昂一は資料室の隅に一台きり置かれたマイクロリーダーに座って、さっそく「札幌タイムス」のフィルムをリーダーのカセットに装塡(そうてん)した。最新式の装置のようで、レンズ倍率も六種類あり、16ミリやアパーチュアカード、ネガフィルムにも対応している。リーダープリンター内蔵型なので一枚二十円で複写も可能だった。

さっそく九月十八日の紙面が出てくるまでフィルムを流した。シュルシュルと音を立てて猛スピードでフィルムが巻かれていく。かつて散々やった作業だから十八日の第一面でぴたりと止めることができた。美別市長の汚職問題で市議会紛糾というのがトップ記事だった。これなら種本一家の心中事件も大きく扱われているだろう。ゆっくりと齣(こま)を送って社会面の画像を映し出した。

予想通り、道新とは比較にならない大きさの記事が載っていた。

百円硬貨を投入口に入れると、倍率を上げてその記事部分をめいっぱい拡大し、ピントを合わせて複写ボタンを押す。三十秒ほどでコピーが排紙口から出てきた。

その要領で、翌日、翌々日と紙面を追いながら目についた関連記事はすべて複写した。

マイクロフィルムをカウンターに返却し、十枚ほどになったコピーの束を持って、さきほど座っていたテーブルに戻ると、昂一は一枚一枚念入りに目を通していった。

記事の骨子は道新と大差はない。種本芳夫が残した遺書の内容が詳しく紹介されていたり、種本一家の近所での評判、真奈美の通っていた中学の担任や校長の談話などが取り上げられ、その分大きな扱いになっているにすぎなかった。

だが、六枚目のコピーを見たとき、昂一は記事中の写真に目が釘付けになった。思わず息を呑んだ。そこには種本芳夫の大きな写真が出ていた。夏祭か何かに参加したときのものなのだろう、法被を着て頭には鉢巻きを締めている。精悍な顔に満面の笑みを浮かべていた。

その芳夫の顔は、一昨夜の夢に出てきた毒虫の顔そのままだった。

大きな瞳といい、尖った顎といい、短く刈り込んだ頭といい、見紛うはずもなくそれはあの毒虫の顔と同一のものだ。昂一は全身に鳥肌が立ってくるのを覚えた。頭の中では、さまざまな記憶や思考が渦を巻いている。これで少なからぬ謎が解けたことは事実だと思った。なぜ毒虫の顔が由香里に似ていたのかも、その顔がびっしょりと濡れていた理由も、あれが芳夫だったとすれば符節は見事に合ってくる。そして由香里の口にした台詞の意味も判然としてくる。彼女はあのとき「昔、よく知っていた人」だと言い、「わたしが好きになった人にいつもこんな悪戯をして追っ払おうとするのよ」とも言ったのだった。

どうして芳夫は、由香里の付き合う相手に攻撃を仕掛けてくるのだろうか——記事から目を離し、昂一は思いをめぐらせた。が、中途から自分がいま考えている内容があまりにも突飛なものに思え、次第に虚しい心地になってきた。

由香里と絹子が生きてきた世界がこのような超常現象に一切を司られているとすれば、

二人の人生の本体は昂一の理解の範疇を超えるものとしか言いようがない。いつの間にか自分までがそうした不可思議な世界に巻き込まれつつあることに、彼はどこかで絶えず不本意なものを感じつづけてきた。

たとえ由香里が超能力の持ち主であろうと、絹子にかつて耳が聴こえなかった過去があろうと、由香里の父親が亡霊となってこの世に摩訶不思議な力を残していようと、それが現在の二人の生活や感情に及ぼす領分は決して大きくはない――いつぞや結論づけたことを昂一は再度思い出した。少なくとも自分と彼女たちとの関わりにおいては、そうに違いないし、またそうでなくてはならないのだと思う。でなければ、絹子や由香里と自分との関係は、最初からあやふやで意味の薄い、取るに足らないものに成り下がってしまうのではないか。だが、現実は決してそうでないことを自分も彼女たちも十二分に知っている気がする。

そう気づいたとき、昂一はあの高僧が語っていた言葉の一部が胸の奥にすとんと落ちたような気がした。

彼は、人の思考も行動もすべてが真実から遠いと語っていた。真に生きるとは、我が身の非力を知り、空っぽの脳味噌から生ずることごとくの雑念を打ち払い、ただひたすらに生まれながらに自身に備わった仏の心だけを見つめつづけることなのだ、と強く説いていた。あの言葉が仮に真実であるならば、たしかに由香里の超能力も、絹子の身に起きた奇跡も、所詮は真実から逸れた単なる雑事の一つに過ぎず、そのことに対する驚きや恐れ、そして感謝の気持ちさえも単なる雑念の一つに過ぎないということになる。

なるほど、その通りではないのか、と昂一はいまふと思い当たったのだ。

もしも人間個々の本然があの高僧の言うように仏であり神であるのなら、そもそもこの世界に起こるすべての現象は奇跡であり、また奇跡とは呼べないものだ。何が起きても不思議ではなく、何が起きなくても不思議ではないということだ。

昂一はざわついていた胸の内が次第におさまってくるのを感じた。まずは事実をしっかりと把握することだ。そのことによって初めて、自分のこれからの行動の目安が見えてくるに違いない。

あらためて記事のコピーに目を落とした。

種本家の通夜、葬儀の模様もキャビネほどの大きさの写真が掲載されている。通夜の写真は弔問の列を作る種本姉妹の同級生たちの集団を撮ったものだったが、葬儀の方は、遺影を抱いた小さな少女がクローズアップされていた。

その一枚に、再び昂一の目は釘付けになった。

胸を締めつけられるような息苦しさを覚える。

この少女こそが二十二年前の由香里なのだ。モノクロの写真の中で、白いブラウスに黒いスカートを穿いた由香里は、父親の遺影を胸に抱き締めてじっと俯いていた。この時、この瞬間に彼女の心に去来していたのは一体いかなるものであったのだろうか。およそ言葉では表し得ない思いが八歳の由香里の心を襲い、諦めとも悲しみとも絶望とも怒りともつかぬ、それこそ人間の感情の奇跡的な複合物が、彼女の肉体と精神とを容赦なく翻弄していたことだろう。これほどの苦しい体験を経て、現在の由香里がいるということに、昴一は畏怖にも似た思いが胸に突き上げてくるのを感じた。これは過去ではなくまさに現在なのだ、と写真の中の由香里は無言で語りかけてきているようだ。

ほんとうに、たいへんだったのだろう、と心の内で呟いてみる。

だが、さらに彼を打ちのめしたのは、由香里本人の姿ではなく、その隣にしっかりと寄り添っているもう一人の少女の姿だった。彼女は毅然とした顔をレンズに向け、何かに耐え抜くように唇を噛みしめてすっくと立っていた。これ以上由香里を侵す者は何人たりとも許さない、そんな烈しく意志的な瞳でこちらを睨みつけている。黒いワンピースの胸のあたりにはポケット型の補聴器らしきものがピンで留めてあり、イヤホンのコードが耳元まで伸びているのが見える。

昴一はコピーを摑む自分の手が震えていることに気づいた。

俺はなんということをしでかしてしまったのだ、と痛切に思った。

絹子の表情は、由香里への想いではちきれんばかりだ。この二人はこれほど小さな時代から切っても切れない友情でかたく結ばれていたのだ。互いの苦しみをこうして懸命にかばい合い、二人でずっと今日まで生きてきたのだ。それなのに、そんな二人の大切な関係を、自分はろくな考えもなしに身勝手に引き裂いてしまった。

まったく何ということをしてしまったのだ。自分の浅はかな行為のせいでどれほどに絹子と由香里が傷ついたことだろう。

しばらくのあいだ、昂一は茫然と椅子に座っていた。そのうち、いつものように冷静な思考が立ち戻ってくる。

コピーをリュックにしまいながら、それにしても、と彼は思った。もし田島老人が言った通り、芳夫が幼い由香里のことを不憫に思い、真奈美一人だけを道連れに無理心中を図ったのだとすれば、なぜに彼はそうやって救った由香里に対して、厭がらせめいた仕打ちを重ねてきたのか。そこのところが昂一にはどうしても腑に落ちなかった。

昨夜も考えあぐねたばかりだが、まだ何か決定的な事実を由香里は隠しているように思う。それを突き止めない限り、絹子と由香里との関係についても、種本一家の心中の真相についても本当のことは明らかになってこないのだろう。だが、それが一体何であるのか、昂一には相変わらず見当もつかないのだった。

彼は浅いため息をついてリュックを持ち上げ、ゆっくりと席から立ち上がった。

23

図書館を出ると街は熱気でむせ返るようだった。人通りがまばらになっているのは、ちょうど昼食どきだからだろう。昂一は市役所通りに戻り、駅に向かって歩いた。北海道銀行のデジタル時計は十二時十八分を表示している。

何か食べようと思った。それほど腹は減っていないが、食事をしながら頭の中を整頓したかった。そういえば、今朝から何も口にしていない。

美別駅まで来ると、駅ビルに背を向けて周囲を見回してみた。通りの右手にパチンコ屋のビルがあって、そのビルの脇の狭い入口へと勤め人風の四人組が吸い込まれていくのが見えた。二階に目をやると硝子窓に「名物　田沼のとりめし」と書かれている。昂一は四人組のあとを追うようにして通りを渡り、自分もその入口の奥の急な階段を昇っていった。

店内は八割がた埋まっていたが、運よく窓際のテーブル席に座ることができた。斜向(はすむ)かいの席に先ほどの四人組が陣取り、口々に「とりめし定食」と言っている。昂一も同じものに決め、それにビール一本を注文した。

先に来たビールをコップに注ぎ、一息に飲み干す。冷えたビールが全身に沁み通って、生き返ったような気がする。ほどなく定食も運ばれてきた。味噌汁に玉子焼きが二切れ、香の物と丼一杯のとりめしといういかにも地味な取り合わせだ。二杯目のビールを空にして、さっそくとりめしに取りかかる。ひとくち頬張った途端、醬油と鶏肉の香ばしい匂いが口の中に広がって、なんともいえぬ旨さだ。自分が腹ぺこだったことに気づく。まるでがっつくようにとりめしを平らげて、残りのビールはゆっくりと飲んだ。

軽い酔心地が、知らず緊張していた気持ちをほどいていく。窓の外のあっけらかんとした景色を眺めながら、昂一は由香里のことを想った。

あんな小さな時分にあそこまで深刻な体験をしてしまうと、立ち直るのは相当に困難なことだろう。理不尽に壊された人生を、その欠片を拾い集めて継ぎ接ぎするような生き方をずっと彼女は強いられてきたに違いない。絹子のように肉体に障害を持ってしまうのとは根本的に異なる苦しみが由香里の人生にはあると昴一は思った。愛する人、自分を当然愛してくれるべき人を失ってしまうことほどに哀しい経験はない。それは自分自身を失くしてしまうのと同じだ。人は誰かに愛されて初めて自身を愛することができるようになる。自分を愛するとは、人に愛される力を備えた自らを信頼するというにすぎない。一人取り残された由香里は、八歳という年齢であれば、きっと生き延びた喜びの何倍もの思いで、一緒に連れて行ってくれなかった両親のことを恨んだはずだ。そして、家族に捨てられた自分を救いがたいもののように感じただろう。そういえば、由香里は以前「わたしは神様には顔向けできない」と言っていた。その寄る辺ない気持ちの根底には、これほどに悲痛な体験が横たわっていたのだ。

昴一はやりきれない気持ちで由香里の顔を思い浮かべた。

由香里のような人の心が完全に癒されることなどあり得るのだろうか。一家心中という過酷な経験を払拭し、心の底の底までを幸福感で満たすことが果たして可能なのだろうか。

そう考えるとなおさらに気が滅入ってくる。

由香里に限らず、壊滅的な体験の持ち主の場合、その背負った不幸を新たな幸福で補塡しつくすことは無理だろう。だとすれば彼らはいかにして自らを救えばよいのか。

そこまで考えて、昂一はまたあの老師の言葉を脳裡に甦らせたのだった。

雑念を洗いに洗い、言葉のかけらも見えなくなって一切すがるものがなくなったときに人は仏に出会えると老師は言っていた。さらに、生身の者たちが楽しく生きるための命には意味などなく、だからこそ生まれたばかりの何も知らぬ赤ん坊でも必ず救われるのだ、と説いていた。ということは、人を愛することも、人に愛されることもつまりは「楽しく生きる」ための無意味な行為であり、洗いに洗うべきただの「雑念」にしかすぎないのだろうか。

そして、彼は三日前に会った高木洋平が言っていたことを思い出した。高木は丈太郎の障害をあるがままに引き受けていくことで、丈太郎が自分や妻に与えてくれようとしているものに気づくことができるのだ、と言っていた。さらには、そうやって苦しみの中でもがいてきた丈太郎の方が、実はその親である自分たちよりもずっと真理に近い場所に立っているのだと語っていた。要するに高木もあの老師が説いていたように、人の一生の目的は、人生の意味を自覚することであって、先天的、後天的に賦与されたあらゆる条件は、その目的のために役立つかどうかでのみ当否が決するにすぎないと言っていたのだ。

由香里のように辛い経験を経た人間にとっては、案外そうした思想こそが救いにつながるのかもしれない——ふと彼はそんな気がしたのだった。

店を出て、昂一は再び図書館に向かった。この美別でもう一ヵ所訪ねてみたいところがあった。その場所の目星をつけるには昔の新聞を調べるのが手っとり早い、と食事中に思い当たったからだ。

郷土資料室に上がると、さきほどの男性司書の姿は見えず、若い女性の係員が座っていた。今度は昭和五十三年八月の北海道新聞縮刷版を請求する。

受け取った縮刷版の索引を引いて、「事件・事故」の欄を最初から辿っていった。〈人身事故〉の八番目に目指す見出しが見つかった。頁を繰ると、八月十三日の朝刊社会面に大きな記事が載っている。

——美別の廃坑で落盤事故　小学生男児二人が圧死

大見出しが躍り、「封鎖用の金網に大穴」と小見出しが横に添えられていた。

昂一はリュックからボールペンと手帳を出して、記された現場の住所を写し取った。

死亡事故が起きたのは旧美別鉄道炭山駅から歩いて十分ほどの間木ノ台という高台の廃坑跡だった。記事によると、この間木ノ台の周辺は、明治中期、美別で本格的な採炭事業が起こる以前に試掘された小さな坑道が幾つも残り、坑口には金網が張られていたのだが、大半が長い年月のあいだに破損して、ここ数年は地元の子供たちの恰好の遊び場と化していたとある。

絹子や由香里が言っていた前年夏の小学生の死亡事故というのは、この事故に間違いない。ということは、翌夏、二人が「口裂け女ごっこ」の最中に閉じ込められた廃坑も、その近辺の一つだったのではないか。むろん前の年の事故で厳重な坑口の封鎖が行なわれただろうから断定はできないが、記事を読む限りは美別でそうした小さな廃坑が密集している地域は、この間木ノ台地区に限られるようだった。また、記事中にある略図を見ても、東四条の道営住宅と間木ノ台のあいだは大した距離でなさそうだ。子供たちが夏休みに毎日通える遊び場となれば、このあたりが適当だろう。

絹子たちが閉じ込められた廃坑は特定できないにしろ、まずは現場に足を運んでみることだ、と昂一は思った。たとえば由香里が吹き飛ばしたという坑口の土砂ひとつとっても、一体どの程度の量のものなのか、よくよく考えてみればまったく想像がつかない。そういう曖昧なイメージをディテイルのあるものにするためには、とにかく時間をかけて数々の現場を踏んでいくことだ。そうした地道な作業の積み重ねの先に初めて事実の輪郭が見え始めてくる。

昂一は図書館を出て駅前まで戻ると、キオスクで道南地方のガイドブックを一冊買って、付け待ちしていたタクシーに乗り込んだ。

運転手に「間木ノ台の廃坑跡までお願いします」と頼むと、「お客さん、あのあたりはサイクリングコースになっていて、車じゃ入れないんですけどね。美別川の鉄橋渡って常磐の方から回り込むしかないんで、だいぶ遠回りになっちゃいますよ」と言われた。

「どれくらいかかります」

「そうですねえ。ここからだと一時間近くかかっちゃいますかねえ」

「構いません、お願いします」

時刻は一時半だった。外は益々の熱気で、さきほど食堂で観たテレビでは「北海道はこの夏一番の猛暑です」とアナウンサーが言っていた。不案内な道を探ってレンタサイクルで走り回る気にはとてもならない。

「分かりました」と言って運転手は車を出した。料金メーターの上のネームプレートをふと見ると「斎藤信悟」と記されていた。昴一はへぇーと内心声を上げた。同年輩くらいの気の良さそうな丸顔の人だった。彼がきっと絹子たちが閉じ込められた廃坑まで連れていってくれるだろうと昴一は確信した。

駅のガードを越えて旭通りを十五分ほど真っ直ぐに走ると美別川の鉄橋に出た。その長い鉄橋を渡った直後に、それまで道の両側につづいていた建物や家並みは見事に無くなり、周囲は草深い山地に変わった。緩い勾配の坂道は右に左にくねり、路面もところどころ砂利道になる。時折、細い道と並行して古い線路が横たわっているのが見えた。斎藤さんによると、これがかつては美別駅から三菱美別炭鉱まで引かれていた石炭運送用の専用線で、現在のサイクリングコースはこの旧美別鉄道に沿って整備されているのだそうだ。

「いまでも、鉄道マニアの人たちがよく撮影に来てるんですよ。ここからだと見えませんが、左手の方に旧炭山駅舎が残ってて、そこが石炭博物館になってるんです。石炭運搬に使われた四一一〇型十輪連結タンク機関車が保存されてて、彼らはそれがお目当てみたいですね」

と斎藤さんは言った。選炭場や竪坑櫓(たてこうやぐら)、坑口、発電所、炭鉱事務所など三菱美別炭鉱の主要施設はその炭山駅周辺に密集しているが、古い廃坑跡がある間木ノ台はさらにその奥へと進んだ山の東斜面の一角で、車で向かうとなると西斜面にあたる常磐台というところまで麓(ふもと)をぐるり迂回して、そこから山道を東方向に引き返すしかないようだった。

蛇行する美別川をさらに二度渡った。三本目の細い鉄橋を過ぎると、にわかに道が険(けわ)しくなった。すれ違う車も一台もなく悪路に車体がぐらぐらと揺れる。

「こんな山奥まで子供たちは遊びに来てたんですか」

昂一が訊ねると、

「まあ、炭山駅経由で歩けば町場からそんな遠い距離でもないし、昔の子供はみんな元気だったですからね。ぼくも小さい頃はよく友だちとこの辺まで虫取りに来たり、釣りに来たり、泳ぎに来てたもんですよ」

斎藤さんは言う。

「じゃあ、斎藤さんも廃坑跡で遊んだりしてたんですか」

「いやあ、ぼくは間木ノ台の方へは行かなかったですね。もともと家が沼の里で、美別の西の外れだったもんですから」

「そうですか」

頷きながら昂一はガイドブックの地図の頁を開いて確かめる。たしかに沼の里地区は美別炭鉱とは反対側、駅の西側を相当入った僻地のようだった。

四十分ほど走りつづけたところで、急に道が平坦になって広い台地に出た。

斎藤さんが車を止めた。

「ここらあたりが常磐台ですよ。そこに狭い入口が見えるでしょう」

昂一が後部座席から身を乗り出して斎藤さんが指差す方を見ると、なるほど台地の縁の真ん中に窪みがあり、細い下りの道が一本切れ込んでいる。

「あそこを入ってどれくらいですか」

「行ったことがないんで分かりませんが、十分も走れば山の東に出ると思うんで、そのあたり一帯が間木ノ台のはずですよ」

「車で行けますか」

「そりゃ大丈夫でしょう」

ますます道は狭まり、対向車が来たらどうやってかわせばいいのか見当もつかないくらいだったが、およそ車の気配も人の気配も窺われず、辺りには濃厚な寂寥感が漂っている。

「やけに寂しい道ですね」

昂一は何だか心細くなって斎藤さんに話しかけた。

斎藤さんは返事もせずに無心にハンドルを握っている。ちょうど十分走って、再び広い台地に出た。車を止めた斎藤さんが、

「このあたりですよ」

ほっと息をついて言った。メーターはすでに七千円を超えている。

常磐台の倍はありそうな平地で、それまで生い茂っていた木々が嘘のように消え、真っ青な夏草が一面を覆っていた。中天に輝く太陽が燦々（さんさん）と草地に光を投げかけ、穏やかで美しい光景だ。だが、車内から見回しても廃坑跡などどこにもなさそうだった。

「たくさん廃坑があるって聞いてきたんですが、そんな感じもしませんね」

昴一が言うと、

「この先の土手を下るか、右の藪（やぶ）を入るかすれば幾つかあると思うんですけどね」

斎藤さんが答える。

「どっちですかね」

「さあ。たぶん藪の方じゃないですか。最近は誰も来ないんでしょうけど、なんだか道みたいになってますよね」

そう言われて藪に目をやると、足元に草のない赤茶けた踏み分け道らしきものが見える。

「もしよかったら三十分ばかり待ってて貰えませんか。その辺をしばらく歩いて探してみたいんです」

昴一は財布を取り出して一万円札を抜くと、斎藤さんに差し出した。

「いいですよ。料金は最後にいただきますから」

彼は受け取らなかった。こんなところで料金だけ取られて置いてけぼりを食らえば途方に暮れてしまう。昴一は無理に押しつけることはせず、安心して車を降りた。

「リュック置いていきましょうか」

念のため言ってみたが、斎藤さんは手を振り、

「気をつけて行って来てください」

と笑っただけだった。

24

藪に分け入ってしばらく進むと、次第に下り勾配になった。木々は思ったほど鬱蒼(うっそう)としているわけでもなく、土もしっかりと踏み固められた感触で歩きやすかった。とはいえこうした山野をあの絹子と由香里が走り回っていたのかと思うと、にわかにはその姿を想像することができない。ことに都会暮らしに慣れてとりすました感の強い絹子については、彼女の人物像を徹底的に改めなくてはならない気がした。絹子が日々口にしていた自然への思い入れも、昴一はこれまで都会人の薄っぺらな感傷程度にしか見てこなかった。彼女が少女時代を重い障害と共に生きていたことも驚きだったが、同様にこのような環境で生まれ育った点を見落としていたのは手ひどい過ちだったのではないか。結局のところ、昴一は絹子という人間の表層だけを見て、その美質にしろ欠点にしろ

判別してきたにすぎなかった。人間同士の相互評価など所詮その程度のものと割り切るしかないのかもしれないが、しかし、とはいっても夫婦の縁を結び、一度は生涯を伴にすると約束した相手に対しては、それ相応の肉薄をすべきが、夫としての義務だったにちがいない。愛することや慈しむこと、また逆に憎み嫌うことであっても、その大前提になるのは可能な限り相手を知ろうとする努力だ。だが、大体のところ、親子や夫婦のような緊密な関係になればなるほど、実はその努力を怠っているのが世の現実なのではないか。知ろうとする意志は、実は、愛したり憎んだりする意志とは相反する領域に根を張る性質を持っているのかもしれない。だからこそ、愛憎は人間を盲目にし、しかも誰もがそこに人間臭さや人間らしさをついつい汲み取ってもしまうのだろう。

こうして絹子の故郷に来ることができたのは幸いだが、それが彼女との新たな出発につながるものでもなさそうなのが昂一には歯痒い。葬式の場で故人の意外な一面を聞かされ嘆息するような感もあって、後悔ばかりが先に立ってしまう。

絹子と由香里が写った写真を見たときにも痛感したが、いまさらながら人間関係の要諦を思い知らされるようでもあった。

五分も歩くと、藪は終わり、広い窪地に出た。

右手に目をやるとたくさんのヒマワリが咲いていた。自生の群落だが、まるでヒマワリの畑のようだった。昂一はしばしば足を止めた。これほどの数のヒマワリを見るのは初めてだ。どれも長く太い茎を思いきり伸ばし、大輪の花を空に向かって開いていた。そ

れから彼は花々に引き寄せられるように群落の方へと歩いていった。自分の背丈を優に超える何十本ものヒマワリが、前方の視界を遮っている。

直径二十センチはありそうな頭花が微かに吹く風にゆらゆらと揺れ、降り注ぐ強烈な陽光と、それを浴びる鮮やかな黄色の群れの情景に、昂一は一瞬めまいに似た感覚をおぼえた。

この花畑の先に、絹子たちが閉じ込められた試掘坑がきっとある。

そう確信した。

頑丈な花々をかき分けかき分け、真っ直ぐに昂一は歩を進めていった。顔や首筋から噴き出す汗が、身体を動かすたびに周りに飛び散っていく。ヒマワリ畑の中は猛烈な熱気に満ちていた。

歩いても歩いても出口に行き着かない。呼吸するたびに灼けた空気が肺に流れ込み、胸のあたりが苦しくなる。大量の発汗と暑さのせいか、あっという間に喉の奥がひりついて唾も出ないような状態になった。こんなことならばペットボトルのお茶くらい準備しておくべきだった。北海道という場所柄、加えて昨日の涼しさが油断を生んだのだ。全身の水分が急激に失われていくのが実感できる。冗談ではなく、一刻も早く水分補給をしないと熱射病に冒されてしまうのではないか。

くらくらする意識を精一杯立て直して、昂一は歩みを速める。

ようやく畑から脱出した。

そこは窪地の際で、一段さらに下りの勾配があって、短い坂の突き当たり、ほんの目と鼻の先に小さな廃坑がぽっかりと真っ暗な口を開けていた。

昂一は覚束ない足取りで緩い坂を下り、その坑口の前に立った。

やはり思ったとおりだ。ここが絹子たちが閉じ込められた廃坑に違いない。

両脇には灌木が生え、土手に穿たれた穴の上方には背の高い木々も繁っている。広げた枝葉のおかげでようやく直射日光から逃れることができた。涼気を得てTシャツを濡らしていた汗はみるみる引いていく。だが、喉の渇きの方はさらに激しさを増していた。

坑口は比較的小さい。昂一の背丈ほどの高さで、間口も二メートル足らずといったところだろうか。背を屈めて中を窺ってみるが、穴の奥は濃い暗闇でまったく見通せない。時間が止まったような薄気味の悪い静寂に包まれていた。

一旦、坑口からあとずさって昂一は思案気に周囲を見渡した。

ふと見ると灌木の茂みに朽ち果てた木柵が倒れ込んでいる。柵の横板には何やら文字が記されていたがほとんど判読不能だった。

「○○○故○○　立○○禁　○○支○○山局」

かろうじてそう読めた。おそらく「落盤事故注意　立入厳禁　空知支庁鉱山局」とでも書かれていたのだろう。記事にあったように、かつては封鎖されていたものが、こうして柵が壊れて子供たちの遊び場と化していたわけだ。

子供は狭いところ、暗いところ、奥深いところが大好きだ。こういう廃坑などあれば誰でも入りたがる。昂一は小さい頃のことを思い出した。彼の暮らした町の真ん中にも「筑豊ボディ」という車体製造会社の工場があって、広い草地の資材置場が開放されていた。子供たちはみんなそこで三角ベースボールやドッジボールなどやって遊んでいたが、その隅に、いまでいう粗大ゴミが大量に積み上げられ、業務用の冷蔵庫などが置き捨てられた一角があった。昂一が記憶しているだけでも、小学校低学年の頃に二度、その冷蔵庫に子供がもぐり込んで窒息死する事故が起きた。なかでも一度は、こんな狭いところにという庫内に三人の幼児が閉じ込められ、全員が死んでしまったのだ。その事件以降、草っ原は厳重な管理が行なわれるようになり、誰も立ち入りができない場所になってしまった。

思えば、あれも夏休み中の事故だった。

昂一は、苦悶の凄絶な表情を浮かべ、折り重なるように死んでいた三人の幼児たちの姿を子供心に想像し、恐ろしさで身の竦むような心地になったものだ。

この廃坑に閉じ込められたとき、絹子と由香里もどれだけ怖かっただろうか。

昂一はもう一度、穴の入口まで進んで奥を覗いてみる。一歩踏み出そうとするが、どうにも足が前に出なかった。

目を凝らして中の気配を探る。我ながら臆病なものだと思うが、何か近寄りがたく重苦しい空気が充満しているのも事実だった。

突然、頭上で大きな鳥の鳴き声が聴こえ、昂一はぎょっとして上空を見上げた。

真っ黒なカラスが二羽、繁った木の枝にとまっていた。と思うや、一羽が羽音を立てて舞い上がり、声を張り上げながら上空を旋回しはじめる。

この鳥は街中では慣れっこになっているが、こうした場所で見るとなるほど禍々しい。鳴き声も不気味だった。

じきにもう一羽も枝を離れ、しばらく二羽でくるくると同じ軌道を回ったあと、遠くへと飛び去っていったのだった。

ほっと一つ息を吐いて、昂一は、却ってさきほどまでの緊張が解けたような気がした。せっかく目的地に辿り着いたのだ。ここで引き返すわけにはいかない。二十四年前、由香里が自らの力を突然解放させて出口を塞いだ土砂を吹き飛ばしたのは、まさにこの廃坑でのことだったのだ。

昂一はふんぎりをつけて坑口をくぐった。中は入口ほどに狭くはなかったが、天井はかなり低い。素掘りのようで梁や柱は見当たらない。さすがに奥に進めばそうではないのだろうが、これではいつ落盤が起きても不思議ではなかろう。ひんやりとした空気が全身を包み、埃臭い匂いが漂って、不思議な懐かしさを胸に呼びさましてくる。小さかった絹子たちには、こんな狭隘な坑道でもずいぶんと広く感じられたのだろう。時間を遡行し、まだ二人が幼かった遠い昔に自分が近づいていくような、そんな気がした。

闇に目が慣れてくると、ごつごつした岩肌や足元の苔むした地面が外からの光に意外なほどはっきりと見えるようになった。そういえばかつて読んだ本に、人間の肉体の中心は胸でも腹でも腰でもなく眼なのだと書いてあった。たしかに眼が物を捉えると、腹が据わってくる。

五メートルほど奥に進んだ。進むにつれて坑内は次第に広くなっていく。見返ると、坑口のぽっかりとした穴が丸い月のように明るく輝いていた。昂一は坑道の奥に目をやり、ふと耳を澄ました。

かすかな音が聞こえてくる。

さらに二、三メートル歩んで、耳をそばだてた。

水音のようだ。こんなところに泉があるはずもないが、それは明らかに水の流れる美しい音色だった。もしかしたら、岩盤の亀裂から地下水が湧き出しているのかもしれない。水滴のしたたるかそけき音も聴こえてくる。その水の音に、昂一は忘れていた渇きをたちどころに甦らせた。

自然に奥へと足が動く。水音を頼りにぐんぐん歩いていった。坑口から射し込む光が薄くなり、あたりは闇に閉ざされていく。これ以上は困難だと諦めかけたところでようやく水源を見つけた。左の岩盤のちょうど目の高さあたりに裂け目があって、そこからちょろちょろと水が湧いていた。手刀を岩に添えてわずかに溜まった水を口に含む。なんともいえず甘く美味しかった。昂一は、掌に汲むのも面倒で、そのまま岩盤に口を寄せて噴き出す清水をすすった。

冷たい水が喉を通って全身を潤していくのが分かる。ほんとうに生き返った心地だ。

岩にへばりついて、ようやく渇きが癒えてきたときだった。

不意に足元がぐらっと揺れた。

驚いて壁から顔を離す。その途端、ずしん、と大きな音がして、つづいて坑口のあたりで物凄い地響きが起きた。砂ぼこりの混じった強い風がいきなり頬に吹きつけてきた。

一瞬の後、すべての光が消滅した。

25

ライターの小さな炎では、坑道の入口を埋めつくした土砂の全容を見ることはむろんかなわなかったが、手元を照らす限りでも、ごつごつした岩の混じった土は、とても人力でどうにかなるものとは思えなかった。目測だから正確とはいえないが、清水の湧き出ていた場所から天井が崩落したところまで十メートルほどあったので、おそらく坑口からの二メートルくらいが土砂に埋まってしまった勘定だろう。ショベルカーでも持ち出さなければおよそ掻き出せる堆積量ではない。

昂一は、清水の出ているあたりまで戻ると、右側の壁に背中をつけて腰を下ろした。こちら側の地面は乾いていて尻を濡らさずにすむ。土砂のそばに陣取ったとしても外部からの呼びかけが届くはずもない。それよりは再度の落盤に備える方がずっと肝要だろう。

まったく完璧な闇だった。

ライターの明かりを消すと、自分の手足すら見えない。まるで墨汁の海に沈んだような、それとも分厚い目隠しでもされてしまったような感じだ。ここまで何も見えないと目を開けているかどうかも定かでなくなるし、自分に視力があったこと自体が疑わしく思えてくる。

とりあえず空気はふんだんにあるようだ。坑道はずっと奥まで伸びているのだろうから窒息の恐れはあるまい。清水も湧いているし、ライターを大事に使えば、水飲みや用足しに不自由は当分ないだろう。何も食べなくても水さえあれば一ヵ月程度は平気で生きられると何かの記事で読んだ記憶もある。

当然ながら携帯は「圏外」で電話は通じない。それでも何度か由香里の携帯にかけてみたが無駄なことだった。時刻表示は三時五分。すでにタクシーを降りて二十分以上が経過していた。

あと一時間もすれば運転手の斎藤さんも不審に思いだすだろう。彼も藪に分け入って、昴一の姿を探すはずだ。こんな辺鄙（へんぴ）なところへ案内させ、車を待たせて一人で山に入っていった男がいつまで経っても帰って来ない。まさか乗り逃げするような場所でもなし、大方、自殺志願者のたぐいだったのだと斎藤さんは推量する。彼は好人物のようだった。慌てて山を下り、消防か警察に連絡するに違いない。地理に詳しい人たちが大勢で捜索を始めるのが恐らく夕方あたりからで、だとすれば間木ノ台からさして距離のないこの廃坑はすぐに発見され、その坑口が新しい土砂で埋まっていることも早々に確認されるだろう。機械を使うか人海戦術に頼るかは別にして、夜半には土砂を取り除く慎重な作業が始まる。ということは遅くとも明日の明け方までには、無事に救助の手がここに差し延べられるというわけだ。まったく人騒がせな話にはなったが、明朝までの半日、この漆黒の闇の中で平静に時間をやり過ごせば、間違いなく外には出られる。何もじたばたする必要はどこにもないのだ。

昂一はさきほどから何度も自分にそう言い聞かせている。

この予測は、唯一、斎藤さんという人間を信じることさえできれば、何の不安材料もない。しかし、もし、斎藤さんが昂一が意図的に姿をくらましたと判断してしまえば、事態は即座に暗転する。彼はもうじき自分が騙されたことに気づき、舌打ちの一つもくれて美別に引き返してしまうことだろう。「そういえば車を降りるときには一万円札をちらつかせ、あげくリュックを置いていく素振りまで見せて、いかにも念の入った配慮をみせた客だった。ああいう手合いに限って詐欺行為の常習者なのだ」とでも斎藤さんに早合点されると万事休すだ。この間木ノ台からは廃線に沿ってサイクリングロードが市街まで敷設されていると言っていた。「あの客は運賃を支払うのが嫌になってその道を辿って帰路についたのだ」と思われる可能性だって十二分にあるといえばある。

そうなれば状況は深刻だ。なにしろ昂一が北海道にいることは市子しか知らない。その市子も彼は昨日の最終便で東京に帰ったものとばかり思っている。仮に市子が絹子に無事の帰還を確かめてみたとしても、現在の絹子と昂一との関係では、絹子も彼の所在の確認などするわけがない。適当な返事を母親には返して、どうせ由香里のもとにでも身を潜めるか、北海道での旅をつづけているのだと気にも留めはしないだろう。片や由香里は由香里で昂一が九州の兄のところに戻ったとばかり思っている。兄の連絡先など知らないから、たとえ長期にわたって昂一から連絡が来なかったとしても、彼女にはその安否を問うすべがない。

家庭なり、何かの組織なりに帰属していない現在の昂一の身の上は気儘そのものだが、こんなことになってしまうと誰からも不在を懸念されない、まるで霞か霧のような存在にすぎぬことが見事に露呈されてくる。

一ヵ月かそこらで、この真っ暗闇の坑道内で干からび朽ち果てたとしても、死骸が発見されることすらないのではないか。妻とその親友でもある愛人とのあいだの相剋に嫌気がさして、一目散に逃げ出してしまった無責任な失踪者――要するに昂一はそういう男として絹子や由香里に記憶され、いつのまにか忘れ去られてしまうだけだ。それも自業自得と言われればそれまでのことだろうが。

昂一は暗闇の中で膝を抱えて、ちょろちょろと流れる水音を聴いていた。

間欠的に湧き出してくる恐怖をどうやってなだめるかが、これからの長い時間の課題だと思う。必ず救出される、という希望で意識を埋め尽くすことができれば簡単だが、希望は時間経過とともに次第に色褪せ、絶望に変質していくのが常だ。やはり最初から恐怖に目を背けず、その恐怖の深部を見極めることでしか平常心は保てないだろう。なにしろ条件が悪い。この暗黒は不安をかきたてる最大の要素だ。闇はそもそも人間を厳しく威嚇する特性を持つ。下手をすると錯乱状態に陥る危険性だってなしとはしない。まずもって自分にとって何が最も恐ろしい事態だろうか。

昂一はそう考えた。

真っ先に頭に浮かぶのは、このまま助けが来ることなく次第に衰弱し、身動きもできなくなって死んでしまうことだ。人の死に方としてはおよそ最悪の、決してそうはなりたくない部類の最期と言って差し支えあるまい。

だが、とその先に思考を強く推し進める。

救出を待たずに息絶えることはたしかに辛いが、ほんとうに辛いのは息絶えることそのものではなしに、それまでの絶望的な生存に他ならないのではないか。何にも増して恐ろしいのは、この暗闇の中での突然の孤独が延々とつづいていく事態だ。こうした境遇は、生きながら棺桶に放り込まれるか、古代の王の墳墓に殉死者として閉じ込められてしまった人々とほとんど変わるところがない。数日は救出の期待もあるだろうが、一週間もすれば昂一の精神状態は、そういう悲劇に見舞われた人々同様に見るも無残に変貌してしまうだろう。

まさに生きていることを呪いたくなる現実だ。

いっそ死んでしまった方がよほどましだと断言していい。

そこで、昂一は一番最初の着想に戻ってみる。誰も救助に来てくれず、衰弱死することが何より恐ろしいと考えたが、誰も来てくれないのならば、死ぬことよりもこのまま生きつづけることの方がはるかに恐ろしい。むしろ一ヵ月ほどで衰弱し、意識もかすれ、ついには死んでしまえるのなら、それは実にありがたい話ではあるまいか。

要するに一ヵ月間、死を待てばいいのだ。もちろん死ぬ間際は相当な肉体的苦痛にさらされるだろうが、それは病床にあっていままさに死にゆくすべての人たちと同一の経験であり、いずれ昂一もどこかで必ず通過しなければならぬ苦しみにすぎない。死ぬ瞬間は、こんな穴蔵の暗闇の中にいようが、太陽光の燦々と降り注ぐ広い室内のベッドの上であろうが、そんなことは死ぬ当人にとっては取るに足らぬ差でしかないだろう。苦しいものはただ苦しい。

そうなると問題の焦点は徐々に絞られてくる。

昂一は目下、死ぬよりひどい境遇に身を置いている。この状態が継続するくらいなら死んだ方がいいと思っている。一方、愛する家族に見守られ、まだまだこの世に未練を残すもう一人の昂一が仮にいたとする。彼もまた重篤な病に身を冒されて死の床に伏しているとする。たしかに「仮に」の想定ではあるが、いつかはそういう時間が必ずやってくるから、この想定はまるまる嘘八百の絵空事というわけではない。言ってみれば数十年後の昂一その人の確実な姿を思い描くに似た「仮に」だ。

死の一点に集中したときに、果たしてこの二人のどちらがより苦しいだろうか。

すくなくとも、目下の昂一の方が格段に苦しいとは決して言えないはずだ。昂一は死んだ方がましだと考えざるを得ない状況にある。ということは、この先さらに良き人生を送ることができて、もっともっと生きていたいと望む心境で死を迎えるもう一人の昂一と比較すれば、どちらかといえば、心の苦しみは、逆にすくないような気がする。だとすれば、現在の昂一の置かれた状態は、それほど大袈裟に酷(むご)たらしいと騒ぎ立てるほどのことでもないのではないか。

人は一人残らず、必ず死ぬ。早いか遅いか、楽しかったか楽しくなかったかはともかくも、そういう一切合切すべてをこの世に放り出して、ただ一途にまっしぐらに死ぬ。そして、どういう理由かは分からないが、いま自分はその死の助走路に唐突に立たされてしまったのだ。つまりはすでに自分は死んだも同然の状態に陥っているということだ。光もなく、音といえばさやかな水音のみで、自らの五体も見えない。何より誰一人としてそばにいないし、今後も他人と接触する可能性はまったくない。この真っ暗闇の中でたった独りきりなのだ。自分一人しかいない世界に「自分」など存在しない。他と区別することのできない、それは言ってみれば世界全部である。世界全部の人間に自分など必要がない。

ああ、ほんとうに自分だけの自分など、どこにもないのだなあ――と昂一はつくづくと感じた。自分と思っていた自分は、ただ周囲の人々が刻みつけ彫り上げたものでしかないのだなあ――と思った。

母や父や、兄や教師や友人たちや隣人や、幾人かの恋人たちや絹子や由香里、さらには書物や映画や音楽、そうしたとにかくも諸々の人々の直接、間接の干渉が、さながら波濤が岩を浸食し二つとない形象を刻むように、この繁村昂一という一個の人間を作り上げてきたのだ。自分というものは自分単独では無に等しくて、他人との関わりによって日々姿を変えていくことでのみ、現在ただいまの意味と価値を獲得してきたにすぎないのだと昂一は思い知った気がした。

そして、とうとう自分は、その変化しつづける軌道からはじかれてしまったのだ。

生物的には死んでいなくとも、その生の実質はすでに絶たれてしまったのだ。いまの自分は、一個の息づく肉体にすぎず、この三十年余の思い出と粗末な思考活動のみを残した、取るに足らない過去物になり果ててしまったのだ。言ってみれば自分は、呼吸するただの思い出でしかないのだ。そうであるなら、その呼吸がいつ止まったとしても、肉体的に真実に滅んだとしても、その死に一体いかほどの重さがあるだろうか。

なんのことはない、俺はすでに死んだのだ。

昂一は深々と思った。

だが、こうして自分はまだ生きている。生きていながら死んでいる。

であるなら、死とは一体何なのだろうか。生きるとは一体何なのだろうか。

単独の自己、自我、自分だけの自分というものの本体が、つまるところこの暗黒に閉じ込められた現在の状態でしかないことを痛烈に昂一は実感していた。人々のネットワークから離れてしまって、こうして全体の一部ではなくなってしまえば、自分などというものはわずかな残存電流で駆動するただの一端末のようなものにすぎない。

そしてその微弱電流が失われたとき、すでに変化のしようもない自分というこの意識は、脳の破壊とともに跡形もなく消滅してしまうだけなのだろうか。

昂一は坑道の壁に後頭まであずけ、両足を伸ばして目をつぶる。闇の濃さに変化はないが、何かしら瞼に閉じ込められた闇はあたたかさを生んで、親密なものになってくれるような気がする。しばらくじっとしていた。やがて、

だが、と昂一は思った。

もしそうだとすれば、この廃坑に入るずっと以前から、自分はすでに全体から切り離された無意味な端末に成り下がっていたのではないか。

そんな気がした。

父を早くに失い、母も亡くなり、兄とも年に一度顔を合わせるかどうかの関係でしかなく、かつての級友や学生時代の友人とも頻繁な交際をするでもなく、勤めていた会社もあっさりと辞め、結婚した絹子とも満足な関係を築くことができず、由香里とのあいだにしてもひどく曖昧なものでしかない。誰かから生涯の恩を受けたこともないし、誰かに対して身を捨てるほどの献身を行なったことも当然ない。多くの人々のために役立ったこともないし、多くの人々から助けられたこともない。とにかくひたすら中途半端に自分を守り、自分を与え、自分を表現して漫然と生きてきただけのことだ。

成り下がったというよりは、最初から、自分は人々の海の中で泳ぐでもなくたゆたってきたにすぎない気がする。あるときは自分のことが大事で、あるときは自分以外の誰かのことが大事だったが、それにしても何らの規則性も一貫性もない場当たり的な態度で終始してきた。さまざまな外部からの彫刻によってたしかに自分というものが彫り上げられたのは事実だろうが、かといって、その彫像は確固としたある形を成しているとはおよそ言い難いように思う。すくなくとも自分自身がどのような姿をしているのか、またその姿がどのように変化してきたのかを昂一自身はいくら想像してみてもはっきりと思い描くことができない。

一体、俺は何のために生まれ、何のために生きてきたのだろう……。

しかし、と彼はさらにもう一段気づくことがあった。

そんなことを言うなら、俺に限らず、誰だってそんなものではないのか。

いま自分はこの暗闇の中で、自分というものの不確かさに戦いているが、たとえこんなところにいなかったとしても、太陽の下でこれまで通りの生活をつづけていられたとしても、寸毫も変わることなく、自分にとっての自分というものは常に不確かなままだったに違いないし、それは他のすべての人々にしてもそうなのではないか。

人と人とが一対一であっても、または一対多、多対一、多対多であったにしても、しっかりと互いに結び合い、繋がり合って存在するなどということは、本来、この世界ではあり得ないのではないか。ましてそれぞれが一つに統合されて巨大な全体を形作っているなどということはまったくの幻想、幻覚でしかないのではあるまいか。

例えば絹子との関係はどうだろう。いまや破綻に近い状態ではあるが、もともと知り合った当初から、思い出してみれば彼女との関係は肉体を媒介にした色合いが濃かった。夫婦となったのだから当たり前といえば当たり前のことだが、それにしても、こうしてその肉体的なつながりを回想してみれば、それは漠たる記憶にしか過ぎず、これほどの極限状況においては何らの感動も呼び起こしてはこない。それなりに精神的な交流はあった。楽しいことも多かったし、二人で憤慨したり、互いに罵り合ったこともある。だが、いまとなってはどれも思い出であり、ただの過去と言うほかはない。こうして絹子と由香里が閉じ込められた廃坑に自分も閉じ込められて、ひとえに胸に沁みるのは、長年夫婦として暮らしながら自分がいかに絹子のことを知らなかったかという悔恨ばかりだ。

由香里との関係はさらにお粗末なものだ。身体の接触はあったが、彼女のことなど自分はこれっぽっちも知ってはいない。

母や父、兄、過去にめぐり合い別れた様々な人々の誰一人を思い出しても、彼らについて自分が知ったことなど本当に微々たるものだ。いま想起する過程で心にきざすのは、深く理解し得なかった申し訳なさと、あとはその時々の快楽の浅い名残のみである。

要するに、と昴一は思う。

俺は生まれたフリをして、生きたフリをして、ただ意味もなく時間をやり過ごしてきただけだったのだ。誕生もフリ、人生もフリなら、これからの死もまた死ぬフリ程度のことでしかないに決まっている。

何をいまさら深刻ぶる必要があろうか。

なんだそうだったのか、と昂一は思う。フリの人生ならば、それが幕を閉じたところでなにほどのこともない。惜しんだり悲しんだりする必要はさらさらない。ただあっさりと終わっていけば、それで構わないのだ。

そして、世界中の万人が、きっとこの暗闇の中の自分と同じなのだ。

誰もが、生まれて来たフリ、生きているフリをして、自分でもなく他人でもなく、全体でもなくその一部でもなく、うすぼんやりとした影のように短い時間、混沌の波間をよぎっては消えていく。それだけのことなのだ。

自分が絹子を知らなかったように絹子も昂一を知らないし、自分が由香里を知らなかったように由香里も昂一を知らない。

自分がどこにもないように、絹子も由香里も所詮どこにもありはしなかったのだ。

そこまで考えて、昂一は心が断然軽くなるのを感じた。

これだ、と思った。こうした気持ちを保ちつづけることができれば、自分は一切の恐怖から離れて平静に息絶えていくことができるだろう。

生まれたフリ、生きたフリ、そして死んでいくフリだ。

昂一は不意に喉の渇きを覚えた。ポケットからライターを取り出して火を灯す。しっかりと握りしめて立ち上がった。このライターを手から滑り落としてしまうと大変だ。向かいの壁に歩み寄り、湧き出す清水に顔を近づけて、思う存分に甘い水を飲んだ。仄(ほの)かな光に照らされて流れ出る清水を見つめ、いまや生命を維持するために見るべきは、この清水ひとつきりでしかない、と昴一は思った。滲み出すようにわずかに漏れる眼前の細流だけが、自分にとって唯一たしかなものなのだと思った。

そこで、昴一はこの廃坑に足を踏み入れたときに思い出したことを想起したのだった。むかし読んだ本に書かれていた、人間の肉体の中心は眼だという一節だ。あの言葉を記した人は、なぜ人間の中心ではなく、人間の「肉体」の中心と言ったのだろうか。

昴一はふと、その差異について疑問を感じた。

人間の中心と人間の肉体の中心とは別物なのだろうか。ならば、人間の中心とは一体何なのか。

彼は再び元の場所に座り込み、ライターを消して、それを用心深くポケットにしまった。

漆黒の闇が、思考以外のすべてをすぐさま呑み込んでいく。

だが、昴一の頭の中では、不意に浮かんだ小さな疑問を核にして、これまでとはまったく異なる種類の想念がみるみる生まれ始めていた。

まず感じたのは、

それでも俺は生まれたし、生きたし、絹子と出会ったし、由香里とも出会ったのだ。

ということだった。

そう感じると、絹子の顔や身体、その体毛、局部、声、匂い、笑顔や悲しそうな顔などがかつてなかったほどに生き生きと鮮明に脳裡に甦ってきたのだった。さらに由香里の顔や身体、喘ぎ声、彼女の掌から吹き出していた風の感触などがくっきりと思い出されてきた。しかし、そうした子細な記憶は次第にぼやけ、絹子のそれらと由香里のそれらとが混ざり合い、感覚器官を通して得られた実感を超えて、別種の、まったく違う何ものかに変容していこうとしているのが分かった。

これは何だろうか、と昂一は思った。

偏平になり、色褪せ、すっかり枯れてしまったはずの記憶のそれぞれが、ある固まりとなってふたたび脈々と息づき始めているのが感じられる。

それは、見ることも嗅ぐことも触れることもできない、特別な何かのようだった。たとえば、絹子や由香里の笑顔や泣き顔から流れ出して自分の心に届いた何ものか、身体を重ねているさなかに、発散する体液の匂いや汗の感触や喘ぎや、あたたかみなどを通路として、直に昂一の心に突き刺さってきた何ものか、つまりはすでに過去物になったはずのものを、実際に組み上げている素材ともいうべき何ものかが、ようやく昂一の意識の中心に姿を現し始めたのだった。

そうだったのか、と昂一は胸が痛むような心地で受け止めた。

この目に見えぬ、味わうことも触れることも嗅ぐこともできぬ思い出こそが、絹子の本体であり由香里の本体なのだ。過去に置き捨ててきたものは、それら本体に通ずるための単なる隧道（すいどう）にすぎず、肉体で感覚されたというだけで、実際は何ら本質的な要素を含まぬ脱け殻のようなものなのだ。

こうして真っ暗闇の中で、うずくまるようにして、その脱け殻と共に捨象しようとしていた彼女たちの思い出や、自分だけの自分という意識こそが、彼女たちや自分の本体であって、そのものの意味や価値であったのだ。

昂一は突然のようにそう気づいたのだった。

同時に、遠い記憶が、意識の辺縁から再生されてきているのを彼は見つめていた。

まだ昂一が小学生のときの記憶だった。そして、その記憶は常に昂一の意識に張りついて、時折、輪郭を失った形で顔を覗かせては昂一に安心と不安を与えつづけてきたものだった。そのことも昂一はたったいまはっきりと自覚した。

一冊の美術の教科書だった。

世界や日本の数々の名画、彫刻、陶芸、建築などがカラー写真で掲載された、ありふれた教科書だ。幼かった昂一にとくに強い印象を与えたのは、その中の一個の彫刻の写真だった。

あの有名なミケランジェロのダヴィデの像である。

昂一はこの像の写真を見たとき、同じ重さのただの石の固まりと、これはどこがどう違うのだろうかと子供心に強く思った。同質量の石の固まりを眺めても何も感じない自分が、どうしてこの像には何かを感ずることができるのか、それが昴一にはいくら考えても分からなかった。この像を粉々に砕いて、中身を調べ上げてみても、自分が感じた何ものかの本体を突き止めることが決してできないことだけは分かっていた。

自分は一体何を見て、この像を美しいと感じているのだろうか。

それが不思議でならなかった昴一は、担任の教師に、その疑問を口にしたことがあった。すると彼女は、

「それはね、ミケランジェロという芸術家の魂に繁村君が感動してるということなのよ」

といともあっさり答えたのだった。

昴一はそのとき、初めて「魂」という言葉に耳を止めた気がする。

数百年の時を経て、ミケランジェロという芸術家の魂というものが尚も生きつづけているのだろうか、と教師の言葉に子供の昴一はひどく落ち着かない気分になった。

その折の気分が、いま昴一の心の奥底から波のように押し寄せてきているのだった。

そういえば、怒りも喜びも哀しみも感動も、すべては目に見ることも触れることもできぬものだ。愛も憎しみも目に見えはしないものなのだ。だが、誰もがその目に見えないものを感じ取り、人を愛し、人を憐れみ、人を憎み、人を慕い、人を敬い、生の実感と認めているのだ。美しさや醜さでさえも、それを目に見えぬものに変換して、初めて人は自分なりに感受し味わうことができるにすぎないのだ。

そうであるなら、この世界は、目に見えるわずかなものと、目に見えぬほとんどのも

ことは、目に見えない世界で実現しているのではないか。人と人とが繋がり、人が全体の一部であるということは、目に見えない世界で実現しているのではないか。

だからこそ、人は人との関係に幸福を見いだし、人とのつながりの断裂に未曾有の不幸を体感してしまうのではないか。考えてみれば、それは当然のことであって、絹子と由香里の友情も、自分と絹子との関係も、そして由香里との交渉にしても、すべては目に見えない何ものかを感ずることで常に現実なのだった。ということは、こうして暗闇の中に捨て置かれているいまこの瞬間の自分でも、やはり彼女たちと深く通じ合っていることに疑問の余地はないのではないか。

ミケランジェロの魂が今日も生きつづけて昂一の魂を潤すように、絹子や由香里の思い出も、それこそが絹子の魂であり由香里の魂であるがゆえに、自分の心の中でたしかに息づいているのではないか。同様に、自分の魂というものも、たとえ二度と再び絹子や由香里と会うことがなかったとしても、彼女たちの思い出の中に延々と生きつづけることができるのではないか。

もしかしたら、生まれるということは死ぬこととはまったく違うことなのかもしれない、と昂一ははたと思った。

誰もが、人は生まれ、そしてその直線運動の終末に死を迎えるのだと思い込んでいるが、一度生まれたということは、それだけで完結した一個の物語なのかもしれない。書物の中に作家の魂が宿るように、一度生まれた魂は永遠に残り、生きつづけるのではないか。死は単なる肉体の消滅であって、魂の消滅をまったく意味しないのではないか。

肉体の消滅によって失われるのは、目に見えるものばかりで、目に見えぬものはどこにもなくならないのではないか。この世界はそうした無数の魂ですでに満ち溢れているのではないか。そして、たとえ肉体を保持している最中であっても、人は目に見えぬもののなかに絶えず生き、それはさながら、過去に死んでいった人間たちの魂の現在もつづく営みと同様の営みを営んでいるということでしかないのではなかろうか。

そうなのだ。偶然で起きたものなど何ひとつありはしないのだ。

ミケランジェロの彫刻が偶然の産物ではないように、小説家の作品や音楽家や画家の作品が偶然の産物では決してあり得ぬように、自分が生まれたということも、絹子や由香里と出会ったということも偶然の産物ではあり得ないのだ。

そうであるならば、たとえ自分がここで朽ち果てたとしても、自分というものの魂は、いまと寸分違わずに絹子や由香里の中に生き残っていくにちがいないし、死は五感によって感じつづけてきた自己というものを肉体と共に脱ぎ捨て、本然の姿である魂に戻っていくことにすぎないのではないか。つまりは生死の区別など、本来、どこにもないということだ。

そこまで考えて、昂一はさらに、これまで気づきもしなかったことに気づいたのだった。

目に見えないものに我々の存在の本性が根ざしているとすれば、由香里の不可思議な力も、恵比寿のバーのママさんの占いも、「先生」のおまじないも、丈太郎君の障害が癒されたことも、絹子の聴力が回復したことも、由香里の父親の芳夫がいまもこの世に奇妙な力を残しつづけていることも、何一つ不自然ではないのではないか。

そして、あの高僧がしきりに説いていた「生まれながらに備わっておる仏性」なるものも、教義上の修辞などではさらさらなく、まるごとそういうものが実際に人の心を形作っているということではないのか――。

26

昂一は何度もまばたきを繰り返し、瞳から流れ込んでは意識の奥で帯電する闇を外へと排出しようとした。呼吸が上擦り、自分が激しい興奮状態に襲われているのが分かった。身体の芯に溜まった熱が体表に噴き出してきていた。全身が異様に熱い。ことに頭部は煮え立つようで、額からは玉のような汗がこぼれだしている。

いま、自分の意識の一端が拡張し、これまで一度も連結されたことのない、まったく新しい世界の中心部につながろうとしているのが感じられた。

そこには無限のエネルギーが満ち満ちている。

由香里がこの廃坑に閉じ込められたとき、坑口を埋めつくした土砂を吹き払うことが可能だったのは、きっとその無限のエネルギーの一部を自分の掌を通して解き放つことができたからに違いない。

昂一は静かに立ち上がり、暗闇の中を探るように右手を虚空に突き出した。

由香里にできたことならきっと自分にもできるはずだ。

掌を広げ、指先に力を集める。指の周りの空気が密度を増し、その重さを掌全体に伝え始める。わずかに指を撓めると水の中を掻いているような手応えがあった。さらに昂一は集中する。五本の指がじんじんと脈打ち痺れてきた。

丸いゴムボールを握ったときに似た感触が掌に生まれている。

ボールは最初ゴルフボールくらいだったが、次第に大きくなり、テニスボール大になり、手鞠の大きさになり、さらにバスケットボールほどに成長していった。

二十四年前、由香里はきっとこの同じ場所に立って、その右手から巨大なエネルギーを放出させることに成功したのだ。

闇の中で、自らの右手にゆっくりと力が蓄えられていくさまを昂一は脳裡に描いた。

このまま集中しつづければ自分にも由香里と同じことが起きるかもしれない。

昂一は闇に向かって目を見開き、息を止めて眉間の一点に気を集める。

真っ暗だった空間に、何かが滲み出てきていた。それは最初は墨の濃淡に似た斑紋のようなものだった。その程度のことでも、これまでの塗り固まっていた暗闇に明らかな変化が生じているのは確かだった。

その変化がいまの昂一にはつぶさに見える。

エネルギーが充塡されつつあるのだ。右腕が重くなってきている。すでに上腕が二倍、三倍に膨張しているような感じがする。

この調子だ。やがて絹子が言っていたように、この右の掌が青白く輝きだす。そして、思念を限りなく集中することができれば……。額からの発汗はさらに激しくなっていた。大粒の汗が昂一の顎を伝って滴り落ちている。

よしっ、そう思った次の瞬間だった。

一気にエネルギーが増幅せんとする寸前、不意に意識が拡散した。

すうーっと指先から力が抜けていく。熱かった身体が急速に冷めていく。

昂一は呆然として、闇の中に立ち尽くしていた。最初は一体何が起きたのかよく摑めなかった。裂け目を作り始めていた眼前の闇があっという間に修復されてしまった。

そのとき、幽かな音が聴こえた。

彼の集中を破ったのがその音であることにようやく気づいた。昂一は大きく息をついて、音に耳を傾ける。それは正面の岩盤から湧き出す水音とは別のものだった。

誰かの泣き声のようだ。

しかも一人ではない。

昂一は持ち上げていた腕を下ろし、左手を右の掌に添えた。右手はまるで炙ったように熱を持っていた。揉みしだいていると徐々におさまっていく。同時に痺れも消失していった。大きく一度深呼吸をして、どこからともなく響いてくる人の泣き声のような物音に注意を寄せた。

たしかに泣き声だった。それも子供のようだ。二人の子供がしくしくと泣いていた。

幻聴だろうか。

興奮しすぎた意識がこうした幻の声を作りだしてしまったのか。

だが、その泣き声は幻聴にしてはあまりに鮮明だった。その上だんだんにはっきりとしてきている。

この廃坑に子供がいるはずがない。ではこの声の主たちは一体誰なのか。

泣き声はつづいている。

すぐそばに二人の子供が立ち竦んで泣いていた。それほどに声は近くなっていた。

誰だ。

昂一には見当がついていた。

この声は絹子と由香里だ。

二十四年前、ここに閉じ込められて泣いていた絹子と由香里。その二人の声が長い時を超えていま自分の耳に届いている。

耳をそばだてるようにして、昂一は幼い絹子と由香里の声を懸命に聞き取ろうとした。懐かしいその声を必死で耳朶に刻もうとする。芳夫たちの葬儀の日、寄り添って立っていた二人の写真を思い出した。写真の中の由香里も絹子も、まるで生きているようだった。二人の魂は写真の中から昂一に何かを訴えかけていた。あのときの二人はいまも生きているのだ。同様に、この廃坑に閉じ込められた二人の悲しみもまたこうして生きつづけているのだ。その生ける魂の声をいま自分は耳にしているに相違ない。

どのくらいの時間が過ぎたろうか。ふと昂一の眉間に皺が寄った。

昂一は声の聴こえる方へと少しずつ頼りない足取りで近づいていく。ライターを点けようかとも思うが、明かりを灯した途端に声が絶えるような気がして躊躇われた。

あーん、あーん、と明瞭に泣き声が聞こえてきた。泣き声の中に、言葉らしきものが混じっているのが分かる。子供たちが何か言っている。

だが、その言葉が耳に入った瞬間、昂一は息を呑んで足を止めた。

「怖いよう、怖いよう」

二人の子供が泣きながら呟いている。

「ぼく、怖いよう」

昂一は慌ててポケットからライターを取り出した。震える手で点火する。だが、どういうわけか火が点かない。火花も飛ばず、ガスが噴き出す気配もなかった。昂一は狂ったようにライターを振った。そして何度もスイッチを押す。ガスはまだ充分に残っていたはずだ。なのにどうやっても点火しない。

何ということだ。

自分はとんでもない誤りを犯していた。

坑口に放り出されていた木柵の掠れた文字が脳裡に浮かび上がってくる。「〇〇〇故〇〇」。あれは「落盤事故注意」などではなかったのだ。消えかかった部分を埋める本当の文字を昴一はいまようやく知った。「死亡事故発生」――あそこにはきっとそう書かれていたに違いない。

この廃坑は、二十四年前に絹子たちが閉じ込められた坑道などではない。ここは、その一年前の夏、小学生の男子二人が落盤で圧死した場所なのだ。

そう気づいてみると、さらに不気味な記憶が甦ってくる。図書館で見た新聞記事によれば、事故が起きたのは昭和五十三年八月十二日、いまから二十五年前のちょうど今日この日のことだった。

四半世紀を経て、あろうことか自分は、いまこうして傍らですすり泣く二人の小学生たちが生き埋めになった同じ廃坑に迷い込んでしまったのだ。

誰の仕業だ。このライターが点かないのは誰の仕業だ。この廃坑に自分を誘い込んだのは一体誰なのだ。

真っ暗闇の中で、昴一は背筋が凍りつくのを実感した。

「怖いよう。ぼく死にたくないよう。お母さん助けて、お父さん助けてえ」

ますますはっきりと絶望的な響きを宿した男の子たちの声が聞こえてくる。

圧倒的な恐怖が昴一の心に湧き起こってきていた。がたがたと身体は震えだし、歯の根が合わない。鋭利で強烈な悪意が黒々とした闇を覆っている。それが昴一には分かる。この激しい憎悪も一個の魂であり、作家がその魂を書き記すように、呪術師が獣の血で呪いの言葉を書きつけるように、時空を超えて目に見えぬ世界で生きつづけてきたものに他ならない。

では、その魂の持ち主とは誰なのだ。

五体が張り裂けるような恐怖を感じながら、一方で、昂一は持ち前の冷静さを維持していた。いまようやく由香里の抱える謎の一端が垣間見えようとしている、と思った。

キチキチ、キチキチ、キチキチ……。

子供たちのすすり泣きの背後から、忍び寄るように聴こえてくるもうひとつの音があった。

泣いている子供たちの気配よりも一層濃厚に、誰かが近くに立っているのが感じられる。その気配に気づいたとたんに、清水の流れ出る音が途絶えた。

ただ、ぽたっぽたっと水の滴る音が、その誰かが佇むあたりからはっきりと聞こえ始めた。

キチキチ、キチキチ、キチキチ……。

由香里は彼のことを「わたしが好きになった人にいつもこんな悪戯をして追っ払おうとする」と曖昧に言っていた。しかし、いまこうしてその悪意に直に対峙してみると、彼が発してくる憎悪が、そんな生やさしい言葉ではとても表現できぬものであることが感得される。

昂一をこの廃坑まで誘い出したのも、坑口を塞いで閉じ込めたのも、みんな彼の仕業だったのだ。

なぜこれほどの憎しみを彼は由香里に近づく者たちに注ぐのだろうか。そう考えて、「もともと男なしではやっていけないタイプなのよ」と絹子が言っていた由香里の男性遍歴の深層がようやく見えた気がした。由香里が不倫相手と別れてのち真悟を産んだ理由は、彼女の説明通りではあるまい。いままで様々な男性と付き合い「お金を貢ぐことはあっても、男からふんだくるなんてことあるわけな」かったのも、特殊事情を抱えた由香里の潔さの結果だったのだろう。昴一に対してもここまでの敵意をぶつけてくるのであれば、きっと、由香里が付き合ったどの相手に対しても、同じような攻撃を仕掛けてきたことは容易に想像される。であれば、由香里は好きになった人を守るために、いつも自分から身を引くしかなかっただろう。「諦めるときはきっぱり諦めないと。真悟もいてくれるし、わたしみたいな人間があんまり欲張ってみてもどうしようもないもの」と呟いた由香里のさみしげな顔が脳裡に浮かんだ。

恐怖の感情が次第に怒りに変わっていくのを昴一は感じた。わずか数時間とはいえ、すでに意識が闇に慣れていることが、却って彼の心を勁くしてくれたようだ。

憎悪だけを生き残らせた、こんな低級な魂にそうやすやすと敗れるわけにはいかない。

昴一はそう思った。

芳夫のいるらしい目前に向かって右腕を再び持ち上げた。

さきほどに倣って、思念を集中する。たとえ坑口を埋めつくした土砂を吹き払うことは不可能でも、目の前の男をはじき飛ばすくらいの芸当はできないはずがない。肉体を失った歪な魂に、いまだ肉体を保持した健全な魂が打ち負かされていいわけがない。

昴一は目を閉じ、滴る水音の方向へ掌を向けた。

——怨敵退散

という言葉がひとりでに口の端にのぼってくる。

「怨敵退散、怨敵退散、怨敵退散、怨敵退散」

いつの間にか、ぶつぶつと唱えていた。

——種本芳夫の悪霊よ、ただちに滅すべし、断つべし

「滅すべし、断つべし、滅すべし、断つべし」

大声になって反復するうちに、何かが昴一の意識に光を注いでくれているのが分かった。それは最初は言葉だった。記憶の襞が小さく震え、由香里との些細なやりとりが甦ってくる。

「ずいぶん立派なヒマワリだね」

「気づかなかった？　このマンションの向かい側にたくさん咲いていたでしょう」

「なんだか、見てるだけで元気が出てくるような気がするよ」

「でしょう。わたしもそう思ったの」

やがて、あの日の午後、由香里の部屋のテーブルの上に飾られていた一輪のヒマワリの花が映像として起ち上がってきた。黄色い花びらを一枚一枚数えていた、その自分の

手元の情景がくっきりと再生されてくる。

ヒマワリは静かに揺れはじめた。同時に、幾つにも数を増やしていく。

次第に意識のスクリーン全体をヒマワリの花が埋めつくしていった。どこかでこれとそっくりの光景を自分は見たことがあるような気がした。だが、それが思い出せない。

と、不意に千葉の先生のあばらやへと向かう坂の途中、民家の庭先に咲いていた幾本かのヒマワリの姿が目に浮かんできた。そしてその映像が瞬間的に消えた途端、今度は林立するヒマワリの花畑が目の前いっぱいに広がってきたのだった。そうだ、この廃坑に辿り着く直前に、俺は、あの熱気に噎せ返るヒマワリ畑を踏み分けてきたのだ。

無数のヒマワリの向こうに、キチキチと薄気味悪く鳴く種本芳夫がいる。だが、彼の放つ強烈な敵意の波動は、無数のヒマワリに遮られ、いまや昂一のもとに達する前に力を失っていくようだった。

昂一はポケットからもう一度ライターを取り出した。右腕はそのままに左手で点火してみる。

乾いた着火音が暗闇に響くものの、火は点かない。

やはり駄目なのか。

どうすればいい。

——由香里。

心の中で名前を呼んだ。

突然、けたたましい音が響いた。

昂一は我に返ったように右手を下ろし、眼前の芳夫からも注意を逸らしてズボンのポケットに手を突っ込む。

音立てているのは携帯電話だ。めいっぱいの音量の着信音が真っ暗な坑道内で鳴り響いている。静寂の中でそれは凄まじい音色だった。

ディスプレイを見る。「種本自宅」と表示されている。

昂一はゆっくりと通話ボタンを押した。

「昂一さん」

その声を耳にした瞬間に張りつめていた緊張が一気にほどけていくのが分かった。

「何か、困ったことが起きてるんじゃない」

昂一は唾を飲み込んで口を開く。

「いまきみたちが育った美別の外れの廃坑に閉じ込められてる。真っ暗で何も見えないし、入口が落盤で完全に塞がれてるんだ。しかも、きみの父親がすぐ目の前に立って、どうやらぼくを殺そうと待ち構えているみたいだよ」

「落ち着いてね、昂一さん」

由香里は冷静な口調だった。

「父には直接あなたをどうにかする力なんてないわ。心配しなくていい。坑口が塞がってしまったのは、偶然か、それとも他の理由でだと思う」

他の理由と聞いて、昂一はすでに聴こえなくなった二人の子供たちの泣き声を思い出した。

「ぼくはどうすればいい」

由香里の声に触れて、昂一の心は鎮まっていった。もう恐怖感はない。この携帯が通じたというだけで、由香里の持つ不可思議な力に自分が守られていることが分かる。

「わたしが、そこから出してあげる」

「どうやって」

しばらくの沈黙があった。

「明かりのようなものは何もないの」

「いや、ライターは持ってるけど、さっきから点火しないんだ」

「もう大丈夫だから点けてみて」

昂一は左掌に握り込んでいたライターを右手に持ちかえて着火した。小さな火が灯った。

「点いたよ」

仄明かりに照らされた周囲を見回す。むろんヒマワリ畑もなければ、闇の向こうには何一つ見えるものはない。種本芳夫の気配も完全に消えてしまっていた。

だけど、と平静になった昂一は由香里に訊ねた。

「どうして、ぼくのことが分かったの」

「ヒマワリがね……」

由香里が言う。

「テーブルの上に飾ってあったヒマワリの首がね、さっき急にぽとんと落ちたの。そしたら昴一さんの声が聴こえたのよ。何か悪いことが起きようとしていると思って、慌てて電話をしたの」

「そうなんだ」

「昴一さん」

由香里は、言い含めるような言葉つきになった。

「入口が埋まっている場所まで近づくことはできる？」

「できるよ」

「だったら、この携帯電話をそこまで持っていって、できれば塞いでいる土の中に突き刺してほしいんだけど。そのとき、通話が切れないように注意して欲しいの」

「分かった」

昴一はライターの明かりを頼りに、ゆっくりと坑口の方へ進んでいった。闇はさきほどまでの刺々しさが嘘のようにどんよりとした柔らかさを取り戻している。

土砂の前まで来て、昴一はため息をついた。手で触れてみるとごつごつした岩ばかりで、とてもこれだけのものを取り除くことは不可能に思える。それでも岩と岩とのあいだの継ぎ目に携帯を差し込む程度の間隙を見つけることはできた。

「ちょうど真ん中あたりに、この携帯を突っ込める隙間があるけど」

「じゃあ、このまま携帯をできるだけしっかり突き刺してちょうだい。通話が切れないように注意してね。もし切れてしまったら、わたしからまたかけるから。携帯を差し込んだら、昂一さんはできるだけ坑道の奥の方へ戻ってね。五分くらいしたところで、その土砂を外に出すから」

「外に出すって」

昂一は訊く。

「坑道の内側にいれば危険がないようにはするけど、きっと大きな爆発音みたいなものが起きると思うの。あのときもそうだったから。だから、昂一さんはできるだけ離れていて欲しいの」

由香里の言う「あのとき」とは、二十四年前、絹子と彼女が閉じ込められたときのことだろう。絹子は「何の音も立てずに梁や土砂が外に飛び散っ」たと語っていたが、恐らく彼女にはその爆発音が聴こえなかったのだ。

「じゃあ、いまから携帯を差し込むよ」

「うん。無事に外に出たら連絡ちょうだいね。待ってるから」

「分かったよ」

「それに……」

由香里が甘えたような声を出した。

「早く、わたしのところへ帰ってきてね。これからのことも相談したいし」

「ああ」

昂一は曖昧に返事して、携帯を逆向きに岩と岩との細い隙間にねじ込む。ディスプレイを見るかぎり通話状態を維持しているようだ。それからライターで足元を照らしながら、慎重に坑道の奥へと戻っていった。地下水の湧いていた場所を通り過ぎる際にちらと岩盤を見ると、水の流れはすっかり途切れてしまっていた。さらに奥へ十メートルほど進む。湿った空気が身を包んでくる。携帯を手放してしまったので時間が分からない。頭の中で秒を刻みながら歩いた。

三百まで数えて、坑口の方へ顔を向ける。それから十数秒経っただろうか。

ずーんと腹の底に響いてくるような音が聞こえた。だが、足元も周囲の岩盤も微動だにしなかった。ただ重く厚みのある響きが震動となって全身に伝わってきただけだ。

一瞬の後、昂一の瞳は仄かな光を感じとっていた。

急に動悸を覚え、足が自然に坑口の方へと動く。

ぽっかりと月のように輝く丸い光が目に入った。

塞がった土砂はきれいさっぱりなくなっている。坑道は入口付近の天井部分が大きく抉(えぐ)れていたが、左右の壁は足を踏み入れたときそのままだ。天井を見なければ坑道が埋まっていたことが信じがたい。坑口からは新鮮な風が吹き込んでいた。あざやかな陽光に昂一はしばらく目が眩(くら)んで立ち止まった。それからゆっくりと目を開き、廃坑の外に出た。

吐き出された土砂はどこに行ったのか周囲には見当たらない。枝々の隙間から覗く真っ青な空を見上げ、左右の瑞々しい灌木の茂みや前方の乾いた上り坂を眺める。

ふと足元に目を落として、昂一は思わず口許に小さな笑みを浮かべた。

携帯電話が何事もなかったかのようにぽとりと草地に落ちていた。

27

目を覚ましたのは夜だった。何か大切な約束を忘れて寝過ごしてしまった錯覚にとらわれ、昂一はハッとしてベッドから身体を起こしていた。また奇妙な夢を見た気がしたが、思い出せない。

すっかり暗くなった寝室を出ると、キッチンに行って氷水を一杯飲んだあと、居間の明かりを灯してダイニングの椅子に腰を下ろした。まだ眠気が残っているのか、頭がぼんやりしている。テレビがつけっぱなしだった。巨人―阪神戦の中継をやっている。

掛け時計の針を睨みながら、ただ、じっと座り込んでいた。

野球は終盤にさしかかっている。好調の阪神が巨人を圧倒していた。もう九時か、と呟く。不意に睡魔に襲われて寝室に逃げ込んだのは何時頃だったろう。よく覚えていなかった。

昂一は十三日の午後にこの国分寺のマンションに戻った。絹子はすでにいなかった。以来三日間、こうして絹子の帰りを待ちつづけている。

絹子はすくなくとも十一日の月曜日まではこの家にいたはずだった。水曜日に札幌から直接ここに戻って、がらんとした部屋の中に絹子の痕跡を探した。冷蔵庫を開けて小さな箱を見つけた。中身はくず餅だった。手つかずのまま四個並んでいた。そのくず餅は絹子の会社近くの老舗の名物で、昂一が好きなのを知ってよく買ってきてくれていたものだ。箱に記された製造日が二日前の十一日になっていた。十一日といえば昂一が札幌に向かった日だ。

例年、お盆の時期に絹子は夏休みをとる。今年もそうすると言っていたから、おそらく十三日から今週末まで目いっぱい休暇を取っているはずだ。今日十五日は金曜日。明後日の日曜には、一度、この部屋に帰ってくるとは思う。

しかし、絹子はどこに行っているのだろうか。

盆休みには大体二人で旅行をしてきた。去年はパリに出かけ、一昨年は済州島に泳ぎに行った。そういえば今年は何の計画も立てていなかった気がする。由香里の出産が控えていたこともあって遠出は避けたいのだろう、と春先から昂一は勝手に思っていたが、絹子は、ほんとうはどうしたかったのだろう。

そういうこともちゃんと二人で話し合えばよかった、と思う。

忙しい仕事に追われている絹子にとっては夏の休暇は大切なもののはずだった。それなのに、勤め人時代のことをすっかり忘れ、妻の貴重な時間について考えてやることができなくなっていた。

絹子と東京駅で別れて、もう十日近くが過ぎた。あっという間のようにも思えるが、一方で、取り返しのつかない時間が経ってしまった気もする。自分には様々なことが起きた。絹子の身辺にも大きな出来事があったのではないか、何となくそんな気もしている。

由香里の力によって廃坑から脱出できたあと、首を長くして待ってくれていた斎藤さんの車で美別駅まで送ってもらった。その晩、札幌のホテルで昂一はこれからのことを入念に考えた。まずは、絹子としっかり話し合うことが先決だと結論した。由香里や死んだ芳夫に関して、由香里本人にもう一度事情を訊く必要があると思った。そして、その前に、絹子に確かめておきたいことがあった。

特に、絹子の父である賢一郎の死について、昂一はいまになって大きな疑問を抱き始めている。絹子の口から父親が死んだときの詳しい経緯を聞きたかった。また由香里と賢一郎との関係についても幾つか質(ただ)したいことがあった。

あの日、廃坑を出ると、草地に落ちていた携帯を拾ってすぐに由香里に連絡した。昂一の無事を知って由香里は安堵の吐息を洩らしたが、その直後、奇妙なことを口走った。まず、「昂一さん、レンタカー借りたの？」と訊ね、昂一が否定すると、強い口ぶりでこう言ったのだ。

「昂一さん、絶対自分でハンドルを握ることはしないでね。あなたが運転しているときだけは、わたしはあなたを父から守ることができなくなるの」

やっと坑道から抜け出した昂一は、疲れ果てていたし興奮もしていたので、その言葉の意味をさして詮索するでもなく電話を切った。が、ホテルに戻ってから反芻し、彼女の台詞の背後に潜む大きな疑惑に突き当たったのだった。そういえば、千葉の先生のところへ出かけた翌日、由香里を吉祥寺のマンションに訪ねた折も、顔をあわせた由香里が真っ先に口にしたのは、

「昂一さん、電車で来たの?」

という問いかけだった。昂一が頷くと由香里は「良かった」と安心した顔になり、「車で来るのかなと思ってたから、ちょっと心配になったの」と言った。あの場では気にも留めなかったが、あらためて思い出してみると由香里の態度は不可解なものにちがいなかった。

羽田に到着し、空港から由香里に電話を入れた。

「とにかく、絹子と会ってきちんと話をしてみるよ」

昂一が告げると、由香里は、

「そうした方がいいと思う。わたしのことは全然心配いらないから」

と言ってくれた。

昂一は札幌のホテルで一晩考えて、絹子と由香里との関係をこれ以上引き裂くような真似はもう絶対にしてはならないと決意していた。一度は廃坑に閉じ込められ死ぬことを覚悟した身なのだ、と自らに言い聞かせていた。二人のために何をどうすれば良いのか皆目見当はつかぬままだったが、最後はあの貴重な体験を無にするような選択は断じてしない心づもりだった。

昂一としてはそれなりに勢い込んで、この国分寺の家に戻ってきたのだ。

ところが当の絹子が不在で、どこに行ったのかも分からなければ、当然ながら連絡一本あるわけでもない。肩透かしを食らったようで、昂一はこの三日間どうにも消化できない思いを抱えて悶々とした日々を送っている。

ふとテレビに目をやると、ナイター中継は終わっていた。時計の針は九時半になろうとしている。結局どちらが勝ったのかも判然としなかった。次の番組までのあいだに何本かCMがつづいた。その中で、絹子が六月にバリ島に出張して撮影してきたスポーツドリンクのコマーシャルが流れた。十代の歌手五人組が痩せた上半身をさらして、海岸で楽しそうに踊っていた。こうして彼らが踊っているちょうどその頃は、絹子と自分はまだ歴（れっき）とした夫婦だった。俺は絹子に藤堂という愛人がいることも知らなかったし、絹子もまさか親友と夫が深い関係に陥るなどとは想像だにしていなかったろう。たった二ヵ月足らずのうちに、足かけ六年間の結婚生活がここまで破綻をきたすというのは、思えば信じがたいような話だ、と昂一は思う。

もし絹子があの時期海外出張に出かけず、こんなCMなど作っていなければ、自分たちがこれほどひどい状況にはまり込むこともなかったろう。要は、絹子が由香里の出産に立ち会わなかったことが全ての発端なのだ。そう考えると、縁もゆかりもない相手ではあるが、愉快そうに笑い踊る画面の中の少年たちがほんとうに憎らしく見えた。

お笑い番組が始まっている。テレビを消すと、昂一は、ソファに移った。

しばらく身じろぎもせず座り込み、しかし、と考え直していた。

たとえ絹子がバリに行かずに由香里の出産に居合わせていたとしても、自分たち夫婦は早晩似たような事態を迎えていたにちがいない。また、仮にそうならずに済んだとしても、夫婦としての実質が損なわれたままだったことに変わりはなかっただろう。

これで良かったとは決して言えないが、さりとてこれで悪かったとも言えない。

結局のところ自分には、何をどうすることもできず、どうしないこともできはしなかったのだ、と昂一は思った。

――人間などというものは、四方八方どこやらに動けば動くだけ必ず欲にかられて、所詮、何の真実も見つけられはせぬ。

あの高僧の言葉が、つくづく身に沁みてくるようだった。

十時を過ぎて、空腹を覚えた。ピザの宅配を注文しようと電話をかけるとすでに営業は終了していた。昂一は仕方なく駅前のコンビニに食料を買いに行くことにする。ついでにビールも補充しておこう。この三日間、ビールばかり飲んでろくなものを口にしていなかった。が、空腹を癒すのにビールが最適であることを初めて知り、これは新発見だと感謝している。

商店街は閑散としていた。お盆の連休で帰郷した人々の帰省ラッシュは明日からだ。夏休み中とあって学生の姿もほとんどない。自転車に乗って駅前のセブン‐イレブンまで行った。ビール一ダースとつまみ類、缶詰、カップ麵、それに冷し中華とおにぎりを買い込んで前籠におさめると、昂一はすれ違う人もない街路をとぼとぼ自転車を押して進む。昼間観た天気予報では台風が近づいているらしく、たしかに風があり、空気も湿り気を帯びている。ひどく蒸し暑かった。

三日前までいた北海道のからりと晴れた空を思い出す。同時に廃坑に閉じ込められたときの出来事がまざまざと甦ってくる。街灯の明かりが途切れた場所まで来て、昂一は自転車を止め、夏の夜空を見上げた。東京の空はぶ厚い雲に覆われ月も星も見えない。視線を戻して前方に延びる道、周囲に広がる畑地や家並みをひとわたり眺める。

それでも、人の住むこの地上は断然明るかった。遠くに見える昂一のマンションの各階の窓もまだ三分の二は明かりが灯っている。道の両脇にぽつぽつと建つ家々からも仄かな光が洩れている。

坑道で味わった、時間も空間をも奪うようなあの完全な闇とはまったく異なる優しい闇夜だった。

たった一人、この時この場所この風景の中に取り残されたとしても、それでも自分にはこの世界がほんとうにいとおしい、と感じた。そして、そう感じた瞬間、昂一は身の内に籠もる自らの魂そのものに直に触れたような不思議な心地がした。

あの「完全な闇」こそが人間一人一人の生命を光ある存在にしてくれているのかもしれないと思った。誰もが、無辺の宇宙空間に瞬く星々のようにかけがえのない貴重な存在であり、広大な沈黙の海に浮かぶ小さな島々の一つ一つに違いないという気がした。生命とは、無限の闇が稀に生み出す一個一個の奇跡的な光のことであり、また、その個々の奇跡的な光が、互いに引き合い繋がり合って編み上げられた、淡く儚い光のレースのようなものなのではなかろうか。

もう一度空を見上げた。

一瞬雲の切れ目から小さな星が覗いたような気がしたが、それはすぐに見えなくなってしまった。

翌十六日土曜日。昂一は昼過ぎになってようやく起き出してきた。前夜も缶ビールを次々と空けながら夜明けまで絹子の帰りを待った。寝床に入ったのは五時過ぎのことだ。

絹子は何をしているのだろう。昂一が去ったのをいいことに藤堂という男との逢瀬を満喫しているのだろうか。恐らくはそんなことだろう、と昂一は思っていた。恐らくというよりは間違いなくそうだと確信している。

由香里には絹子ときちんと話し合うと言ったが、今更何を話し合えばいいのか、と昂一は考えるようになった。まして愛人との休日を楽しんで絹子がここに戻ってきたとすれば、二人の間には話すべきことなど何も残ってはいない。むろん絹子の心の奥底にあるものを知ることは必要だし、由香里との友情について、いま一度彼女に冷静に見つめ直して貰うことも大切だと昂一は考えていた。そして、何より彼自身が絹子にしっかりと謝りたかった。

だが、心から詫びたからといって絹子と縒りを戻す気持ちはすでになかった。絹子と夫婦を続けていきたいという意志は、この四日間でみるみる薄れていった。帰宅した直後、彼女の不在を知った時点で「俺たちはもう無理だな」と何となく感じた。その何とはない感じは一日過ぎるごとに確固としたものに変わっていった。

由香里には空港から電話して以降はまったく連絡していない。向こうからも何の連絡もなかった。

漫然とテレビを眺めていると、高校野球の準々決勝をやっていたのでつい見入ってしまった。第二試合が延長戦の末に劇的なサヨナラホームランで決着し、昂一はしばらくゲームの余韻に浸ったが、中継が終わってテレビを消した途端に部屋は静まり返り、なんともいたたまれない気分に陥った。一体自分は何をやっているのだろう、と思う。絹子と話し合うといっても、面と向かえば互いにどこまで平静でいられるか知れたものではない。それを考えると益々暗鬱な気分になっていく。昂一は居間を出て浴室に向かった。シャワーを浴びながら、絹子が戻ってくるとしたら明日だろう、今日はもう何も考えずに外で旨い物でも食べて、明日の絹子との対面に備えようと気持ちを切り換えた。

浴室を出て頭を拭いているとき、電話のベルが鳴り響いた。

この家に戻ってきて以来初めての電話に、昂一は慌てて裸のままリビングに駆け戻った。テーブルの上に置いた子機の通話ボタンを押して受話口を耳にあてる。濡れた髪の雫が電話機に垂れていく。

耳に届いてきたのは、たまに書かせてもらっている小さな旅行雑誌の編集長の声だった。昂一はその声を聞いて気が抜けてしまい、思わず床の上にへたりこんだ。用件は、秋に向けて温泉特集を組むので、四国の秘湯を数ヵ所巡ってきて欲しいという執筆依頼だった。そういえば去年も同じ頃に似たような仕事を頼まれ、その時は八月末に長野から群馬にかけて一週間ほど歩き、三十枚程度の原稿を書いた。たしか伊香保(いかほ)で絹子と落ち合い、最後の二日間はのんびり一緒に温泉を楽しんだものだ。原稿については何を書いたのかまったく思い出せなかった。あちこちでパンフレットや郷土資料を集めてきて、一部分をそのまま抜いて切り貼りするような安直な作業をした気がする。書くといっても昂一の場合そのくらいのことだ。

編集長には、月末は別の仕事が入っていると言って注文を断った。相手もあっさり了解する。別に昂一でなければ困るという仕事ではない。できるだけ多く宿の名前を雑誌に載せておいて、そこから後で掲載料をせしめられればそれでいいのだ。記事の中身の良し悪しなど最初から問題ではない。

その電話を切ったあと昂一は着替えを済ませると、テーブルの上に子機と携帯を並べて、両方を睨みながら延々と時間を潰した。

一度鳴ってみると、また電話が鳴るような気がして、今夜は外に出て何か旨い物でも食べようなどという心算はあっという間にどこかへ行ってしまったのだ。

28

翌朝は早くから起き出して、昂一は掃除を始めた。絹子が帰ってくる前に部屋くらいきれいにしておいてやりたかった。面と向かって話し合うにしても、汚れ放題の家では絹子も不愉快だろう。この数日のあいだに使った食器でキッチンは溢れ、ダイニングやリビングはグラスや湯呑み、本や新聞、雑誌類で取り散らかり、屑入れもそのまま投げ込んだビールの空き缶で満杯だった。まずゴミを仕分けして大きなビニール袋にまとめ、マンションの集積所に捨てに行った。外に出てみると路面が濡れていた。昨夜は早くに寝入ったので気づかなかったが、夜半から雨が降ったようだ。接近している台風の影響だろう。空も昨日以上に分厚く垂れ込めた雲に覆われている。湿った風は妙になまぬるく肌に心地悪い。

部屋に戻り、皿や茶碗をゆすぎ、溜まっていた衣類やシーツを洗った。汗まみれのタオルケットも洗濯する。ベランダの物干しに干したかったが、この天気では仕方がない。乾燥機を回して完全に乾かした。それでも、そうやって身体を使っていると、久し振りに気持ちが晴れていくのが分かった。最後に各部屋に丁寧に掃除機をかけて作業を終えてみると、時刻は十一時ちょうどになっていた。

一息ついてビールでも飲むかと一缶出してきたが、考え直して冷蔵庫に戻した。

ダイニングの椅子に座って、片づいた部屋を見渡した。こうしてこの二年間、自分は自分なりに家事をこなしながら生真面目な生活を送ってきたのだと昂一は思った。収入はろくになかったが、絹子が仕事に専念できる環境はそこそこ整えてきた気がする。何も彼女一人が悪戦苦闘してきたわけではなく、二人でそれぞれの役割をこなしながら平凡とはいえ落ち着いた暮らしを維持してきたのではなかったか。

立ち上がってキッチンに入った。腹も減ったので、飯を炊くことにする。ここに戻って初めてのことだった。米を研ぎ、お釜を炊飯器にセットして早炊きのスイッチを押した。ピーッと電子音が鳴って、ふと昂一は指を止めた。何かもやもやとした思いが胸に湧き起こってくるのを感じた。再びダイニングに戻って座り込むと、頬杖をついてしばしもの思いに耽（ふけ）った。

よくよく考えてみれば、昂一が始終家にいる状態となり、家事全般を引き受けるようになっても、絹子の口からは感謝らしい感謝の台詞一つ出なかったように思う。最初のうちこそ、意外に几帳面な手際に感嘆する面持ちもあったが、それが当たり前になってくると、却って自分の領分を侵食されてしまったような不本意な態度が散見されるようになった。そして次第に、昂一の家事はあくまで短期間の仮の仕事であって、だからこそ律儀に過ぎ、丁寧に過ぎるのだと絹子は見做すようになっていった気がする。

要するに、絹子はハウスキーパーとしての昂一の仕事ぶりを一度も正当に評価しようとはしなかった。彼女は、あくまで昂一が一時期のあいだ翼を休めているのだと思い込もうとした。だが、昂一にすればそれこそ絹子のまったくの思い違いであり、自分への無理解の証左でもあった。そもそも絹子には、彼が会社を辞めた真意について深く考える姿勢が最初からほとんど見受けられなかった。彼女は、事前の相談もなく辞表を出した夫にただ呆れただけで、何故いきなりそんな行動に出たのかを真剣に質してもこなかった。

しかし、あの時の昂一は、八年足らずの会社勤めで実はひどく傷ついていたのだった。ゆっくりと考えることも悩むこともできずに、慌ただしくその日その日の仕事をひたすらこなしていく編集者稼業に芯の芯から疲れ切ってしまっていた。翼を休めるためなどではなく、その当の翼に激しい損傷を被って飛べなくなったというのが実情だった。しかも、そうした意想外な消耗に誰よりも驚き、かつ苦い失望を舐めていたのは他ならぬ昂一自身だったのだ。

たかが会社を辞めるくらい、と思って絹子に打ち明けなかった一面もたしかにあった。が、しかと思い返してみれば、そうやって曲がりなりにも意地を張れたのはそこまでで、退社した直後から彼は激しい虚脱感に打ちのめされたのだ。にもかかわらず、妻である絹子はそんな昂一のことを、安直に義務を放棄し、気楽な生活に身を委ねた人間として取り扱っただけだった。初めて由香里と触れ合ったときに、由香里は「昴一さんっていつも我慢ばかりしてきたでしょう。なんだか可哀そうね」と言った。昴一が否認すると「そこですぐ突っ張ってみせるのがよくないのよ。もっと素直にならなきゃ」と言ってくれた。共に食事をしたときも「本当なら絹ちゃんが自分の分は別にしたって昴一さんの御飯を用意するのが当然」だと言い、「そんなのお金を誰が稼いでいるのかとは別のことだ」と諭してくれた。昴一自身、あのときは由香里の言葉を軽く受け流しはしたが、しかし、ほんとうは心の奥底にそれらの言葉は深く食い込んでいった気がする。だからこそ、彼は由香里に強く惹かれたのだ。

昴一はいまになってようやく二年前の自分のことを冷静に顧みることができるような気がした。

そうなのだ、会社を辞めたとき、自分は絹子に心から助けて貰いたかったのだ。実際は、仕事だけでなく家事も遊びも、散歩すらしたくはなかった。ただゆっくりと身を休め、精神を癒したかった。だが、絹子は結局、経済生活を保持することを何より優先し、昴一に「自由」を与えてくれただけだった。彼の失職を「許可」してくれただけだった。そこには「誰がお金を稼いでいるのかとは別」の、妻としてなすべき献身は何一つありはしなかった。ほんとうは、あの苦しかった時期こそ、絹子が昴一のためになりふり構わず尽くすべきだったのではないか。自分もまた、そのことを強く絹子に求めるべきではなかったのか。

再び電子音が鳴って昂一は顔を上げた。飯が炊けたのだろう。だが、もう食欲はどこかに失せてしまっている。こうして離れ離れになってみて、そばにいない相手のことを恋しく、懐かしく思うのではなしに、その人の感情の薄さや行為の足りなさばかりが胸にひっかかってくるのは、関係そのものの破綻をきっと明示しているのだろう。むろん絹子にも山ほどの言い分があるだろうし、昂一の足りなかった部分は彼女のそれに数倍するのかもしれない。だが、親密な人間関係は交渉事とは根本的に異なるのだ。互いが譲歩し妥協点を探り合い、かつ説得の努力を積み重ねるといった行為とは似て非なるものだ。たとえどちらか一方のみが大きく身を引き、大切なものを譲り渡したとしても、それぞれの心がそのことによって満たされ、結び合わされるのであるならば、それは十二分に均衡し、幸福を真に共有したことになるに違いない。唯一重要なのは双方の魂の不断の合一であって、それ以外の物質的な要素、自由、愛情、誇りといった観念的な要素は取るに足らぬものにすぎないのだ。

そう考えてみると、絹子と自分とのあいだにはとうの昔から、魂の触れ合いはすでになくなっていたのではないか――昂一はそんな気がした。

午後三時過ぎ、絹子は帰ってきた。

やはり遠出をしていたのだろう、愛用のスーツケースを抱えて彼女は部屋に入ってきた。ダイニングに昂一の姿を見つけて、やや驚いた顔つきを見せたが、たじろいだり怯んだりする様子は微塵もなかった。

絹子は荷物をリビングの隅に置くと、手も洗わずに、落ち着いた足取りでテーブルに近づき、彼と向かい合う椅子に腰を下ろした。

「お茶でも淹れようか」

先に口を開いたのは昂一の方だった。

絹子は首を振り、

「いつ戻って来たの」

と訊いた。顔を見る限りやつれもなく、むしろ東京駅で別れたときよりは元気そうに見える。

「十三日かな」

「そう」

それからしばらく二人とも無言だった。昂一は気詰まりを覚えたが、絹子は平然とした面持ちを崩さない。

「札幌に行ってきたよ」

昂一が言うと、

「母に会ったそうね」

予想外のことを言った。

「お母さんから連絡があったの？」

「ええ。わたしの耳のことを話したからって」

「そうだったのか」

市子は何でもないことのように娘のかつての障害について喋っていたが、やはりあれは風間家の秘密だったのだろう。昂一も、市子と別れてからそのように思い直していた。もし秘密でなかったのなら、この六年のあいだ、そのことが市子や絹子の口からわずかなりとも洩れなかったはずはない。由香里との間柄についてもきっと同様だ。だとすれば、市子から絹子に連絡がいったのは当然のことだ。

「いろいろ調べてるみたいだった、って母が言ってたわ」

「じゃあ、ぼくたちのことも彼女に伝えたの」

「いいえ。母は何かあったんじゃないかって気を揉んでたけど、何も話してはいないわ」

「そう」

昂一は、こちらの手の内が見透かされているような気がした。絹子は昂一が待ち構えていることも半ば予想してここに戻ってきたのに違いない。しかし、それならそれでもいいと昂一は思った。

「美別にも行ってきたよ。きみや由香里さんが暮らした場所も見てきたし、きみたちが閉じ込められた廃坑跡のあたりも見てきた」

絹子は、そこで小さくため息をついてみせた。そして俯き加減の顔を上げて昂一の目をまっすぐに見た。

「どうせ由香里に北海道に行けって言われたんでしょう」

「まさか」

昴一は即座に言う。それにしてもこの絹子の全身からくゆり立つ頑な雰囲気はどういうことだ、と思っていた。十日前、何も言わずに彼女の前から消え失せた自分のことを絹子は許し難いのかもしれない。が、そこを割り引いてみても余りに冷え冷えとした態度のように思える。

「あれから由香里さんのところに行って、彼女の話も聞いたよ。きみが千葉で話していたことも理解不能なことが多かったし、由香里さんの話を聞いてみても、ぼくにはおよそ信じがたいことばかりだった。だから、自分の目で幾つかは確かめてみるべきだと思ったんだよ」

絹子は昴一の話をちゃんと聞いている風には見えない。目を瞑り自らの思いにはまり込んでいるような表情だった。

「札幌に行ったのは月曜日でしょ」

不意に目を開けて訊いてくる。昴一が頷くと、

「それまでずっとどこにいたのよ。どうせ由香里の部屋に泊まってたんでしょ」

鋭い口調で絹子は言った。昴一が答えないでいると、

「どうなのよ。ちゃんと返事しなさいよ」

と畳みかけてくる。

「ねえ、絹子」

昂一は一呼吸置いて、テーブルの上で手を組んでみせ、声を落として言った。

「もうすこし冷静に話さないか。ぼくはきみと喧嘩がしたくてここに戻ってきたわけじゃないんだ」

「わたしのどこが冷静じゃないの」

絹子はまるで哀れむような瞳で昂一を見る。

「あなたこそはぐらかさないで、わたしの前から逃げ出した木曜の晩から札幌に行った月曜日までの四日間、一体どこで寝泊まりしていたのか、そのことにまずきちんと答えなさいよ」

決してため息はつくまいと思っていた昂一だったが、思わず息を吐いてしまう。

「じゃあ、ちゃんと答えるよ。木曜日の晩は都内のホテルに泊まった。金曜日からはたしかに由香里さんのマンションに行ったよ」

「それで」

「それでって、どういうことだよ」

「金、土、日と由香里の部屋に泊まって、由香里と何回セックスしたの」

絹子の目は炯々(けいけい)とした光を帯びている。

「どうしてそんなことを訊くんだ。答える必要もないことだろう」

「何が答える必要のないことなのよ。妻であるわたしが、夫であるあなたの不貞について問い質すのがどこがいけないの。当たり前のことを訊いているだけだし、その不貞の真偽をきちんと確認しないで、一体あなたとどんな話ができるっていうの」

昂一は、黙り込んだ。

「ねえ、黙っていないでちゃんと答えなさいよ。由香里と三日間で一体何回セックスしたの。それとも由香里とは寝てなんかいないって言うつもりなの。とにかくセックスしたのかしなかったのか、はっきりイエスかノーかで答えてよ」

昂一は頭の中が混乱してくるのを感じた。実際に面と向かえば互いに冷静でいられるかどうか危惧する気持ちはあったが、まさかこんな展開になると予想していたわけではなかった。これでは、絹子は最初から話し合いを拒絶しているのと同じだ。だが、だからといって先に進まないわけにはいかないし、絹子に嘘をつくつもりも毛頭なかった。

「答えはイエスだよ。ぼくは由香里さんと寝た」

絹子は見下すような視線でじっと昂一を見つめている。眉一つ動かさない。

「最低ね」

ぼそりと言った。

昂一は胸の中心に大きな穴が空いていくのを感じた。その穴に向かって自分の気力がみるみる吸い取られていくような気がする。取りつく島のないこの絹子の態度が表面的なもので、関係の修復を前提に自らの陣地を広げるための前向きな戦術の一つである可能性はどのくらいあるだろうか、と彼は考えた。しかし、どう見てもその可能性は薄いように思われた。きっとこの彼女の怒りは、更なる対立と破局を目指しての最初の一撃なのだろう。いまの彼女は昂一の怒りを喚起しようとやっきになっているようだ。

なぜそうした成り行きを絹子が望むのか、昂一にはその存念がよく摑めなかった。

「きみの方こそ一体どこに行ってたんだい。ずっとお盆休みだったはずだろ」

とりあえず、こちらからも質問してみた。

絹子は、変わらぬ表情のまま答える。

「月曜日からずっと出張よ。瀬戸内海の島をぐるっとロケハンしてきたわ」

「仕事だったの」

「そうよ。勤めていれば、どんな厭なことがあったって仕事に穴をあけるわけにいかないでしょ。やっとボルボの仕事が取れたのよ。秋からはテレビスポットも任せて貰えることになったし。しまなみ海道をクルーと一緒に一週間かけて回って、プレゼンテーション用のVを撮り溜めしてきたのよ」

その勝ち誇ったような淀みない口調に、昂一は絹子の嘘をうっすらと嗅ぎ取った。この数ヵ月、ボルボ・ジャパンの広告を巡って競合他社と絹子のチームとが激しい受注競争を展開してきたことは知っている。恐らく、彼女がボルボの仕事を獲得して四国にロケハンに出かけたのは事実だろう。だが、それが一週間の長期に及んだのかどうかは怪しいと昂一は感じた。仮に、本当に仕事で時日を塗りつぶしたのだとすれば、昂一の質問に対してもっと含みのある答え方をするのではないか。それによって彼の疑念をさらに誘っておいて、完璧な事実で一気に粉砕する方が、自分に突きつけられた不貞の冤罪を晴らすにはより効果的なはずだ。

昂一は何も返事をせずに、絹子の次の言葉を待った。もし藤堂という男との話がでたらめならば、絹子はその疑いを払拭するために、昂一が重ねて追及してくるよう仕向けてくるはずだ。だが、絹子はそれ以上何もつけ足しはしなかった。さらに長い沈黙が二人のあいだに横たわっていた。

「こんなことになって、きみには本当に悪かったと思っている」

その沈黙を破るために昂一は謝罪の言葉を口にした。が、それは彼自身の耳にも取って付けたように聞こえた。

「謝って済むことじゃないわ」

案の定、絹子はぴしゃりと撥(は)ねつけてきた。

「そうかもしれない」

「かもしれない、なんてことでもない」

絹子は言い募る。

「そうだね」

昂一は頷いた。天井を仰ぐように一度胸を反らせてみる。と、絹子が投げやりな口振りでこうつけ加えた。

「もうどうにもならないことだけど、あなたは由香里に騙されているのよ。彼女は、あなたのことをずっと狙っていたんだから」

　それは奇妙な台詞だった。しばしこの言葉を咀嚼してみて、昂一はようやく自分の攻め口を見つけたような気がした。

「ずっと狙っていたってどういうこと」

　言葉のトーンを抑え、今度は彼が絹子の目を凝視する番だ。

「わたしとあなたが一緒になった時から、彼女はあなたを奪おうと虎視眈々と狙っていたのよ。今度のことでわたしにもはっきりと分かったわ」

「一体何のために」

　絹子は蔑むような目つきになって、口許に皮肉な笑みを浮かべる。

「さあね。きっとわたしのことが憎いんじゃないの」

「そんなはずはないだろう。きみと彼女は幼い頃からの無二の親友じゃないか。彼女が札幌に出てきてからも、家族同然の付き合いだったんだろ」

「だから」

　吐き捨てるように絹子は言う。

「彼女はあなたをわたしに取られたのが悔しかったのよ。この六年間ずっと」

　絹子の言っている内容はさらに意味不明になっている。

「何を言ってるんだよ。ぼくはきみに紹介されて彼女に会ったんだよ。しかもきみの婚約者として。それがどうして、ぼくをきみに取られたなんて彼女が思わなくてはいけないんだよ」

絹子はうんざりした表情になっている。

「そんなこと、由香里に訊いてみればいいじゃない。とにかく、あなたがここに何をしに帰ってきたかは知らないけれど、わたしの方はもう結論が出ているの。そんなにあなたが欲しいのなら、熨斗をつけて由香里にくれてやるわ」

「なんだよ、そのふざけた言いぐさは」

昂一は半ば意図的に怒気を加えた。すると強張っていた絹子の表情が不意に緩んだのだった。

「ふざけてなんていないわ」

その声も急速に静まっている。

「それが、この一週間、必死に考えて出したわたしの結論だってこと。こうなることは、わたしがあなたと一緒になった時からすでに決まってたんだと思う。そう思えば諦めもつくでしょう。もう知っていると思うけど、わたしの耳を治してくれたのは彼女だし、小さな頃から耳の不自由なわたしを支えつづけてくれたのも彼女だった。あの廃坑に閉じ込められたときだって、彼女が救ってくれなければ、わたしは死んでしまってた。わたしの父が亡くなったときに、一度は彼女と縁を切ろうと思ったけど、でも、わたしにはできなかった。きっとそのツケがこうして回ってきたのよ。でもそれはわたしの責任だし、由香里だけが悪かったわけじゃない。だから、わたしはあなたを由香里に渡すことにしたのよ。こうなった以上、それしか方法は残されていないでしょう。もうあなたとわたしが一緒に暮らしていくこともできないし、といって三人ばらばらになれるとも思えない。由香里があなたのことを必要とするなら、二人で生きていけばいいわ。わたしは、あの廃坑で死んだことを思えば何だってできるし、一人で生きていくことだってできる。それがわたしの最後の結論なのよ」

昂一は、絹子の言葉を一語一語耳に刻みながら不思議の感にとらわれざるを得なかった。彼女の言っていることは、昂一自身があの廃坑から生還して以来、考えつづけていたことと寸分違わぬもののように思えた。

「どうして……」

昂一は呟くように言った。

「どうして賢一郎さんが亡くなったとき、彼女と縁を切ろうと思ったのか教えてくれないか」

絹子はさきほどまでとは別人のような落ち着いた様子で、どんよりと曇ったベランダの外の景色を眺めやっていた。

「そうねえ」

遠い視線のままに独り言でも洩らすように絹子は言った。

「自分でもよく分からないけど、何となくそう思ったのよ。父が死んだとき、ああ、もう由香里とは別れなくてはいけないんだって。なのに、わたしは東京に出てきた彼女を探し回って、見つけ出してしまった。どうしてそんなことをしたのか、これも今になってみるとよく自分でも理由が分からないんだけどね」

父親の死の真相について絹子はもっと詳しく知っているのではないか、と昂一はふと思った。だが、いまさら何かを隠す必要があるとも思えない。彼女はありのままに語っているような気もした。

「しばらく時間を置いてみないか」

昂一は言った。

「ぼくは、きみにも由香里さんにも取り返しのつかないことをしたと思っている。美別に行って、きみたちの育った町を歩き、きみの小さい頃のことや由香里さん一家が心中したことを初めて知った。そのとき身に沁みてそう思ったんだ。きみが出した結論に、ぼくがどうこう言う資格も権利もないことはよく分かってる。だけど、きみたち二人の大切な関係を踏みにじったのはぼくの責任であって、悪いのはぼく一人だよ。ぼくは、由香里さんとももう二度と会わないつもりだし、正直なところ、きみともすぐに元通りになれるなんて思っていない。しばらく、といってもどれくらいなのかは見当もつかないけど、ぼくはきみたちから離れるつもりなんだ。そして、そのまま離れ離れになったとしても、それはそれでいいのかもしれないと思う。きみたちの切っても切れない絆を、ぼくがこれ以上駄目にするわけにはいかない。きみにすれば、それこそ無責任で曖昧な話のように聞こえるかもしれないけどね。だから、せめて時間を置きたいと思うんだよ」

「曖昧ね……」

絹子は口許に笑みを浮かべる。さきほどのような嘲笑の色合いはない。優しげで何か重いものを諦めたような一抹の寂しさを感じさせる微笑だった。

「曖昧なことなんてないし、人と人との関係は曖昧になんてできないのよ。ましてわたしたちの関係はなおさらね。わたしたちはばらばらにはなれないし、あなたと由香里は一緒になるしかないとわたしは考えてるの。わたしたち三人の関係はそういうものなのよ。わたしは全部を新しくするつもりなの。そうやってもう一度、由香里やあなたから離れて生き直したいと思ってる。もうそうするしかないし、それが一番いいのよ」

絹子は、ゆっくりとそう言うと、椅子から立ち上がった。髪を一度搔き上げてみせたあと、昂一を見下ろす。

「悪いけど、この部屋は使わせて貰いたいの。しばらくは仕事も大変だし、部屋を見つける時間もゆとりもないのよ。数日中に荷物をまとめて出て行ってほしい。整理がついたら一度だけ連絡をちょうだい。それまではわたしの方が外に出るから。いろいろな手続きやお金のことは知り合いの弁護士さんに頼んでおく。近いうちにあなたに連絡が入ることになると思う。あとは全部その弁護士さんを通じた話し合いにしましょう。必要ならあなたも代理人を立てるといいわ」

その口調は冷やかで事務的なものに一変していた。

29

新宿警察署から連絡が入ったのは十一時を回った時刻だった。

昂一は遅い夕食の最中だった。昼に炊いた飯を茶碗によそって、牛肉の大和煮の缶詰を開け、カップ麺を汁代わりにぼそぼそと食べていた。

絹子が衣類を詰め替えたスーツケースを抱えて出て行ってから六時間以上が経過していた。

夕方になって、昂一はようやく重い腰を上げ、荷物の整理を始めた。始めてみて茫然とした。

「数日中に荷物をまとめて出て行ってほしい」と事もなげに絹子は言ったが、六年間の夫婦生活で取り揃えた様々な生活用具を、これは昂一、これは絹子と仕分けするなど土台無理なことだった。まして絹子がこの部屋で暮らしつづけるとなると、ほとんどは残していくしかないと思われた。それより何より、昂一の分を選り分けてみたところで、それを移す場所が彼にはない。数日中に新しい住まいを見つけるといっても、昂一には小さな部屋ひとつ借りるだけの資金すらなかった。この二年で個人名義の口座は底をついているし、生活費は当然ながら絹子が管理していたのだから、彼の手元には今後二、三ヵ月をしのぐ程度の金さえない。先日振り込まれたリライト仕事のギャラも北海道行きで相当目減りしていた。残っている現金は五十万円足らずで、それが彼の全財産だった。これでは、由香里のもとへ行かざるを得ないよう絹子が追い詰めているとしか思えない。

「あなたと由香里は一緒になるしかない」

と断言していた絹子の真意が、しかし昂一にはいまだによく分からなかった。

不意に鳴り響いた電話のベルに、昂一は、もしや由香里ではないかと思いながら子機を取り上げた。ここを出たあと絹子が由香里に連絡したのかもしれないし、由香里のことだから午後の成り行きを察知してかけてきたのかもしれない。だが、電話の声は男のものだった。

「そちらは、繁村絹子さんのお宅ですか？」

事務的な口調の若い声だ。

「そうですが」

「わたしは新宿警察署の交通課の原田といいます。御主人でいらっしゃいますか」

「はい」

警察と聞いて、昂一は瞬間的に緊張した。

「実は奥様が交通事故に遭われ、病院に収容されました」

淡々とした口ぶりで原田が告げた。

「東都医大病院です。すぐにお越しいただけますか」

昂一は口がきけなかった。幾つかの想念が脳裡をよぎったが、どれもはっきりとした形にならないうちに消え去った。ひどく理不尽で釈然としないものを無理やり飲み込まされたような気がした。

「西新宿ですが、場所はお分かりでしょうか」

「ええ、分かります」

そこではじめて自分の声を聞いた。

「ではお待ちしております」

電話が唐突に切れてしまいそうな気がして昂一は慌てて大声を張り上げた。

「傷の具合はどうなんですか。どういう事故だったのですか」

原田は一呼吸置くと、変わらぬ口ぶりで話す。

「現在、緊急手術が行なわれていますが重傷です。車同士の正面衝突で、繁村さんの前方不注意だと考えられます。相手の車のドライバー一名と繁村さんの車に同乗していた男性一名も相当の怪我をされています。詳しくは病院でご説明しますので、一応入院のための御用意をされてから見えられるとよいのではないでしょうか」

あくまでも事務的に原田は締め括って、自分から電話を切った。

昂一は不通音の鳴る電話機を耳朶にあてがったまま、しばし立ち尽くしていた。

ふと我に返って、通話ボタンをOFFにし、室内を見回した。テーブルの上に食べかけの茶碗や缶詰、カップ麵が載っている。使っていた箸がきちんと揃えられていた。

一体どうしたのだろう、と思った。何がどう捩じ曲がったらこんなことになるのだろうと思った。「絹子」という認識と「重傷」という認識が頭の中でどうにも重ならなかった。全身の表皮にいちどきにブツブツができたような奇妙なむず痒さを感じた。それでも昂一は手と足がばらばらになりそうな不安定な動作で寝室まで歩き、ウォークインクローゼットの中に入って、まず上段の棚からボストンバッグを引っ張り出し、絹子の下着やパジャマ、タオルなどを衣装ケースから取り出しては無意識にバッグに詰め込んでいった。ふと今日絹子が出ていくときに持っていったあの大きなスーツケースはどうなったのだろう、と思ったりもした。

いま一度、我に返ったのは玄関の明かりを消そうとしたときだった。

時間を確かめたくてポケットの中の携帯を探り、入っていないことに気づいた。そういえばズボンを穿き替えたのだと思い出した。履いたばかりの靴を脱ぎ、寝室に戻った。放ってあったジーンズのポケットをまさぐって携帯を抜き出し、画面を見る。十一時十二分と表示されていた。警察からの電話を受けてからまだ十分と経過していないと思った。

そこでようやく、昂一ははっきりとした意識を回復した。

一刻も早く病院へ行かなければならない、何としてでも絹子の生命を守らなくてはならない。

一階に降りてエレベーターの扉が開くと、マンションの駐車場まで全速力で走った。

いつもはこの時間になると満杯の駐車場も盆休みとあって櫛の歯が欠けたように空いている。モスグリーンのホンダアコードの両脇にも車はなかった。ドアを開け助手席にバッグを投げ込むと運転席に腰を入れる。キーを回しエンジン音を耳にしたところで、昂一は由香里の忠告を思い返した。運転だけは絶対にしてはいけないと彼女はしきりに言っていた。十三日の日、羽田から電話したときも何度も念を押されたのだ。

あの日の朝、昂一はホテルを出ると札幌市立図書館に寄って風間賢一郎の死亡記事を調べ、それから新千歳空港に向かった。賢一郎は十一年前の平成四年二月十一日深夜、豪雪に見舞われた札幌市内の交差点で、左折してきた大型トラックに車ごと突っ込んで即死していた。その記事を目にして、昂一は賢一郎の死に由香里が関わっているという疑いを一層深めた。賢一郎が死んでからの彼女の行動も、そうだとすれば納得がいく。「あなたが運転しているときだけは、わたしはあなたを父から守ることができなくなる」という由香里の台詞も腑に落ちてくると思った。

種本芳夫も車ごと海に身を投げて死んだ。風間賢一郎も明らかな運転ミスで落命した。そして今度は絹子がやはり運転中に瀕死の事故を引き起こした。由香里を巡ってここまで事故が重なるのは偶然のはずがない。まして由香里自身がそのことを認めるに等しい言動を行なっているのだ。

芳夫は由香里に接近してきた男に凄まじい敵意をぶつけてくる。昂一が廃坑に閉じ込められたときは「父には直接あなたをどうにかする力なんてない」と由香里は言い切っていたが、一方で、運転中の昂一のことは守りきれないとも言っている。だが、由香里の言葉をすべて鵜呑みにしてよいものかどうか一抹の疑問が残るのも事実だった。

仮に賢一郎の死が芳夫の仕業だとするならば、由香里と賢一郎とは恋愛関係にあったと考えねばならない。「わたしが好きになった人」に芳夫は「悪戯」をする、と彼女は言っていた。しかし、果たして親子ほど歳の離れた若い娘、まして愛娘の親友である由香里に対して、当時道庁の教育長の立場にあった賢一郎が恋愛感情など抱くだろうか。そこはにわかには信じがたい話だ。先日の市子の様子やいままでの絹子の由香里への接し方、さらには今日の絹子の話を思い起こしても、すくなくとも彼女たちがそうした疑惑の目で由香里を見ていた気配は皆無だった。

さらに、と昂一は思う。

もし二人が恋愛関係にあって芳夫が賢一郎を殺したのだと想定しても、今回の絹子の事故の説明はまったくつかない。

胸中に湧きあがる疑問を振り払うように、昂一はステアリングを強く握りしめた。いまはあれこれ考えている余裕はない。昂一は「よしっ」と一つ気合を入れて車を発進させた。時刻はちょうど十一時十五分になっていた。

国立（くにたち）インターで中央高速に乗り、車体の揺れやバックミラーに注意しながら、アクセルを思い切り踏み込んだ。スピードメーターの針は百五十と六十の間をいったりきたりしはじめる。もうこの時間なら帰省ラッシュに巻き込まれるおそれもないだろう。スピードに乗って車を走らせているうちに不思議と昂一の精神は落ち着いてきた。手術は終わったのだろうか。重傷と言っていたが、怪我はどの程度なのか。もし命にかかわるものなら、もっと警官ははっきりそう言ったのではないか。絹子の前方不注意とはどういうことなのだろう。絹子が運転していた車は誰の車だったのか。同乗していた男というのはやはり藤堂だろうか。そもそも、あれから絹子はどこに向かったのか。こんな夜更けに新宿あたりで一体何をしていたのだ。堰を切ったように幾つもの疑問が押し寄せてくる。いつも運転に慎重な絹子が、なぜそんな重大な事故を引き起こしてしまったのか……。

高井戸のインターを過ぎたあたりから、後部座席に何かがいるような気がしてきた。初台で降りたときにははっきりとした気配が背中に感じられた。首筋から腰部にかけてぴりぴりとした痛みを覚える。昂一は前方を睨みながら、背後の存在に向かって呪文を念じ、鋭い気をぶつけつづけた。たしかな手応えがある。あの廃坑で対峙したときに較べると、その存在の力は明らかに抑制されていた。それでも病院に到着し、地下駐車場に無事に車を駐めたときには、昂一の全身から水でも浴びたような汗が噴き出していた。

外科病棟の回復室のベッドに横たわった小さな肉体を見下ろし、それが絹子だとは昂一にはどうしても思えなかった。彼が知っている絹子はどこにもいない気がした。頭部から頸部にかけては白い包帯ですっぽりと覆われ、毛布の上に投げ出された両腕も白ずくめで、わずかにのぞくどす黒い皮膚の色が逆にグロテスクに見える。能面のように露出した生気のない蒼ざめた顔の中で、墨で太く線を引いたように腫れ上がったまま閉じられた目蓋は、もはや再び開きようがないだろう、と直観的に見てとれる。シューシューとどこからか空気の洩れるような音と身体にたくさんつながったチューブやコードの先で鳴る電子音が、絹子の肉体の息吹も鼓動もすべて遮断し、一個の物質としての機能的な生だけを確保していた。

ここに入る前「残念ですが……」と前置いて、まだ童顔の残る若い医師は手短だが率直に容体の深刻さを教えてくれた。

約束だったので、十五分ばかり絹子の側にいたあと、廊下で待つ原田のところへ戻った。

「御心配のことと思います」

一言そう言うと、物慣れた調子で彼は事務的な作業を開始する。藤堂邦彦という名前を耳にして、昴一は訊き返した。

「そのようですね。写真家の方のようです」

藤堂邦彦は、コマーシャルフォトグラファーとして広告関係では知らぬ者のない第一人者だ。絹子もたまに一緒に仕事をしていたはずであった。

「奥様は、昨日から新宿のヒルトン東京に泊まっていたようですが、ホテル側の話では昨夜十時頃に藤堂さんと共に外出され、藤堂さんのベンツで中野方面へ向かわれていたようです。運転は奥様がなさっていました。事故現場は北新宿二の二十一の三、青梅街道のちょうど淀橋交差点の手前あたりで、ホテルから幾らもいかない場所です。申し上げにくいんですが、事故責任は奥様の側でして、相当のスピードを出されていたようです。ハンドルを取られ、センターラインを踏み越える形で、対向車線の乗用車と正面衝突しています」

昨日の十時といってもまだ数時間も経っていない。原田は現場検証の結果や、明日には医師の了解をとって行なう予定の藤堂及び相手側の事情聴取によって、さらに正確な事故時の状況がつかめるだろうと語った。絹子の法的責任については容体を考慮してか、ほとんど触れなかった。昂一は、突然胸に湧いた懸念を口にしてみた。

「さあ、その辺のことは……」と原田は口を濁したが、

「常識的には、急カーブでもありませんし、単なる暴走だけでセンターラインをオーバーするということは考えられないと思いますね」

彼もすでに疑問を持っている様子で答えた。昂一は丁重に礼と詫びを言い、藤堂や対向車のドライバーの怪我の程度を聞いて原田と別れた。藤堂は腰椎骨折の重傷だが、生命に別状はないらしい。この三階の一室に収容され、現在は麻酔と安定剤で眠っている。もう一人は、衝突の瞬間、開いたドアから投げ出されたのが逆に幸いして、全身打撲と左腕の骨折だけで、意識もはっきりしているということだった。

明け方になって、ようやく由香里に連絡する気持ちになった。もちろん札幌の市子にも知らせなくてはならない。病棟の隅に設置された公衆電話を使って、先に市子に電話し、それから由香里の部屋の番号を押した。

最初、由香里は信じなかった。

「ありえないわ。だいいち何も感じなかった」

そのとぼけた反応に、突然昂一は鋭い怒りを覚えた。これまで胸に蟠(わだかま)ってきた疑問が口から噴き出してくる。

「話が違い過ぎないか。きみは危ないのはぼくだと言ったはずだ。それがどうして絹子がやられなきゃいけない。最初からきみの父親の亡霊なんていないんじゃないのか。きみは家族が心中したことも黙っていたし、絹子の父親とのこともいまだに隠している。芳夫さんの亡霊をでっちあげて、実は、すべてきみが仕組んでいるんじゃないのか。家族の事故にしても、賢一郎さんの事故にしても、そして今度の絹子の事故にしても、きみが自分でやっているんじゃないのか。そう考えれば辻褄(つじつま)はきれいに合ってくるんだ」

「何を言うの、昂一さん。どうかしてる。そんなヒドイこと……」

由香里は、震える声で言葉を詰まらせた。しばらくの沈黙のあと、ようやく口を開いた。

「絹ちゃんは、まだ生きているのね」

嚙み締めるように、諭すように由香里は言う。

「昴一さん、お願いだから冷静になって。わたしにもよく分からないけど、今度のことはいままでとは違うと思う。とにかく、今からすぐそっちに行くから、どうか昴一さんも、もう少し落ち着いてちょうだい」

昴一は、来るなとは言わなかった。もともと電話したのは由香里をここへ呼ぶためだ。感情が先走って思わず乱暴なことを言ったが、確信があってというわけではない。ただ、由香里の話と奇妙に符合しながら、決定的に食い違っている現実を目の当たりにして、何もかも彼女の計算ずくと決めつければ、絹子を瀕死に追いやった責任も押しつけることができ、この耐えがたい事実を非現実化できてしまうような、そんな気が昴一にはしたのだ。

電話を終えると、回復室の外の長椅子に座り込んで、昴一はもの思いに耽った。あの廃坑から脱出して以来、自分の意識レベルが一段アップしたような感触がある。思念を凝らすとこれまでにない緻密な思考が頭の中に生まれてくる。

一時間ほど経って、医師が再び病室を訪ねてきた。さきほどの若い医師ではなく、中年の気難しそうな雰囲気の男だった。彼は、絹子を取り囲む機械がはじきだしたデータだけを熱心に読んで、昴一の質問に「今日、明日といった急なことは、もうないと思います。一応状態は安定するでしょう」と告げた。

医師が引きあげたあと、昴一は長椅子に戻って身を横たえた。すでに午前四時を回っていた。急激な睡魔に襲われ、いつのまにか意識がかすれていった。

30

浅いわずかな眠りから覚めた後も、昴一はしばらく長椅子に座り込んでぼんやりしていた。病棟内は静まり返り、廊下を通る人もない。半袖の両腕や首筋に冷え冷えとした空気が沁み込んできて、身体の芯まで凍てつくようだった。立ち上がって回復室に入った。絹子は死んだように眠っている。顔色は更に生気が失われて土色になっていた。医師は当面の危機は脱したと言っていたが、とてもそうは見えない。腰を折り耳元に口を寄せて名前を呼んだ。小さな声で何度も呼んだ。昨日最後に見たときの絹子の姿が瞼に浮かんでくる。玄関まで見送った昴一に、絹子は「じゃあね」と薄い笑みを作り、振り返りもせずに出ていった。昴一はベランダに出てその後ろ姿を最後まで見送った。大きなスーツケースを転がして、駅までの一本道をとぼとぼと絹子は歩いていった。

東京駅で別れた晩の顔も思い出した。無理にこしらえた笑顔が少しずつ歪んでいき、やがて昴一から視線を逸らすと、ビールグラスのふちを人差し指でなぞりながら絹子は口を噤んだ。そして、その瞳から大粒の涙を静かに零（こぼ）したのだ。

昴一は身体を真っ直ぐに戻し、変わり果てた妻の顔をまじまじと見つめた。何があっても、このまま死なせるわけにはいかない、と思った。

昴一は回復室を出ると、地下一階の救急処置室の脇にある喫煙ルームまで煙草を吸いに行った。ガラス扉を引いて八畳ほどの広さの殺風景な部屋に入る。打ちっぱなしのコンクリート壁に沿ってベンチが据え付けられ、ところどころに灰皿が置かれていた。先客は誰もいない。ズボンのポケットから煙草を取り出し、一本抜いて火をつける。白い煙を思いきり胸の奥に流し込んだ。微かな温もりが身の内に広がっていくような気がした。携帯を見ると、午前五時近くになっていた。正面のガラス越しに急患専用の玄関が見える。夜間の出入口があそこだけであることは、ここに到着したときに昂一自身が確かめている。そろそろ由香里がやって来る頃だろう。

真悟を抱え、肩に大きなバッグを提げた由香里がその玄関から飛び込んできたのは、ちょうど三本目の煙草を吸い終わったときだった。

彼女は脇目も振らず病棟に上がるエレベーターの前に駆け寄り、ボタンを何度も押して体を小刻みに揺すっている。昂一は喫煙ルームを出ると、その後ろ姿に近づきながら声を掛けた。由香里がびくっと背中を震わせて振り返った。

「さっきは悪かったね。あんなことを言って」

間近に由香里の蒼白の顔を目にして、すんなりと昂一は詫びた。

「ダメ……だったの？」

ひきつった表情で由香里は訊き返してくる。誰もが気を失う直前、心が砕け散る瞬間に見せる瞳だ。昂一は慌てて言葉をつなぐ。

「いや、少し持ち直して、いまは眠っている。今日明日急にというわけじゃないんだ」

ちょうどエレベーターが降りてきて、扉が開いた。由香里の背中を押すようにして一緒に乗り込んだ。向かい合った由香里は、化粧気もなく髪も乱れたまま後ろで束ね、白いノースリーブのワンピースを身に着けていた。顔だけでなく全身の血の気が失せている。胸にくくりつけられた真悟の桜色の肌だけが、狭い密室の中で鮮やかに息づいていた。手足のくびれではちきれそうな赤ん坊の肉は幾つものさらに美しい斑点を浮かべ、仄赤く光って見える。それが、絹子の生気のない肌色と重なって昂一の意識の中にはっきりと死のイメージを結んだ。

「こんなところに連れてきて、大丈夫だろうか」

眠っている真悟の柔らかな腕に手を伸ばしたのは、もしかしたら自分の生を確かめたかったからかもしれない。由香里もそっと真悟の頭を撫でた。

「あんなに可愛がってくれたんだもん、絹ちゃん……」

そう言って彼女は言葉に詰まると、

「真悟のことをあやしながら、わたしも産みたいなあっていつも言ってたのよ、あの人」

と壊れた声で呟き、目に涙を浮かべた。

泣き崩れたのは、病室に入って絹子の側に佇んでからだった。ベッドの脇につっぷして由香里は声をあげて泣いた。預かった真悟を胸に抱いて立ち、昂一は長い時間黙ってその様子を眺めていた。由香里は泣きながらしきりに「ごめんなさい」を繰り返している。やはり彼女の父親の仕業なのかと昂一は思い、なぜ芳夫が絹子を殺そうとしたのか再び思念を凝らしてみたが、答えは思い浮かばなかった。そのうち、由香里は自分との関係を絹子に詫びているのだと気づいた。気づいてはじめて、そう考えるのが道理なのだと思い当たった。自分が正常な判断を失いつつあるようで、昂一は内心愕然とする。

うっすらと朝の光が病室に射し込みはじめた頃、由香里はようやく顔を上げた。一度、昂一を意外に力のある瞳で見返すと、立ち上がり、涙に濡れた頰を掌で拭いながら彼女はゆっくりとベッドの回りを一周し、何かを推し量る面持ちで歩みを止めた。昂一の名を呼ぶ。

「昂一さん、このベッドを少し動かしてくれない」

昂一は由香里に近づき、怪訝な顔つきになった。

「こっちに立ちたいの」

由香里は絹子の枕辺の方を指差した。ベッドの頭の部分は酸素とバキューム用のバルブが開口した壁に接している。酸素バルブからは水の入ったシリンダーを経由してチューブが絹子の口許まで延びていた。レスピレーターはベッドの左脇に積まれ、そこから数本のコードが絡まりながら絹子の袂の中に挿入されている。由香里は昂一から真悟を抱き取ると静かに頷いた。昂一にも大体の察しはついたし、直接自分が口にして頼む前に由香里がそうしてくれることに、自然さを感じていた。

昂一は絹子の足下のベッドフレームを両手で摑み、腰をためてゆっくりと手前に引いた。少し軋むだけで、案外たやすくベッドは動いた。ちょうど人ひとり立てるくらいの空間を壁との間に作る。「そのくらいで」と由香里が言った。再び昂一が真悟を預かり、由香里は細長いロッカーのへりに身体を不自由そうに擦りつけながら、爪先立って狭い隙間に滑り込んだ。

そして、逆向きの絹子の顔を覗き込み、別に呼吸を整えるでもなく無造作に手を広げると、絹子の頭部に両掌をかざした。目を閉じわずかに口を開いて、ピアノでも弾くようにゆっくりとそれぞれの指をすぼめたり伸ばしたりしている。あっさりとさりげないその姿は、しかし、非常に安定していた。絹子の身体と由香里の身体とが垂直に交わり、ひとつの硬質なブロックが形成され、重量感に似たものが昂一の肌にも伝わってくる。絹子の暗い冷たい水が温められ、底の方から熱を持ち、幾筋もの対流が生まれていく。絹子の暗い意識の中にそんな変化が起こっているのではないか、と昂一は感じはじめた。

絹子の表情はしばらくたっても固まったまま何の変化もなかった。しかし、明らかな兆しが生まれていることは確かだ。絹子の額と後頭部に貼りつけられた数本の電極コードがつながったオシログラフの画面上で、由香里が掌をかざした直後からさきほどまでとは全く異なった波形が躍(おど)りだしていた。昂一は目を凝らして由香里の手元を見つめた。朝の光のせいで不明瞭ではあるが、何か別種の青白い光がその掌全体を覆っているのが見える。緑の画面にふと目を転ずると、緩やかだった波の流れが次第に間隔をせばめ、やがて細く鋭い棘となって暴れ始めた。絹子の意識は急激に呼び覚まされ、混乱し、叫び声を上げている。昂一にはその金切り声が本当に聴こえた。なめらかな滴となって静かに体外へと漏出しつつあった生命の単位が、いま、強力な磁石を挿入されて再び絹子の体内に引き寄せられている。その猛烈な吸引力が摩擦を生じ、絹子のまとまりを失いかけた意識全体を歪め、破壊しようとしていた。絹子は生命の苦痛と格闘している。波形はさらに研ぎ澄まされ、画面の上下を激しく動揺した。何かがやってくる。昂一の感覚が沸騰し、そう感じた瞬間、波は形を突然広げ、一つの大きな正三角形となって、ぴたりと静止した。

「由香里さん！」

昂一は小さな叫び声を上げた。

その声に顔を上げると、由香里は肩を落とし、両手をだらりとベッドのフレームに乗せた。

「駄目だわ。この機械が邪魔してる」

「でも……」

昂一がオシログラフに目をやると、いつの間にか三角形は消え、弱々しげな波形に戻ってしまっていた。

「私の力では、無理なのかもしれない」

由香里は力なく呟いた。

昂一は夢から覚めたような気分で茫然と由香里を見つめた。

その場にしゃがみ込みたいほどの脱力を感じたが、腕の中で寝息を立てている真悟の重みがそれを踏み止まらせた。

「なんだか、もう少しだったような気がした」

「そうかもしれない。でも、もしそうだとしたら、わたしは自分が恐ろしい。一体何をしようとしているんだろう」

由香里はため息をついて、困惑した顔で昂一の方を見た。

「ぼくにも分からない。けど、きっと大したことじゃないんだよ。ただ、絹子を蘇生させようとしているだけのことだ。この機械がやっていることをちょっと代わって試みているだけだと思う。ちっとも恐ろしいことじゃないし、何でもないことだと思う」

「そうね、結局、絹ちゃんが生き返ったとしても何も変わらないものね」

「その通りだよ。ぼくも、さっききみのことをずっと待っているときにそう思った。これは単なる中断であって、不幸な偶然にすぎないのだろうって」

由香里は絹子の枕辺を離れ、昂一のそばに来た。真悟の顔を覗き込んで「よく眠ってるね」と呟く。真悟が口をもぐもぐさせ、ほわっと息を吐いた。赤い頬がふくらみ、乳首をねだるように小さな舌を唇の隙間からのぞかせた。あどけない仕種に昂一も由香里も思わず顔を見合わせて、微笑んでしまう。

「大人って、ほんとに馬鹿みたい。つらいことばっかり」

赤ん坊を抱きとると、由香里は言った。

昂一が窓際に立てかけてあったパイプ椅子を二脚持ってきてベッドサイドに並べると、

「それより、ちょっと外に出ない？」

絹子の足元に置かれていた抱っこ紐に真悟の両足を入れながら、由香里が提案してきた。

「そうしようか」

昂一も賛成する。

椅子はそのままに回復室を出た。エレベーターホールまで来ると、由香里はためらいもなく上階行きのボタンを押した。

「上でいいの」

昂一が訊くと、

「屋上の方がきっと気持ちいいよ」

由香里はにっこりする。

最上階の十一階で降り、灯りの落ちた大きな院内レストランの前を通りすぎる。非常階段のドアを開けると由香里は屋上へとつながる階段を上っていく。終点の踊り場に出て共に立ち止まった。目の前の重そうな扉には「関係者以外立入禁止」のプレートが貼られていた。ドアノブの下に鍵穴があって当然施錠されているに違いない。しかし由香里は気に留めるでもなくノブを回した。ノブを握った由香里の手が瞬間的に仄青く発光したかと思うと、がちゃりと錠が解ける音がしてドアは簡単に開いた。

広々とした屋上だった。

給水塔や空調機の巨大なファンが向かいの端に建ち並んでいたが、あとはのっぺらぼうの平地で、視界を遮るものは何もない。取り囲むフェンスも低かった。中央あたりに赤と白の塗料でヘリコプター離発着用の床面塗装がほどこされていた。

接近する台風の影響だろうか、かなり強い風が吹いている。二人は風の中を歩いて建屋とは反対側のフェンスのあたりまで行った。由香里がほどいた髪を風に流してどんよりと雨を孕む曇り空を見上げている。

しばらく二人黙って風に吹かれていた。

「さっきも電話でちょっと口にしたけど、きみと絹子のお父さんとはどういう関係だったの」

昂一は単刀直入に切り出した。

「北海道を離れる前、札幌の図書館で風間賢一郎さんの事故のことを調べてきたんだ。彼も不可解な自動車事故で亡くなっていた。絹子に会いたかったのは、その事故について詳しく聞きたかったこともあるんだ。それに、市子さんの話では、彼が亡くなったあときみは急に札幌を去ったという。そうしたことや以前きみがしてくれた話を重ね合わせていくと、風間さんは芳夫さんに殺されたんじゃないかとぼくは思った。ということはきみと賢一郎さんは特別な関係にあったんじゃないのか」

「父のことは、今度のことには関係ない。ほんとにそうなの。それだけは信じて」

「そうじゃないんだよ」

昂一はできるだけ由香里を刺激しないように口調を静めて言った。

「はぐらかさないで正直に答えてほしいんだ。賢一郎さんときみは恋愛関係にあったのかい。それで芳夫さんが彼を殺した。きみが運転中のぼくのことだけは守れないと言ったのはそういう体験があったからじゃないのか」

由香里は俯いて黙り込んでしまう。この湿った風は眠っている真悟によくないだろう。早く話を終えて病棟に戻らなくては、と昂一は思った。

「ただ、それにしても今回の絹子の事故の説明がつかない。もし芳夫さんがきみと関係する男たちを襲うというのなら、絹子がその目標になるはずがない。そもそも、どうして芳夫さんがそんなことをするのか理由が分からない。家族を連れて厚田浜の海に飛び込んだとき、彼は末娘のきみだけは連れていかなかった。それほど大事だったきみのことを何故そんなに憎んでいるんだろう。ぼくも廃坑に閉じ込められたときに、たっぷりと彼の憎悪を味わった。あれは、『悪戯』をするといったレベルの単純な悪意なんかじゃなかった。それはぼくが肌で感じた実感だ。一体、きみたち家族のあいだには何があったのか、ほんとうに芳夫さんはきみ一人を置いて死のうとしたのか、ぼくは廃坑を出た晩にじっくりと考えた。そして思った。芳夫さんの怒りを理解するには、最初の前提を疑ってみるしかないってね。要するに、彼はきみを連れていかなかったんではなくて、連れていけなかったんじゃないのか。絹子が千葉の先生に告げていた話でも、きみは芳夫さんたちの死の知らせが届く前に、絹子の家に駈け込んで泣きじゃくったという。つまり、きみは自分の家族が心中することをあらかじめ知っていた。ということは、きみは父親の意志ではなく自分の意志で生き残ったんじゃないのか。そうだとすれば、家族全員を道連れにしたかった芳夫さんがきみのことを憎む気持ちも少しは納得できる。親を裏切ったきみのことを死んだあとも憎みつづけて、きみの幸せを邪魔しようとするのも理解できないことじゃない」

昴一はいままでの疑問を包み隠さず喋った。由香里は無言のまま何かに耐えるような苦しげな表情を作っている。昴一はそれ以上は言葉を重ねずに答えを待った。

「分からなかったのよ」

不意に、搾り出すような声で由香里が呟いた。

昴一は怪訝な顔を作る。すると、一度深く息をついて由香里は言った。

「もし、お父ちゃんやお母ちゃん、お姉ちゃんがああなるって分かっていたら、わたしは三人を止めてた。あんなこと絶対にさせやしなかった。わたしの力はお父ちゃんやお姉ちゃんの力とは比べものにならないくらい強かった。知っていたら、死なせたりなんかするもんですか」

由香里はこちらに顔を向け底光りする目で睨むようにした。その激しい瞳に昴一は一瞬たじろぐ。

「あの日の朝、目覚めてみたら誰もいなかったわ」

まるで吐き捨てるような言葉つきだ。

じっと立っている由香里の姿が、かつて見た由香里と重なっていく。こんな由香里を自分はいつ見たのだろうか。そう感じて、昂一は思い出した。そうだ、これはあの葬儀の日、絹子に寄り添われて俯いて立ち尽くす八歳の由香里、白いブラウスに黒いスカートを穿いて涙を堪え唇を噛み締めている由香里の姿そのままなのだ。あのときの由香里がいま目の前に立っている、と思った。

「お父ちゃんもお母ちゃんもほんとうに優しい人だった。お姉ちゃんは勉強がすごくできてわたしのことを可愛がってくれてた。わたしはみんなのことが大好きだった。なのに、あの朝、起きてみたらみんないなくなってた。半日凍える気持ちで帰りを待ったわ。昼過ぎになって急に全身が震えだした。前の晩に起きたことをおぼろげに思い出したのはその瞬間だった。それでもわたしにはやっぱりよく分からなかった。どうしてお父ちゃんがあんなことをわたしにしようとしたのか。お母ちゃんやお姉ちゃんにもしようとしたのか。だって何にも知らなかったから。お父ちゃんが借金を背負って仕事に行き詰まっていたことも、それで絶望してもう家族みんなで死ぬしかないって決めてしまってたことも。そんなこと小さなわたしが知っていたはずがないでしょう。わたしはただ幸福だっただけ。優しい家族に愛され、絹ちゃんという分かり合える親友に恵まれて、わたしはただ幸福に生きていただけだったんだよ」

由香里の瞳から大粒の涙がひとしずく頬を伝った。顔を歪め、彼女は胸元の真悟を強く抱きしめている。

「ががた震えて、そのうちどこかで水の音が聴こえはじめた。わたしはびっくりして音の方へ近づいていった。水音はお風呂場からだった。扉を開けて息が止まるかと思った。蛇口からは一滴の水も出ていないのに、浴槽からは凄い勢いで水が溢れていた。ただの水じゃなかった。真っ赤なまるで血のような水。そのときはじめて、昨夜の出来事を全部思い出したのよ。そして、お父ちゃんがお母ちゃんやお姉ちゃんやわたしに何をしようとしてたのかもようやくはっきりと分かった。でも、もう遅かった。もう取り返しがつかなかった。もうすべては終わったあとだった。わたしは怖くて怖くてどうしようもなくなった。泣きじゃくってお向かいの絹ちゃんの家に駆け込んだのはその直後のことよ」

昂一は由香里の言葉の中の幾つかを耳にとめていた。彼女は自分の力は父や姉を凌駕していたと言った。ということは芳夫や真奈美にも由香里と同様の力が備わっていたということなのか。さらに、一家が心中する前の晩に、芳夫は由香里や牧子や真奈美に「あんなこと」をしたという。その「あんなこと」とは一体何なのか。

昂一は短時間で頭を整理し、由香里の方に一歩近づいた。彼女の手をとってその泣き出しそうな顔を真っ直ぐに見つめる。

「芳夫さんは、きみやお姉さんたちに何をしようとしたんだい」

由香里の視線は昂一の面上に何か別の人を見ているようでもあった。

「由香里さん、頼むから話してくれないか」

意外なほど素直に由香里が頷いた。

「昴一さんの言う通りよ。あの人は、真っ先にわたしを連れていきたかったはずなの。誰よりもわたしのことを可愛がっていたから。わたしだけ残していこうなんて思ってもいなかった。あの夜も、親子四人で寝床に入った途端に、あの人は自分の持っている力のすべてをわたしに向けてきた。自分の最後の力をふり絞って、死を楽園の映像に変えて、わたしの心を支配しようとしてきたの。でも、わたしには通じなかった。わたしはただ、どうして父がそんなことをしてくるのか不思議だっただけ。だけど、何の力もなかった母はもちろん、わたし同様、あの人の力を受け継いでいた姉も、あのときの父の力には抵抗できなかった。わたしには母や姉があの人に操られ、死の幻影に酔わされて涙を流して喜んでいるさまが手に取るように分かった。わたしは自分の意識を守りながら、どうして父がそんなことをするんだろうとそればかり思ってた。死ぬことなんてちっとも楽しいことじゃないのに、なぜ、父は急にそんな映像をわたしたちに送り込んでくるんだろうって。わたしが言うことをきかないと知って、もの凄いエネルギーをあの人はわたしの意識に集中してきた。眠ったふりをしていたわたしは、全身を緊張させて、その力を跳ね返しつづけた。あの人の悔しそうな思いが身体に突き刺さるようだった。それでも、わたしには父が一体何をもくろんでいるのか全然分からなかった。もし、分かっていたら母や姉の意識に流れ込む父の作りだしたイメージを遮断することがきっとできたと思う。だけど、わたしはそうしなかった。あの人がまさかあんなひどいことをするなんて思いもしなかった。わたしは心からあの人を愛していたから。母や姉を道連れにして、父が車ごと海に身を投げた瞬間、空っぽの家の中で膝を抱えて震えていたわたしの意識に、断末魔のあの人の想念が、凄まじい風となって襲いかかってきたわ。それは形容できないような恐ろしい憎悪のかたまりだった。親を裏切ったわたしへの醜い怒りだった。わたしはようやく気づいたの。そうだったんだ、父はこことは違う世界にわたしたちを連れていくために、あんなことをしたんだって。そして、この父の憎しみのエネルギーは生前の何倍もの力になってこの世界に残りつづけるにちがいないって。だから、わたしは、あの人が必ず裏切り者のわたしに復讐してくると思ってずっと怯えつづけたわ。わたしはそのときのために、毎日毎日、自分の力を磨きつづけた。だけど、あの人が死を選ぶときに使った自動車だけは、どうしてもわたしの力では防げなかった。賢一郎さんを殺されて、初めてわたしにはそのことが分かったの。いまでもなぜそうなのか、理由は分からないけど」

由香里はついに風間賢一郎が芳夫に殺されたことを告白した。

31

三週間が過ぎた。

絹子は相変わらず意識を失ったまま病室のベッドに横たわっていた。昂一は日がな一日絹子の傍らで過ごしたが、退屈するということはなかった。ある日、なぜだろうと考えてみて気がついた。絹子の意識が回復する一瞬をただ待っているからだ。あたかも昂一の瞳からのびた細い糸が、絹子の昏(くら)い意識の淵に垂れて、やがて小さな手応えを感ずると信じている――それはまったく釣り人と同じ心境だった。こうやっておあずけを食っている感触さえあれば、人間はまるで拷問のように退屈できなくなる、と思い至ったとき、突然のように昂一は、

「希望というものの正体とはまさしくこれだ」

と閃(ひらめ)いて、その着想に我ながら感心した。が、ここまで深刻な現実を突きつけられているというのに、いまだにくだらぬ観念に走ってしまう自身に嫌悪も覚えた。とはいえ正直なところ、「絹子の死」というものが、こうして時間が経つに従ってどんどん無感動なものに変質していくことに昂一は参ってしまっていたのだ。

絹子は入院して五日目に自力呼吸を取り戻した。医師はそこまで「回復」したのだと何やら誇らしげな様子だった。八日目にはレスピレーターが外された。だが、変化といえば、単に絹子の自力による微かな呼吸音が、時折さしはさまる鼾(いびき)のようなかすれた音と共に蘇ってきただけだった。

しかし、その生々しい呼吸音は、昂一に録音の中の絹子の喘ぎ声をいやでも連想させた。その連想はいつも昂一を混乱させ、絹子のことも由香里のことも何もかもを放擲(ほうてき)し

たいような気分にさせたが、そのくせ、ある種のまとまりをもって常に昂一の胸をざわつかせずにはおかないのだった。

迂闊な話だが、藤堂邦彦と彼の病室で短い会話を交わすまで、その大量のMDとフィルムの存在について昂一はまったく無頓着だった。

事故の翌日、新宿署の原田から絹子のレザーのトートバッグを返却された際、その場で一度中身を検分はした。しかし、茶封筒に詰め込まれた十数枚のMDと二十本近い未現像のスライドフィルムについては、てっきり絹子の仕事向きの素材だと思い込み、一度開封はしたもののそのまま戻して、バッグごと病室のロッカーの奥にしまいこんでしまっていた。何より、鏡の割れたコンパクトやフロントガラスの破片がはさまった絹子愛用の大きなノートブックを一目見ただけで、昂一は事故の無残さに胸を抉られ、それ以上バッグの内容物を詮索する気にはなれなかったのだ。

藤堂からMDについて指摘され、慌てて絹子の病室に戻ってプレイヤーを使って録音を聴いてみた。一枚聴き終えたところで心底馬鹿馬鹿しい気分になった。絹子という一個の貴重な生命がいまや消滅しつつあるという厳粛な事実と、そして、その死を決定づけたともいえる余りにも滑稽な原因——その落差に、昂一はただ茫然とするよりほかはなかった。ひとつの恋の結末というには、それは哀れすぎる話だった。

藤堂の言うことが果たしてどこまで真実かは、いまとなっては確認のしようがない。しかし、彼の態度や口ぶりから察するに、それほど出鱈目を喋っているとも思えなかった。

半年前から絹子との仲はすっかり冷めてしまっていたという。

会うたびに別れ話になった。決定的だったのは、MDとフィルムの存在を盾に藤堂が脅迫めいた言辞を弄したことだった。それがちょうど二ヵ月前くらいのことで、以降彼は絹子から執拗にMDとフィルムの返還を求められるようになる。

もともとがマンネリ化した情事の回春剤にと遊び半分で始めた録音と撮影だったが、これだけ溜まってみると手放すのが藤堂には惜しい気がした。しかし絹子がそこまでこだわるのなら、最終的にはすべて渡してやる心づもりではあった。ただ、最初のうちは彼女の突然の警戒心が彼には面白かった。冷え切ってはいても、会えば必ず身体を重ねた。そういう意味で、絹子のこだわりも快楽のための企み（たくらみ）の一種ではないか、と藤堂は考えないでもなかったのだ。経験上、身体だけの繫がりでもしばらくは関係を維持できると彼はたかをくくっていた。実際、絹子の側にもそういう気配があった。セックスはMDとフィルムの一件が持ち上がってからというもの、却って激しく濃密なものになっていたからだ。ところが、あの十七日の夕方、電話を寄越した絹子の声は異様に切羽詰まって聞こえた。たったいま、一式揃えて持ってこいと言う。旦那との間に何かが持ち上がったことはすぐに分かった。お互い気楽な付き合いだから二年間も大事にしてきたのだ。その前提が崩れたのなら、これが別れる潮時だろう。藤堂はそう直感した。内心、絹子の強圧的な口調に気圧されるものを感じないではなかったが、彼はそのことはなるだけ意識せずに、あくまで軽い気持ちで指定されたいつものホテルに出向いたのだった。部屋に入ると、待ち構えていた絹子は藤堂の手から奪うように記録類を取り戻した。渡してしまうと、何も話すことがなかった。気まずい雰囲気が生まれ、結局はベッドに入った。これで打ち止めなのだと思うとつい熱が入った。それは絹子の方も同じようだった。

酒が入ってしまった藤堂に代わって絹子がハンドルを握ってホテルを出た。高円寺にある彼の事務所まで送ってもらうことにしたのだ。フロントに鍵を預けるときに絹子が「今週いっぱい部屋を借りたい」と言っているのを聞き、彼女が家を出てきたのだ、とはじめて気づいたという。車の中で絹子に「もう二度と会わない」と言われ、藤堂は予想以上に動揺する自分を知って驚いた。約束を果たしたことで絹子の気持ちが晴れるようなら、いま少し関係をつづけてもいい、と久し振りに抱いてみて彼は思い直しはじめていたからだ。絹子はそうした彼の思惑を見透かしたのか、運転席に腰を据えたとたんに冷たくぴしゃりと別れを宣告し、派手にエンジンを吹かして、彼の返事など問題外といった態度で車を急発進させた。余りに一方的な物言いに藤堂はひどく腹が立ってきた。自分が写真や録音を餌に女の身体を弄んだ卑劣な恐喝者の扱いを受けた気がした。

思わず、シートの脇に置かれた絹子のバッグに助手席から手を伸ばしたのも、言ってみれば腹立ちまぎれの悪ふざけだった。フィルムだけはやはり返すわけにはいかない。そう言って話を蒸し返したのも、単に自分が腕のいいカメラマンであることを絹子に再確認させたいという幼稚なプライドのゆえだった。まさか、そんな自らの他愛のない自尊心が、あれほど絹子を刺戟してしまうとは予想だにしなかった。絹子は、心底見下げはてたといった容赦のない瞳で愛人の顔を一瞥すると、視線を前方に戻し、さらに冷やかな声で言った。

「そんなことを言い出すなら、わたしはあなたを告訴するわ」

藤堂がバッグに手を突っ込み、フィルムを抜きとろうとしたのはその直後だ。ハンドルから離した絹子の右手が伸びてきてバッグのベルトを摑む。目をつりあげ、狂ったような女の横顔が目の前にあった。

「やめてよ、このヘンタイ！」

浮かべていた薄笑いが男の顔から消える。結局、別れに暴力はつきものなのだ。いつも無駄な抵抗にもかかわらず、女は意識を真っ白にして立ち向かってくる。それが男の狂気を誘い出す。男の腕に力がこもり、女が必死で応ずる。

車体が異様にぶれ、絹子の両手がバッグにかかるという信じがたい光景を藤堂が視認した瞬間、凄まじい衝撃が二人を襲った。

話し終えた後、藤堂は昂一に詫び言をずらずらと並べてみせた。しかし、それは心のこもらぬ形式的なものにすぎなかった。この男は自分が被害者だと信じきっているのだと昂一は見てとった。彼の報告は十二分に露悪的だったし、絹子の夫という立場の人間に対して相当に非礼な率直さといってよかった。そして、話の合間に時折浮かべた苦痛に歪んだ表情は、一種のヒロイズムに酔っている人間のそれだった。まるで、絹子と心中でもしでかしたような、そんな風情で藤堂は昂一と向き合っていた。昂一は、四十半ばはとうに超えていると思われるこの中年男の愚かな精神に対して心の中で唾を吐きかけた。こんな男のことを、ベッドの上とはいえ「邦彦様」と呼び、「わたしは邦彦様の性奴隷です」、「邦彦様の尊い精液をどうかこの奴隷に飲ませてください。一滴残らず飲ませてください」、「わたしの汚いお尻の穴に、どうか邦彦様の宝物を突っ込んでください」などと愉悦の波間に絶叫しつづけていた絹子の肉体を昂一は軽蔑せずにはいられなかった。しかし、それはひどく平凡な男女の関係でもあったのだろう。そこに存在するのは、剝き出しの欲望と単純な力学だけだった。

由香里に藤堂の告白の一部を聞かせたとき、彼女は、

「だから、わたしは絹ちゃんに早く手を切った方がいいって言ってたの。あの男とつづいていたらきっと悪いことが起こると、わたしは感じていたから」

と言った。昂一は由香里に真剣な面持ちで訊ねた。どうして絹子はあんな男に夢中になったのだろうかと。由香里はそれには答えず、ただ、

「絹ちゃんは、昂一さんがどんどんリアリティーを失くしていくって、いつも哀しそうに言っていた」

と言った。

しかし、絹子の摑んだリアリティーというものがあの男だったとすれば、そしてつまるところ、それが十数枚のディスクに残された肉体の叫びでしかなかったとすれば、なんと皮肉でお笑いぐさの話だろう――昂一はそう思わざるを得なかった。

32

絹子の入院が長引くことになって、経済的逼迫（ひっぱく）がじわじわと押し寄せてきていた。まだ、彼女の給料は支払われていたが、それもいずれは打ち切られるはずだったし、あらためて確かめてみると、昂一の通帳はもとより絹子のそれにも大した額は預金されていなかった。しめて三百万円程度といったところだ。はしたない考えとは思いつつも、例えば葬儀の費用や、当面の治療代の精算を想定すると、昂一はとてもそんな額では安心できない気持ちになった。

妻が意識不明の重体のままでいるというのに、何かしら働いて金を稼ぐ必要があるという現実は、彼をひどくやりきれない思いにさせた。とりあえずは、札幌から上京してきて目下、昂一のマンションで一緒に寝起きしている市子に頼ろうかとけじめのない考えも浮かんだが、一応すべての経緯を正直に説明し、由香里との関係の怪しさにも勘づいている気配の市子にそうした話を持ちかけることは、いくら昂一でもできない相談だった。現に彼は、三日に一度くらいの割で由香里のところへ泊まりに行ったりしているのだ。

昂一は仕事のツテを求めて、この二年間すっかり無沙汰にしていたかつての同僚や大学時代の友人たちに、退職後はじめて連絡をとった。真っ先に高木のもとを訪ねようかとも思ったが、よくよく考えてそれはやめた。自分の方から絹子の事故には触れなかったが、どういうわけか連絡先の半数以上がそのことを聞きつけていて、やけに親身な様子で彼の依頼を引き受けてくれた。二、三週間もすると、方々から雑多な仕事の口が舞い込みはじめた。昂一には望む条件のようなものはまるでなかったので、給料の多寡だけを基準に三つばかり選んで、面接に足を運んだ。

仕事を決めたのは、絹子の入院から一ヵ月半が経った十月初旬のことだった。

結局、かつての上司が退職して起ち上げることになった小さな編集プロダクションに参加させて貰うことにした。事務所開きは半月ほど先で、実際に働き始めるまでに多少の時間があったことが昂一をその気にさせたのだ。契約を交わした当日、吉祥寺のマンションに立ち寄ってそのことを話すと、由香里は相変わらず熱心に鶴を折りながら不思議そうな顔で、

「本気なの」

と訊いてきた。

「いつまでもこんな状態じゃ、ぼくの方も参ってしまいそうだし、ちょうど良い潮時かもしれないからね」

昂一が答えると、

「お金のことだったら、わたしが何とでもできるのよ。変な遠慮はしなくたっていいんだよ」

と由香里は言う。そう言われると、その言葉を半ば予期していただけに昂一の決心はすぐさまぐらついてくる。

「そういうわけにもいかないだろう」

「そうかなあ……」

しかし、由香里はそれ以上は何も言わず、再び手元の作業に戻ってしまった。

事故から半月後の九月一日、その日はちょうど昂一が吉祥寺に泊まった日だったが、夕方由香里は一人で買い物に行くと大量の色紙を買って戻ってきた。そして、その晩から鶴を折りはじめたのだった。以来、彼女は黙々と折鶴作りをつづけている。一週間もすると千羽分を優に超える数が出来上がったが、といって折り上げた鶴を絹子の病室に持っていくわけでもなかった。てっきり千羽鶴を作っているのだろうと思っていた昂一は、尚も手を止めない由香里に訊ねた。

「ねえ、一体どれくらいの数の鶴を折るつもりなの」

絹子が病院に担ぎ込まれた翌朝に蘇生術を試みてのちは、由香里はたまに病室に顔を見せても何をするでもなく、眠っている絹子の顔をしばし眺めるとさっさと引きあげていった。そのうち、急に折鶴作りに励み出したので、昂一は、そうした他愛ない手仕事に没頭でもしないことには、由香里も胸に渦巻く感情を宥めようがないのだろう、と自分と引き比べて勝手に想像していた。彼女がどうやらそんなことのために鶴を折っているわけではなさそうだ、と気づいたのが鶴が千羽を超えた頃のことだったのだ。

「六千五百四十八羽だよ」

由香里ははっきりと数字を口にした。余りの数量に昂一は絶句した。

「すごい数だね」

呆れて口にすると、

「鶴には特別の意味があるの。古代からこの国では生命の象徴として鶴は崇拝されてきているでしょう」

事もなげに由香里は言う。それにしても、どうして六千五百四十八羽なのか、昂一には見当もつかなかった。

藤堂の話を聞き、MDに残る絹子の声を確認した時点で、昂一の脳裡を占めていた大きな疑問の一つが消えた。由香里がしきりに「父のことは、今度のことには関係ない」と繰り返していたように、絹子の事故が芳夫の仕業ではないことが明白になったからだ。絹子の事故は、藤堂との痴情の果てに起きた偶然の災厄にすぎない。この疑問が氷解したことで、昂一は自分の推理がおおむね正しかったことを知った。同時に、あの朝、東都医大病院の屋上で由香里が打ち明けてくれた話の全部も、その通りに信じていいのだだと得心がいった。

由香里の告白の中で、最も驚かされたのは絹子の父である賢一郎と由香里との関係についてだった。

二人は彼が想像していたような恋愛関係にあったわけではなかったのだ。

「学校も絹ちゃんと同じところに入れてくれたし、最初は、絹ちゃんの家から通うようにとも言ってくれた。だけど、叔父の家から飛び出してきたばかりで、もう二度と他人と暮らすのはこりごりだったから、わたしは一人で生活したいってわがままを言ったの。そしたら賢一郎さんは、部下が持っていたアパートを探してきて、そこに住まわせてくれた。ほんとうに素晴らしい人だった。絹ちゃんが東京に進学してからも、どんなことでも相談に乗ってくれたし、就職口を見つけてくれたあとも、わたしに進学するべきだって言いつづけてくれたの。わたしには父親みたいな人だった。というより父親以上の存在だったと思うわ」

この由香里の言葉に、昂一はどうにも釈然としなかった。

「だったら、賢一郎さんが芳夫さんに殺されるなんておかしいじゃないか。きみたちは別に好き合ってたわけじゃないだろう」

「でも、わたしは彼のことが心から好きだった」

由香里がはっきりとした声で言った。

「まさか肉体関係があったわけじゃないだろ」

「そうよ。でも肉体関係なんて人を好きになることと何の関係もないわ。わたしは心の底から彼を尊敬していたし、彼のことを愛していた。彼のためだったらどんなことでもしようって決めてた。彼といるときほど安らいで楽しかったことは、いまになってもたった一度もない。彼以上に男の人を好きになったこともあれから一度もなかったわ」

由香里は賢一郎のことを思い出しているのか、唇を嚙みしめ、泣きだしそうになる自分を必死に抑えているようだった。

昴一はその由香里の表情を見て、奇妙な感覚が胸中にきざすのを覚えた。最初はその感覚が何なのかよく分からなかった。が、次第にそれは心の表面に滲みだしてきて、ようやくはっきりとした形をとった。嫉妬だった。由香里にとって「父親以上の存在」であり、「彼のためだったらどんなことでもしよう」と彼女に思わせ、いまに至るも「彼以上に男の人を好きになったこともあれから一度もなかった」と言わしめる風間賢一郎への、それは激しい嫉妬心だった。

そのとき、不意に昴一は気づいたのだ。たとえ肉体関係があろうとなかろうと、ここまで娘を惹きつけ、父親以上とさえ思わせる賢一郎の存在を亡霊の芳夫は一体どういう目で見ていただろうかと。

昴一は思い出していた。あの廃坑に閉じ込められたとき、絹子や由香里のことを想起して最初に感じたのは、その肉体的な交わりの記憶の虚しさだった。だが、やがて絹子や由香里の思い出に込められている魂を実感することによって生き生きとした彼女たちを取り戻すことができた。肉体を失い、自分を裏切った愛娘に対する歪んだ愛情だけをこの世界に残した芳夫にとって、何よりも憎い対象は、肉体などではなく由香里の魂そのものを魅了する賢一郎のような男だったのではないか。

「それまでも、わたしが好きになった相手にあの人はさまざまな厭がらせをしてきたから、わたしは賢一郎さんのことは徹底的にシールドしていたの。父の悪意が彼に注がれていることは強く感じていたけど、指一本触れさせはしないと決意してた。もうその頃には、わたしの防御壁を父が破ることは不可能になっていたし、わたしの不安はずいぶん薄れていたの。大雪が降ったあの晩も、賢一郎さんはわたしに晩ご飯を御馳走してくれて、自分の車でアパートまで送ってくれたあと、役所に戻って忘れてきた書類を取ってから帰るって言って走り去っていった。ものすごい雪で、見送った彼の車の赤いテールランプはすぐに見えなくなった」

賢一郎の死が由香里に与えた衝撃は凄まじいものだった。

「真夜中に市子おばさんから連絡が入ったとき、ほんとに信じられなかった。あの人にそんなことができるわけがないし、わたしだって最初は不幸な事故だと思ったんだよ」

ここで由香里は言葉を止め、目を閉じて、苦しそうに眉間に皺を寄せた。そして、想像を絶するような話を口にしたのだった。

「わたしは錯乱したようになって、それでも、すぐに彼が収容された病院に駆けつけなくてはと思って服を着替えていた。どんな容態かは分からなかったけど、おばさんは彼が亡くなったとは言わなかったから、まだ何とかなるような気がしてた。着替えを終えて、明かりを消してドアを開けて出ようとしたとき、背後で小さな笑い声のようなものが聞こえたの。ふっふってまるで嘲笑うような薄気味悪い身の毛のよだつ声だった。わたしは真っ暗な部屋の方へと振り返った。その瞬間、わたしの目の前に天井から何か大きな真っ黒いものが突然落ちてきた。叫び声も出なかった。わたしは明かりも点けずに床に転がっているその大きなものに近づいた。それは、血だらけでぐにゃぐにゃに折れ曲がった賢一郎さんだった。すると、変わり果てた彼の身体の向こうの畳から、すーっと湧き上がるように人影が起ち上がってきた。死んでから初めて見る父だった。あの人はびしょ濡れの姿で笑っていたわ。ほんとうに嬉しそうに」

由香里が自動車の中だけは自分の力が及ばないと悟ったのは、まさにそのときのことだった。

芳夫の姿はすぐに消え、ふと見ると賢一郎の死骸もなくなっていた。だが、病院に到着すると賢一郎はすでに全身を包帯でくるまれて顔を覗くこともできない状態だった。即死だったのだと市子から教えられた。

「お葬式で絹ちゃんやおばさんと一緒に手を取り合って泣いたわ。でも、ほんとうはわたしが彼を殺したも同然だった。わたしは二人にどうやって詫びたらいいか分からなかった。もう二度と人を本当に好きになってはいけないんだって思った。だから、それからは誰のことも好きにならなかった。賢一郎さんのことだけを思いつづけて生きてきた。償いなんてできないにしても、絹ちゃんやおばさんに、わたしにできるすべてのことをして、一生心の中で詫びていくしかないって固く誓ったの」

　廃坑から絹子を救い出し、その聴力を回復させた恩人であるはずの由香里が、どうして絹子に対していつも一歩引いた態度を取ってきたのか、その謎がようやく解けたと昂一は思った。しかし、それでも一つだけ分からないことが残っていた。

「だったら、芳夫さんは、その後きみが付き合った相手には何もしなかったのかい」

　昂一は訊いた。由香里は小さく頷いてみせた。

「ええ。あの人の姿を見たのはあの晩が最初で最後だった。東京に出てきて、寂しさを埋めたくて男の人とはいっぱい付き合ったわ。だけど心から好きになった人なんていなかった。たった一人を除いては」

「たった一人って、真悟のお父さんのこと」

　しかし、そこで由香里は首を振ったのだった。

「その人は、六年前にわたしの前に現れた。初めて写真を見せられたときから、わたしは彼のことが好きになった。でも、その人は絹ちゃんの恋人だったから必死で自分の気持ちを封印したわ。それに、絹ちゃんがその人のことを好きになったのも、きっとわたしと同じ理由にちがいなかったから」

　昂一はこの由香里の言葉に、絹子が言っていたことを思い出していた。絹子は「彼女は、あなたのことをずっと狙っていたんだから」と言い、「今度のことでわたしにもはっきりと分かった」と言っていた。

　由香里はあの屋上で、真悟を守るように風に背を向けていた。それでも容赦なく風は吹き募ってくる。

　昂一は「そろそろ下に戻ろうか」と促した。つづきは病棟内で聞こうと考えたのだ。すると「ちゃんと聞いてほしいの」と由香里は昂一の目を真っ直ぐに見据えてきた。そして、真悟の身体を包み込むようにしていた両腕をほどくと、肩の高さまで開いて胸の前で一度交差させた。その途端、彼女に向かって吹き込んでいた強風は、大きな壁に阻まれたようにぴたりと止んでしまったのだった。

「ほら、恵比寿の占い師さんのことを話したの覚えてる」

　不意に由香里は意外なことを持ち出してきた。昂一は黙って頷く。

「あのとき、その占い師さんが昂一さんと絹ちゃんが一緒に写った写真を見て、変なこと言ったって言ったでしょ」

　むろんよく覚えていた。中島みゆきに似た彼女は昂一のことを「首がないよ」と言ったのだ。そして、絹子が三十歳のときに素晴らしい相手にめぐり合うとも。あの話をしたとき、由香里は奇妙なことを口走った。「あの人よりずっと観える人をわたしは知っているし、案外、その人が悪戯心を起こして彼女にそんなことを言わせたのかもしれない」と言ったのだ。

「わたし、ほんとに馬鹿なことをしてしまったの。絹ちゃんが昂一さんと一緒の写真をバッグから取り出して嬉しそうにしてるのを見て、つい悔しくなって、変な悪戯をしてしまったの。首がないっていうのも、絹ちゃんには三十歳のときに好きな人ができるっていうのもわたしが占い師さんに言わせたことなの。そしたら、二年前、絹ちゃんから藤堂さんのことを打ち明けられて、わたしは愕然としたの。どうしようと思った。あれはほんの悪戯で、わたしには未来を予知する能力なんてないし、ただの作り話に過ぎなかったのに。わたしは最初から絹ちゃんに藤堂さんと別れるように口を酸っぱくして言いつづけた。なのに絹ちゃんは、どんどんどんどん藤堂さんにのめり込んでいってるみたいだった。わたしはとても苦しかった。お願いだから昴一さんのことをしっかり捕まえててちょうだいって心の中で叫んでいたわ。そうじゃないと、わたしの心が抑制できなくなるんだよって。でも絹ちゃんは、そんなわたしの気持ちには気づかないふりばかりしてた。それが今度のようなことになって、初めて本気になった。わたしは絹ちゃんはずるいと思う。その気持ちだけはいまでも変わらないわ」

昴一は何を言っていいのか分からなかった。だが、なぜ自分の写真を見た瞬間に由香里の心が動いたのか、さらには、絹子も同じ理由で昴一を好きになった、と彼女がどうして感じたのか、そのことはさらに重大な事実につながっている気がした。つまり、これまで賢一郎を除いては殺意に至るほどの怒りをぶつけてこなかった芳夫が、なぜに自分に牙を剝いてきたのかという最大の疑問を解く鍵が、そこにあると昴一は思ったのだ。

同時に彼は、由香里の部屋で見たおぞましい夢のことを思い出していた。あの夢に出てきた寝台に横たわる初老の男がなぜ自分に似ていたのか、さらには毒虫と化した芳夫がなぜ「もう二度と」由香里に手を出すなと警告してきたのか、その意味がようやく分かった気がした。やはり、男は昂一とは別の人間だったのだ。

「ぼくは賢一郎さんにそんなに似てるのだろうか」

写真でしか知らない賢一郎の顔を想いながら、昂一は言った。

幾葉かの写真の中の彼は、無骨で地味なところは共通しているような印象があったが、絹子からも市子からも今の今まで二人が似ていると指摘されたことなどなかった。ただ、何度か会ったことのある絹子の弟とは、自分でもどこか雰囲気が似ているような気はしていた。

「昂一さんは、彼とそっくりなのよ。雰囲気もそうだけど、声や物腰や話し方、ものの考え方がとてもよく似ているの。わたしは写真を見て、それから初めて昂一さんに会ってみてほんとうにびっくりした。絹ちゃんもきっと同じだったと思う。昂一さんと会って、わたしは、絶対にこの人だけは好きになっちゃいけないんだって思った。絹ちゃんの恋人として出会えてよかったと思った。そうでなきゃ、わたしはまたこの人を好きになって不幸を呼び寄せてしまうところだったって。だけど、絹ちゃんにはきっと半分はわたしへの制裁の気持ちがあったんだと思う。もちろん、わたしのせいで賢一郎さんが亡くなったことは知らなかったけど、誰よりも愛してくれた自分の父親にわたしが密かに思いを寄せていることや、賢一郎さんがわたしのことも娘同様に可愛がってくれていることには彼女は気づいていたと思うし、きっと嫉妬もしていたと思うの。だから賢一郎さんとそっくりの昂一さんと結婚して、わたしへの復讐をつづけたんだと思う。わたしが苦しんでいるのを見て彼女は心のなかで愉しんでいたのよ。そして、二年前に藤堂さんと知り合って、そのことを包み隠さずわたしに相談までして、わたしがもっともっと苦しむのを眺めていたんだと思う。絹ちゃんは、わたしの父が賢一郎さんを殺した事実は知らなくても、愛された娘の鋭い直観で、きっとわたしが父親の死に加担したことをずっと肌で感じてきたんだと思うわ。わたしの方も絹ちゃんに愛人ができて、自分の気持ちを抑えることに自信がなくなったの。だから、わたしは絶対に自分が昂一さんに近づけないようにしようと思った。そうすることで完全に自分の気持ちを殺してしまおうって考えた。なのに、昂一さんはわたしがそのために真悟を産む、その日その瞬間にわたしのもとにやって来てくれた。最初はこれももしかしたら絹ちゃんの差し金かもしれないって疑った。でも昂一さんの様子を見ていてそうじゃないって気づいたの。そしたら、わたしは自分の気持ちがどうにも抑えられなくなってしまったの。あなたのことが好きで好きで我慢できなくなったの」

昂一は由香里の話に、さまざまなことが腑に落ちていくのを感じていた。

初めて吉祥寺に泊まった翌日、乗り込んできた絹子が見せた由香里への激しい敵意も、それを当然のように受け止めた由香里の平然とした態度も、この話ですべて了解できたと思った。また、絹子が父親を失ったときに、もう由香里とは別れようと「何となくそう思った」ことも理解できる気がした。さらには、あの美別の図書館で芳夫たちの葬儀の日に寄り添っていた二人の写真を見つけ、彼女たちのあいだに濃密な友情の匂いを自分が嗅ぎ取ってしまった理由もやっと分かったような気がした。それは友情などという単純な言葉では表現できぬ、一個の人間と一個の人間との抜き差しならない宿縁とも言うべきものなのだろう。

そして、昂一は慄然とする思いと共に、さらに奥深い真実をそこで突きつけられたのだった。彼は思った。

そうだったのだ。この関係は、最初から絹子と由香里だけのものでは決してなかったのだ。これは自分をも含めた、繁村昂一と風間絹子と種本由香里との三者一体の関係だったのだ。さらに踏み込んで言えば、種本芳夫と風間賢一郎をも巻き込んだ時空を超えた関係だったのだ。そんな中で、その一員である自分が、二人の友情を守るといった傍観者的な立場で一人抜け出そうとしても、もともとそれは不可能なことだったのだ。三人の関係はおよそそんな生易しいものではなかった。そのことを絹子も知っていたし、由香里も知っていた。だからこそ絹子は、「わたしたちはばらばらにはなれないし、あなたと由香里は一緒になるしかない」と言い切っていたのだ。

知らなかったのはこの自分一人だけだった。あの間木ノ台の藪を踏み分けて進みながら、絹子や由香里の育った場所を知り、由香里の一家が心中したことを知り、二人の写真を見つけ、自分は人間関係の要諦に思いを馳せた。だが、あのときの自分にはほんとうの人間関係の重さ、玄妙さ、その恐ろしさがまだ何一つ分かってはいなかったのだ。

人と人とのつながりの凄まじさは、まるで奇跡のようで譬えがたい。廃坑の真っ暗闇の中で、孤立した端末としての人間には一切の価値がないと自分は考えたが、その一方で、人間同士が結び合ったネットワークにどのような価値があるのかをしっかりと見極めることはしなかった。しかし、いまになってみれば、それは価値などという言葉ではとても言い尽くせない、まさに生命の実相そのものに深々と根ざす本質的な結合であるに違いない。だからこそ、あの廃坑の中で自分は生きている絹子を感じ、生きている由香里を感ずることができた。同様に生きている自分自身を感じ、生きている芳夫をも感ずることができたのだ。目に見えないものの世界で、たしかに人々は結びあっている。そのほんの一部として、いま目の前に現れているのが、この絹子と由香里と自分との濃密な関係性なのだろう。そして、とどのつまりは、孤立した端末などあり得ないのだ。人間は孤立して存在することなどまったく許されてはいないのだ。

死によってすべてが遮断され、あらゆるものが無に帰すという考えこそが何よりも怠惰で安易な思想なのではないか。死をそうやって見ること自体が、我々を偽りの孤独に誘い込み、このありありとした生命の実相、人間と人間との切っても切れぬ結合や統合から我々の魂を遠ざけてしまう最大の陥穽なのではないか。

由香里は静かな瞳で昂一を見ていた。風はいつの間にか彼女の周りだけでなく、屋上全体ですっかり熄んでしまっていた。

「昂一さんのことがほんとうに心配になったのは、あなたの夢にあの人が現れた晩だった。父があなたの身体につけた傷は、もちろん生命に関わるようなものじゃなかったけど、その激しい憎悪を見せつけていたわ。あの傷を目にして、わたしはあなたに対する自分の気持ちが一線を超えつつあることを知ったの。だから、あなたが九州に行くって言いだしたときも引き止めなかった。これ以上一緒にいたら、あなたの身が危険だと思ったから。だけど、美別の廃坑にあなたが閉じ込められたことを知って、もうそんな暢気なことを言っている場合じゃないって分かった。落盤事故は父の仕業じゃなかった。でも、その廃坑まであなたをタクシーで連れていったのは間違いなくあの人の仕業だった。父があなたに対して殺意を持っているのは明らかだった。ということは、自分の気持ちがとうとうそこまで達してしまったんだとわたしは思い知ったの」

そこで、「でもね」と由香里は一度言葉を区切って、「ほんとうは最初からそんなこと分かりきったことだったような気もする」とつけ加えた。

昂一はその自信に満ちた表情に、女性特有のただならぬ妖気を感じた。

由香里はそしてこう言った。

「だって真悟の産声を聞いた瞬間にわたしは思ったんだもの。ああ、やっぱりわたしはあなたの子どもを産むべきだったたって」

33

絹子が意識を失ってちょうど五十日目。とうとう由香里は六千五百四十八羽の鶴を折り上げた。一日あたり二百羽見当で彼女は折ったことになる。一羽一羽を普通の倍くらいの丁寧さで折っていたから、二百羽というのは、想像以上に根気のいる作業だった。昂一はたびたび隣に座ってその様子を見ていた。日中は静かに眠る絹子の寝姿をベッドの脇からじっと見つめ、夜は真剣な面持ちで鶴を折る由香里の姿を黙って眺めつづける。何をするでもなく、ただそうやって二人の女性のそばで日々を送りながら、男というのは結局、物を作ったり、運んだり、外敵の侵入を防いだりしながら、確固たる存在としてこの日常に根づく女性たちに侍(はべ)る一個の役割、付属装置にすぎないのだろうと考えるようになった。役割であり装置であるなら、使命を果たし、機能を発揮しなければ価値がない。絹子が夫である昂一にリアリティーを感じなくなったのは、その意味でいわば当然のことだったのだ。男は女性たちの生存のためにただ黙々と、延々と働きつづける以外にはない、要はそういうことか、と昂一は思った。

鶴が完成した日は、由香里に呼ばれて午後から病院を抜け出した。一時過ぎに吉祥寺を訪ねると、真悟を寝かしつけてから、由香里は作業に取りかかった。最後の一羽を仕上げたのは午後四時ちょうどのことだ。

「おわったー」

一声上げると、由香里はテーブルの下の足を伸ばし、両手を広げて首を回した。なんだか、宿題を片づけたばかりの子供のような無邪気なしぐさと表情だった。この不思議な作業に深い意味を期待していた昴一は、多少拍子抜けした気分で、そんな彼女を見た。

テーブルの上には三時間ほどで折り上げた百羽近くの鶴が雑然とうずたかく積み重なっている。由香里は最後に折った紫色の一羽をつまむと立ち上がり、それだけ後ろの食器棚の硝子戸の中に大事そうに仕舞い込み、残りの鶴は自分の椅子の脇に置かれた大きな紙袋の中に無造作に投げ込んだ。隣の和室にはすでに折り上げた六千羽以上が入った紙袋が十数個も並べられていた。最後の一袋をその列に加えると、昴一の方を見て、

「ちょっと手伝ってくれない」

と言った。昴一もテーブルから離れ、畳の部屋に入って由香里と肩を並べて沢山の紙袋の中の鶴に目をやった。

「これを一羽一羽つなぐんだろう」

そう言うと、由香里は首を振る。

「じゃあ、どうするの？」

「この鶴たちは、もう要らないから燃やしてしまいたいの」

意外なことを口にした。

紙袋の把手(とって)をビニール紐で束ね、二度に分けて由香里のマンションから三百メートル

ほど歩いたところにある小さな空き地まで運んだ。由香里は真悟を抱いていたので昂一ひとりで運ぶ。六千羽以上ともなるとかなりの重さだった。十月に入ったとはいえまだまだ東京はあたたかだ。額にじんわりと汗をかいた。

空き地の真ん中に紙袋を並べる。由香里は真悟を昂一に渡し、袋を一つずつ逆さにして鶴を地面の上に出していった。途中からは散らばらないよう慎重な手つきで積み上げていく。十分ほどで大きな折鶴の山ができあがった。

由香里はジーンズのポケットからライターを出した。

「この場所、火なんて焚いても大丈夫なの」

昂一が訊くと、

「平気、平気」

そう言って由香里はしゃがみこみ、空の紙袋の一つから古新聞を取り出した。分厚い束を二つに割いて、片方を絞ると、その先に火を点けた。めらめらと炎が立ったところで、鶴の山の中に突っ込む。あっという間に大きな火炎が湧き起こった。

大量の色とりどりの折鶴が勢いよく燃え上がる。赤、黄、青、ピンク、白、橙、銀、金、黒、緑、黄緑、水色、茶、灰色、紫、様々な色の群れが黒く変色しながら、ほとんど透明にしか見えない火炎に炙られて急速に形を失っていく。そのありさまは、ひどく簡素で味気ないものだった。

由香里はしゃがんだまま無表情に炎を見守っている。

真悟を抱いて傍らに立ち、昂一は寒々とした心地で彼女の細い背中と、灰になっていく鶴の群れを交互に眺めていた。この二ヵ月足らずで由香里はすっかり痩せてしまっていた。先週末に札幌に帰っていった市子もそういえば七キロも減ったと言っていた。だが、由香里の痩せ方はそれ以上だろう。昂一はといえば体重にさして変化はない。

せっかく一ヵ月余を費やして折り上げた鶴をこうして燃やしてしまうとは一体どういうつもりなのだろうか。絹子を失った虚しさをことさらに確認し、今後の自分の人生の意味そのものを葬り去るために、由香里はこんな馬鹿げたことをしているのだろうか。

五分もしないうちに、六千五百四十七羽の鶴はすっかり灰塵に帰した。

由香里はそれを見届けると、足元に落ちていた棒切れで、黒々とした灰を何度もつついて残り火を完全に消した。それから一つ息をついて立ち上がった。膨大な労力が一瞬にして無になったというのに、それにしては充分満足したような顔をしている。昂一から真悟を受け取ると、

「じゃあ、絹ちゃんのところに行きましょう」

由香里はさっぱりとした声で言った。

しばらく前から親しくしているという隣の部屋の奥さんに真悟を預かってもらい、二人は駅から中央線を使って新宿に向かった。真悟は首も据わりすっかり愛らしくなって、マンション内や隣近所でも大層の人気者になっているようだ。最近はちょっとした外出

ならば昼間預かってくれる家も幾つか由香里は見つけている。

「そういうお付き合いはお金があればいくらでも上手くできるのね。初めて知っちゃった」

たまに一緒に外で食事したりすると、帰りに必ずお土産を見つくろって届けていた。最近は、二人きりで過ごしているときも、気がついたら真悟の話になっていることが多い。それが、昂一にとってもごく自然に思えるのは不思議だった。度々顔を出しているうちに情が移ったこともあるし、真悟がなついてくれていることもあるが、子供というのは三月も経つと文句なしに可愛い。いくら見ていても飽きることがない。四年前、絹子が流産せずに無事に子供を産んでくれていたら、自分たち夫婦の現在もきっと全然違ったものになっていただろう、と昂一はたまに思うことがある。

病室に着いたときには五時を回っていた。窓の外の景色は日暮れどきの気配を漂わせ始めていた。西日がまともに射し込む部屋で、先月まではこの時分になるとカーテンを半分閉じていたが、さすがに十月ともなれば日差しはめっきり柔らかくなっていた。

狭い個室だが、絹子はただ眠りつづけているだけなので生活回りの物も一切必要なく、むしろがらんとしている。部屋の真ん中に置かれたベッドの両脇に立って、昂一と由香里はしばらく絹子の姿を眺めていた。

向かいの由香里は、これまでとは違って、いやに熱心な目つきでその顔を覗き込んでいる。自力呼吸を回復してからの絹子はずいぶん生気を取り戻していた。頭部や全身の傷も徐々に癒え、もう見た目には当たり前に眠っているようにしか見えない。

不意に由香里が大きく頷いた。昂一が怪訝な表情を浮かべると、

「今日は、きっとうまくいくと思う」

と言った。

彼女は肩に提げていたバッグから小さな粉ミルクの缶を出した。蓋を開け、中からさきほど折り上げたばかりの六千五百四十八羽目の鶴を取り出す。そしてそれを左掌に載せるとしばらくじっと凝視していた。眉間に深い皺が寄って意識を集中していることが分かる。途中から彼女は目をつぶった。

五分ほどして目を開けると、絹子の額の中央に掌の鶴をそっと置いた。

それから窓際まで歩いて病室のカーテンを一枚一枚丁寧に閉じていった。部屋が薄暗くなると、

「昂一さん、この前みたいにベッドを引いてくれない」

と言う。昂一は黙ってその指示に従った。さきほど空き地で鶴を燃やしたときに霞んでしまった期待が、再び大きく胸の中で膨らんできているのを感じる。

前回同様、由香里はベッドと壁との隙間に立つと、絹子の頭部に両掌をかざした。この前と異なるのは、その絹子の額には一羽の紫色の鶴が止まっていることだ。

由香里が静かに目を閉じる。

昂一は鶴を見ていた。掌が近づいた途端から翼を広げた折鶴は微かに振動しはじめて

いた。由香里の手から風が生まれているのだろう。

そう思って見ていると、額の上でゆらゆら揺れていた鶴はまるで根でも張ったかのように動かなくなった。昂一は目を見開いて鶴を注視する。

一瞬ののち、羽の部分だけが上下に動きだした。

鶴が羽ばたき始めたのだ。

ゆっくりと頼りない羽ばたきは次第に力強さを増し、かさかさと小さな羽音が聴こえてきそうな気がする。いま、鶴は生き物のように飛び立とうとしていた。幽かな光が、羽ばたきと共に鶴の全身から滲み出てきている。最初は紙灯籠に似て、か細い火を灯した程度の仄かな紫色の光だった。しかし、翼の動きが激しくなっていくにつれて光は鮮やかで透明な輝きに移り変わっていった。昂一は視線を釘づけにして、いまや一個の光体と化して舞い上がらんとする鳥に心を奪われていた。

光は眩いばかりとなって放射され、病室の隅々までを満たそうとしている。それでいて鶴の形はくっきりとした輪郭を失ってはいなかった。枕辺に立つ由香里の瞑目した顔は下からの美しい明かりに照らされて深い陰影をたたえている。彫像のように微動だにしない、透き通るように白い端整な顔だ。

すうっと、鳥が浮かんだ。

激しい羽ばたきが波打つ光の強弱となってこの空間を揺さぶっている。小さな折鶴の中に無限のエネルギーが封印されていたような、そしてそれがいま完全に解放されていくような、畏怖ともいうべき感情が昂一の胸中に湧き起こっていた。

あの美別の廃坑の中で意識の一端が触れようとしたまったく新しい世界の中心部に、いままさに自分は接近しつつあるのだ、と昂一は思った。

浮かび上がった光の鶴は、ゆっくりと絹子の額から垂直に上昇し、三十センチくらいの高さで一度静止した。背後に立つ由香里の姿はもう見えなかった。鶴はますます強い輝きを放ちはじめている。そのうち、鶴は絹子の身体をなぞるように大きく楕円を描いて水平に旋回を始めた。ついにその姿を見分けることはできなくなった。きらめく丸い光体が仰臥する絹子の上を何周も飛び回り、めくるめく光を絹子の顔といわず胸といわず腕といわず足といわず、その全身にシャワーのように降り注いでいるのが見えるばかりだ。

目の前で起きている信じがたい光景に昂一は息を呑んだ。

だが、昂一の目が捉えることができたのはそこまでだった。突然、彼の網膜は真っ暗な闇に覆いつくされた。あまりに唐突な変転に、昂一は平衡を失い危うく倒れそうになった。声を上げたつもりだが、喉が絞られたのか、声が音を失ったのか叫びにならない。絹子の生命の再生のために、光体が自分の視力を根こそぎ抜き取ってしまった——昂一はそう感じた。瞼をこすり、頭をやみくもに振った。目が開いているのは確かだが何一つ見えない。あのときと同じだった。廃坑で体験したあの完全な闇の中に再び自分は立たされているのだと思った。

と、そのときだった。

もう一つの視界が不意にドアを開けた。

それはまるで、空に輝く星の一つが昂一の顔全体に飛び込んできたような凄まじい衝撃を伴っていた。昂一は歯をくいしばり足を踏ん張って衝撃に堪えた。

大きな金色の三角形が広大な紫色の空間にぽっかりと浮かんでいる。

ただそれだけしか見えなかった。しかし、これが現実とまったく同時に存在する途方もない世界の入口であることは昂一にも分かった。そしてこの入口の向こうに広がる無限の世界こそが由香里の世界であり、絹子のいる世界であり、いずれは自分が帰っていく真実の世界なのだ――と昂一は知った。

「絹ちゃん」

微かな声が聞こえた。意識がその声を捉えた瞬間、昂一は視力を取り戻していた。もう何も見えなかった。暗い病室の風景と、いつの間にかベッドサイドに佇んでいる由香里の姿以外には。

昂一は無意識のうちに由香里のそばへ近づいた。彼女の視線を辿るように絹子の顔へと目を向ける。

絹子は目を開けていた。

34

医者や看護婦たちが駆けつけて病室はにわかに活気に包まれた。日頃は眉一つ動かさない医師たちも、入れ替わり立ち替わりやって来ては、意識を回復した絹子を見つけて驚きの表情を隠そうともしなかった。

絹子は目を覚ましはしたが、まだはっきりと意識が戻っているふうではなかった。だが、そうやって瞳に灯がともっただけで、この五十日間の人形のような絹子とはまったくの別人になっていた。彼女は十五分もしないうちに両腕をわずかに持ち上げるようになり、頭を動かし、医師や看護婦たちの声の聴こえる方に顔を向けたりするようになった。その反応を由香里と並んで遠巻きに眺めながら、やはり絹子が真っ先に取り戻したのは聴力だったのだな、と昂一は半ば感心したような心地で考えていた。

不意に腕を引かれて昂一は隣の由香里を見た。小さく頰笑んでいる。囁くように、

「わたしたちはもう行きましょう」

と言う。昂一も頷いた。

連れ立って病室を抜け出した。誰にも呼び止められることはなかった。

エレベーターホールまで来ると、由香里は上階行きのボタンを押す。てっきり院外に出るのだと思っていた昂一はすこし驚いた。

「どこに行くの」

と訊く。

「もう一つ大事なことが残っているから」

彼女はそれだけ言って、バッグの中に手を入れた。さきほどの紫色の鶴が出てきた。いつの間に回収したのだろう。

「大事なことって？」

昴一はまた訊ねた。

「この鶴に、あの人を連れていってもらうの」

由香里がきっぱりとした口調で言い切ったとき、エレベーターの扉が開いた。

一ヵ月半ぶりの屋上には宵闇が迫っていた。

天上はすっかり秋の空だ。この前は近づく台風の影響で強い風が吹き渡っていたが、今日の空はきれいに晴れて、そよぐ風すらない。太陽は西に傾き、林立するビルの谷間にいまにも沈み込もうとしている。空の高いところから夜が始まっていた。

由香里はすたすたと広い屋上の中央へと歩いていく。そこはヘリポートになっていて正方形に赤く塗装された床面の真ん中に大きな白い十字が描かれている。由香里はその十字の中心に達したところで足を止めた。昴一も寄り添うように隣に立つ。

手にしていた鶴の翼を開くと、由香里は太陽が沈みかけている方角へ数メートル進み、ちょうど十字の突端部分に鶴をぽつんと置いて昴一のところまで戻ってきた。

「昂一さん」

　由香里は近づきながら言った。

「ほんとはね、わたしが全部悪いの」

　昂一が怪訝な顔になると彼女は言葉を加えた。

「わたしの心のどこかに父と一緒に行ってあげなかった罪悪感があって、それをどうしても消すことができなかったの。わたしの心に迷いが残っていたから、父も自分の怨みを拭い去ることができなかったんだと思う。わたしが本当に幸福な気持ちになって、父のことを完全に忘れられる瞬間がたとえ一度でもあったなら、その機をとらえて父の怨霊をこの世界から別の世界へと旅立たせることができたんだと思う。でも、わたしにはそんな一瞬が一度もなかった。むしろ逆に、賢一郎さんを殺されて、わたしはそれまでの何倍もの強さで父を憎んだの。そうやってわたしが父を憎めば憎むほど、父もわたしへの怒りのエネルギーを大きくすることができたんだと思う。人と人との魂の接触は、愛し合うにしろ、たとえ憎み合うにしろ、互いが引き寄せ合って起こることでしょう。だから、父の憎しみも、きっとこのわたし自身が招き寄せてきたものだったのよ」

　昂一はこの由香里の言葉を耳にして、いままで漠然としていた想念が明瞭になっていくのを感じた。なるほどそうかもしれないと思う。賢一郎の奇怪な死を知り、芳夫の激しい憎悪を身近に感じ、絹子の事故に遭遇したとき、昂一はそのすべてが実は由香里の自作自演ではないのかと疑った。すくなくとも由香里にそうした不幸を呼び寄せる何らかの特性が備わっているのではないかと考えた。
たしかに、この由香里の台詞を聞けば、そうした自分の観測があながち的外れではなかったことがわかる。

世に言う不運な人、幸運な人というのも、要するにそうした運を自らが招来しているだけなのではないだろうか。人を愛する人は人に愛され、人を尊重する人は人に尊重される。人を疑う人は人に疑われ、人を憎む人は人に憎まれる。そして「人を恨む人は人に恨まれるのだ」と由香里は言っている。自分を裏切った娘への芳夫の憎悪は、その憎悪を向けられた由香里の芳夫への憎悪をさらに強くしたに違いない。そこは由香里の言う通りだろう。人は憎むのではなく、憎み合うのだ。人は愛するのではなく、愛し合うのだ。そうやって「合う」ことこそが愛と憎しみの本体に他ならない。

魂と魂とが触れるとはそういうことだ。そして目に見えない世界では、人と人、人と動物、人と草木、人と水や土や鉱物、それらが無限につながり「合い」、絡まり「合い」、重なり「合って」いる。「合う」ことがすべての基本であるということは、つまりはそれら全ての魂はもともと一つのものに違いないのだ。ありとあらゆる魂は大きな一つのものであって、自分がさきほど絹子の病室で凝視したのは、その魂総体の一端ではなかったのか。この目に見える世界は、色とりどりの無数の生命の花々が咲き乱れるさながら花畑のようだ。しかし、いかに異なって見えようとも、それぞれの花は一つ残らず見えない地中で一本の太い根に繋がっている。咲いているのは、ほんとうはたった一つの大きな花にすぎない——と昂一は思った。

由香里は昂一の隣に再び立つと、

「昂一さん、何か感じる？」

と呟くように言った。昂一は黙って頷いた。由香里が紫の鶴を十字の端に置いた直後から、その鶴の周囲に何かもやもやとした空気の淀みが生まれ始めていた。その陽炎（かげろう）のような揺らめきが昂一の目には見える。

「芳夫さんがすぐそばに立っている気がする」

昂一は言って、言葉をつなぐ。

「彼はきみの分身のようなものかもしれない。きみが本気で切ろうと思えば彼との縁は切れる」

口にしながら、以前千葉で出会った先生のことを反芻していた。彼女が昂一の身体に掌を当てているあいだ口の中でぶつぶつと念じていた呪文をいまようやく理解できた気がしていた。あのときは熱さに堪えるのに精一杯で、よく聞き取れなかった。「おんてくさん、おんてくさん」「めっし、たっし、めっし、たっし」という音だけをずっと記憶してきた。だが、実は最善寺キヨはこう言っていたのだ。

「怨敵退散、怨敵退散、滅すべし、断つべし、滅すべし、断つべし」

廃坑に閉じ込められ、芳夫の殺意を感じた際に、昂一の口をついて呪文のような言葉がひとりでに出てきたのは、最善寺キヨのその呪文を無意識に思い出していたからだろう。最善寺先生は別れ際に絹子と昂一に向かって言った。

「この旦那さんが切ろうと思えば、縁は切れます」

彼女は決して間違ったことを言ってはいなかったのだ。なるほど、どんな人間関係であっても私心を完全に滅して断ち切ろうとすれば、必ず切ることができるのに違いない。はからずもいま自分が由香里に告げたように、芳夫は由香里の分身であり、由香里は芳夫の分身なのだ。そうやって誰もが誰かの分身であり、その誰かはまた別の誰かの分身なのだ。時間や空間を超越して世界全体を創り上げているのは、そうしたこの宇宙の構成物の無限のつながりに他ならない。だとすれば、人と人との縁を断つとは、自分自身を滅却することでしか実現し得ないのだろう。あの老師が語っていたように、生きるために考えるから人は誤るのだ。くだらぬ知識や世間智ばかり溜め込んで腹の中をヘドロの海にしてしまうのだ。考えに考えて、もう何も考えられぬようになってしまったとき、初めて人は自身や相手の魂を揺り動かす真の叡智(えいち)を得ることがきっとできるのだろう。まさに法然上人が喝破したごとく、森羅万象余すところなく「ながむる人の心にぞ住む」のだ。

眼前の陽炎は黒い靄に変わり、次第にある形をなしてきていた。

「お父ちゃん」

由香里の声が耳朶の奥に響いてきた。

それは声ならぬ声だった。昂一の意識に直接届く心の声だ。耳の不自由だった絹子が幼少期にずっと聴きつづけていた声だ。

黒い靄は人の形をとりはじめている。背の高い、上半身の発達した立派な体軀の男のようだ。

「お父ちゃん」ともう一度由香里は呼んだ。

「お父ちゃんわたしはこの人がほんとうに好きだよ他の人の子供まで産んでしまったわたしだけどでもこれからはこの人と一緒にずっとやっていくつもりだよだからお父ちゃんももう何も心配しなくていいんだよ何も思い残さなくてもいいんだよお父ちゃんもうこれ以上わたしの幸福を奪わないでちょうだいむかしの生きていた頃の優しいお父ちゃんにどうか戻ってちょうだいあのときお父ちゃんがわたしやお母ちゃんやお姉ちゃんを一緒に連れて行きたかった気持ちはわたしはよく分かっているよでもねお父ちゃんがしたことは決して許されないことだったんだよお父ちゃんが海に飛び込んだ瞬間わたしにはお父ちゃんの叫び声がしっかりと聞こえたよお父ちゃんもお母ちゃんやお姉ちゃんを一緒に死なせてしまってすごく悲しんでいたんだよほんとうに悪いことをしてしまったとすごく後悔していたんだよどうかそのことを思い出してちょうだいお父ちゃんは悪いことをしたんだよだからそうやってお父ちゃん一人だけこの世界に取り残されてしまったんだよ独りぼっちになってお母ちゃんやお姉ちゃんとも別れなくてはならなくなってしまったんだよお父ちゃんはこのままだともう二度とお母ちゃんにもお姉ちゃんにも会うことができないんだよわたしだって絶対にお父ちゃんのそばには行ってあげないよお

父ちゃんはほんとうにそれでいいのさみしくないの哀しくないの苦しくないのお父ちゃんわたしはもっともっと生きたいのまだまだ死んだりなんかしたくないのもっとたくさんたくさん生きてこの世界で幸せになりたいんだよそれを邪魔する権利は誰にだって絶対ないんだよ絹ちゃんは生き返ってくれたよわたしはずっと絹ちゃんに迷惑ばかりかけてきたけどもうこれ以上絹ちゃんに恩返ししなくていいんだってさっき分かったよ絹ちゃんはもう大丈夫ちゃんと回復して元気になって新しい人生を見つけて幸せになるよだからわたしはもう二度と絹ちゃんと会うことはないよ会わなくてもいいんだよそしてお父ちゃんわたしは今日本気でお父ちゃんとも別れることに決めたのわたしはお父ちゃんとももう二度と会いたくないわたしはこの人と一緒にこれから生きていくのわたしは生涯この人を大切にしてこの人の子供を産んでこの人のために生きていくのだってわたしとこの人はそういう運命にあるからこの人はまだそのことが分かっていないけどいつか必ずわたしが分からせてみせるよわたしはこの人を心から愛しているのだからお父ちゃんはもうわたしのそばにいなくてもいいんだよもうお父ちゃんはこの世界にとどまっている必要はないんだよお父ちゃんどうかわたしの言うことを信じてお父ちゃんそんなに悲しい顔しないでお願いだから悲しまないでごめんねお父ちゃんほんとうにごめんねでももうこうするしかないんだよ分かってちょうだいお父ちゃんさようならお父ちゃんさようならさようならお父ちゃん」

由香里が語りはじめると鶴はさきほどと同じように強い光を放ちだした。やがて激しく羽ばたいて地面から浮き上がった。いまや完全に人の形となった黒い靄の周りをくるくると鶴は舞いはじめた。由香里は語りながら目を閉じ、両手を天に向かって大きく広げていた。鶴の光は芳夫の全身を照らし、それにしたがって、芳夫の身体がはっきりと見えてきた。短い頭髪、がっちりとした体格、びしょ濡れの服とズボン、そして日に灼けた精悍な顔。光る大きな黒目がちの瞳は由香里と昂一をしっかりと捉えていた。芳夫は逞しい両腕をだらりと下げ、口を結んで二人を見つめている。

その両眼からはとめどなく涙が溢れていた。

ふと横合いに別の光を感じて昂一は由香里の方を見た。由香里の掲げた両手から青白い澄んだ光が湧き起こり、それは一条の光線となって空に向かって真っ直ぐに伸びていた。いつの間にか空は真っ暗になっている。快晴の夜空にもかかわらず月も星もまったく見えなかった。するとしばらくして空の彼方に幾つもの小さな光点が浮かびはじめた。最初は星かとも見えたが、それらは密集して光の一団を形作っている。しだいにきらめく星々はこちらに近づいてきた。昂一は立ち尽くす芳夫とその星団とを交互に見た。由香里は身じろぎもせずに光り輝く両手を高々と天空に突き出している。

あの星々を呼び寄せているのが由香里であることにようやく気づいた。

一体、あれは何なのだろう。実に美しい星の群れだ。

どのくらいの時間が経過したのか。いまや無数の星々は由香里と昂一の頭上に到達し、きらきらと輝いている。昂一は目を凝らして一つ一つの小さな光球を見つめ、思わず息を呑んだ。それは小さな折鶴の集合だった。

芳夫の周囲を回りつづける一羽の鶴とまったく同じ鶴たちだった。

「これは、今日燃やした鶴たちなの？」

昂一は由香里に訊いた。口から声が出たわけではない。思念がそのまま由香里に届いたのだ。

「そう。六千五百四十七羽の鶴たち」

由香里が答える。

直後、由香里は掲げていた腕を閉じ、掌を合わせるとゆっくりと芳夫の方へ両手を向けた。

上空を舞っていた鶴たちは、その由香里の動作に呼応して瞬く間に芳夫の身体に殺到した。じっと立っていた芳夫の両腕が動いた。押し寄せる鶴たちを払うように身をよじりながらやみくもに腕を振っている。だが、鶴たちは一羽たりとも落ちるでもなく芳夫の全身を包み込み、その光を彼に集中させていた。

次第に芳夫の動作が緩慢になっていく。その顔が歪み両手で頭を抱えてとうとう彼は白い十字の床面にうずくまってしまった。同時に六千五百四十八羽の鶴ひとつひとつが強烈な光を放射して芳夫の姿を覆い隠した。

輝く光の束に、昂一は魂が肉体ごと持っていかれるような浮遊感に見舞われていた。それでも視力がその光の中に分け入っていこうと懸命に努めているのが分かる。薄ぼんやりとした芳夫のシルエットを網膜が捉えた。突っ伏していた彼はゆっくりと再び起き上がろうとしている。そして、その背後に、別の二つの影が見える。一人はやや小太りの女性のようだった。横に中学生くらいの女の子がいる。顔も形もむろん定かではないのだが、網膜を飛び越えた奥、意識のスクリーンに直接くっきりとした映像が映し出されてきた。心の眼が開いたのだと昴一は感じた。それは美別の図書館で出会った二人の女性に間違いなかった。芳夫の妻マキコと長女のマナミ。彼女たちは立ち上がった芳夫に両脇から近づき、その肩に手を差し伸べようとしている。芳夫は二人を交互に見やり、何やら戸惑っているようだ。

昴一は隣の由香里を見ようとした。が、どうにも目の前の光景から視線を逸らすことができない。そのうち、光はますます純化され、きらきらとした光輝を放ち始めてきた。ふと眼前に並ぶ三人の背後に、さらに別の人物が立っているのに気づいた。昴一は意識のレンズを必死に絞る。その人は、前の三人の背中を見守るように少し離れた場所に佇んでいる。微妙な表情を作って三人だけでなく、こうして対峙する昴一や由香里の方にも静かな視線を送っていた。背が高く髪はかなり白い。無骨な印象の顔の中で、二つの瞳が優しい色をたたえていた。しばらくじっと由香里の方を見つめ、それから昴一に顔を向けてきた。

どのくらいの時間が経過したのか、情景がありありとしていくにつれて時間の感覚が加速度的に麻痺していくのが分かる。芳夫を覆っていた鶴たちは、いまや青く透明に変わった光の中で一個一個のガラス片のようになって吹雪のごとく舞いきらめいていた。

ふと昂一はそのガラス片に目を奪われた。芳夫一家、そしてケンイチロウを取り巻くように蝟集するそれらは、なんと一片一片に人の影を映しているではないか。と思うや、その影々はにわかに形を成して、ひとかたまりの群衆へと転じたのだった。

昂一は呆然と彼ら無数の人々を見つめた。そして、まずケンイチロウが、つづいてマキコやマナミ、ヨシオが順々に人の群れの中へと吸い取られていくのを見届けていった。次の瞬間、火の球のような閃光が起こった。昂一はたまらず目をつぶった。

十数秒の時間を意識できた。

「昂一さん」

由香里の声がした。耳に聴こえる本当の声のようだ。

昂一は目を開けた。あたりはすっかり元通りだった。広い屋上は夜の帳に包まれて静まり返っている。空を見上げると大きな月が中空にぽっかり浮かんでいた。

「終わったわ」

由香里が吐息をついて言う。その静かな声に促されて由香里の横顔を見た。彼女は芳夫が立っていたあたりに目をやっている。昂一もその視線をたどった。たくさんの折鶴が降り積もって小山を築いている。もう芳夫たちの姿はどこにもなかった。

「昂一さん、ほんとうにありがとう」

鶴の方を見つめたまま由香里が言った。ひどく清々しい表情をしている。果たして彼女も牧子や真奈美、賢一郎の姿を自分と同じように見たのだろうか。

「これからよろしくお願いします」

と由香里が言う。しばらく間を置いて言葉を返した。

「ぼくの方こそよろしく」

由香里がやっとこちらを向いた。

「二人で頑張っていきましょうね」

「ああ」

昂一は手を伸ばし由香里の手を握った。固く由香里が握り返してくる。

「じゃあ、あの鶴たちを空に帰してあげましょう」

そう言うと、由香里は昂一の手を握ったまま両手を再び空に向かって差し上げた。うずたかく積もった鶴たちの中からまず一羽が静かに舞い上がった。羽ばたきと共に仄かな優しい光が灯った。さらにもう一羽が舞い上がる。そうやって次々に鶴たちは離陸していった。最後の一羽はあの紫色の鶴だった。その一羽だけは眩い光彩を放ってゆっくりと中空に浮かんだ。残りの六千五百四十七羽は真っ直ぐな光の帯となって暗い夜空の奥へと飛び立っていく。

紫の鶴は、昂一たちの目線の高さで止まっていた。揺らぎながら柔らかな紫色の光を投げかけてくる。この鶴が絹子の生命を救ってくれたのだ、と昂一は心の中で感謝を込めて合掌する。いま自分は絹子の魂との永遠の別離をこの瞬間に体験しているのだ、と感じる。

「さようなら絹子」

と小さく呟く。

由香里も恐らく同じ気持ちなのだろう、そう思って、今度はしっかりと彼女の方へ顔を向けた。だが、彼女はさきほどと変わらぬ満足そうな面持ちで、小さな鶴を見つめているばかりだった。

しばし静止していたその最後の一羽も、不意に大きく羽ばたくと、みるみる急上昇し、仲間たちの最後尾に連なって遠くへと飛び去っていった。

死など、やはりどこにもないのだ……。

美しい光の帯が彼方の闇の中に溶け込んでいくさまを見送りながら、昂一は噛みしめるようにそう思った。

生まれること、そして生きること、永遠に生きつづけること、それだけが真実であり、真実の奇跡なのだろう。

最後の一羽が見えなくなったあとも、由香里はしばらく黙って空を見上げていた。昂一は携帯を取り出して時刻表示を見る。もう七時を過ぎていた。

「帰ろうか」

と声をかけた。由香里は首を戻し、昂一を見つめる。かすかな笑みを浮かべたその顔がしっかりと頷いた。

文庫版あとがき

『見えないドアと鶴の空』は私のデビュー作である。

これが出版されたのは二〇〇四（平成十六）年二月だったが、それより十二年前の一九九二（平成四）年に集英社の文芸誌「すばる」に発表されている。当時、私は三十四歳。文藝春秋の編集者だった。

この作品は、「鶴」というタイトルで「すばる文学賞」に応募したものだ。受賞はならなかったが、佳作に入って賞金の半額と雑誌掲載権を与えられ、それで「すばる」に受賞作とともに掲載されたのである。

掲載時に「惑う朝」というタイトルへの変更を求められ、応じた。いまにして思えば「鶴」のままにすればよかったと後悔しているが、当時は自身が編集者でもあったから、担当編集者への一定の信頼が自らに鑑みてあったのだ。

授賞式にも出席した。その頃も現在と同様、柴田錬三郎賞や小説すばる新人賞と同じ日に贈賞が行なわれていて、たまたま柴田錬三郎賞の受賞者は私の父親だった。受賞者控え室に入ると奥にスーツ姿の父が座っていて非常に居心地が悪かったのを憶えている。

「鶴」は発表されたものの何の反響もなかった。

記憶に残っていることと言えば、授賞式の何日か前に会社の上司が電話してきて、

「いっちゃん、受賞作を読んだよ」

と言ったあと、「悪いけど今からでも受賞を辞退してくれないか」と頼んできたことだった。ちなみに私は若い頃から親しい人たちに「いっちゃん」と呼ばれている。

上司はなかでも取り分け親しい人の一人で、私のことを心配してくれたのだ。

文藝春秋は菊池寛が創立した〝文士の会社〟(二代目社長も佐佐木茂索)だったが、社員がものを書くことをあまり歓迎しない社風だった。

ただ、このとき件の上司はこう言ってくれた。

「面白かったよ。いっちゃんはきっとそのうち直木賞くらいは貰えるだろうけど、でもそれじゃあもったいないと僕は思うんだ」

むろん受賞を辞退させるためのリップサービスだったのだろうが、しかし、彼は非常に才能にあふれる編集者だったので、そんなふうに言われて私は嬉しかった。

もう一つ、記憶に残っているのは、しばらくして石原慎太郎氏の担当になったとき、選考委員だった石原さんに「きみの佳作受賞は俺が強く推したんだぞ。憶えておけよ」と言われたことだった。例のこわいようなかわいいような人懐っこい笑みでそう言われた私は、この人のために誠心誠意尽くそうと心に誓った。

佳作だったとはいえ、応募総数千数百本の中から最後の二作に選ばれるのは至難の業に近い。自分の書いた小説を推してくれた人は、私にとって掛け値なしの恩人に違いなかった。

新人賞の書き手として「すばる」という発表舞台を得たのが嬉しかった。

それからは編集者の仕事を続けながらせっせと小説を書いた。「星条旗」というタイトルの三百枚くらいの作品を書き上げ、さっそくすばる編集部に持ち込んだ。読んでくれた担当者と編集長は気に入ってくれて、すんなりと掲載が決まる。

学生時代からほとんど毎日（「週刊文春」編集部の頃はさすがに無理だった）書いていた私にすれば三十半ばまでくすぶっていたのは予想外の蹉跌と言ってよかった。その分を、いまから取り返すのだ、と世間知らずにも息巻いていたのだ。

ところが世の中は一筋縄ではいかない。

掲載が決まりゲラにまでなったところで、すばる編集部に不祥事が勃発。編集長とデスクだった私の担当者が共に席を追われてしまい、新しい編集長が着任したのである。新編集長は「星条旗」を読んで掲載を却下。結局、渾身の一作と思っていたそれはお蔵入りの憂き目を見てしまう。

思えばこれが躓きの石だった。

それからは何を書いてもボツを食らい、佳作の「鶴」も単行本化はされず、私の意欲は空回りするばかり。集英社以外にもツテを頼って他の版元の文芸編集者に作品を読んで貰ったが、二十代に書き上げ、どの新人賞にも引っかからず（一次予選にも残らなかった）、それでもずっと改稿を重ねていた『僕のなかの壊れていない部分』（文春文庫）も『不自由な心』（角川文庫）も、「こういう小説を書いているような人は、人間として信用できない」「人間に番号を振るなんて人としての心を失っている」と散々な言われようだった。

ある日、とある文芸編集者に「不自由な心」をそんなふうに評され、その場では「そうかも知れませんね」と引き下がってきたものの、夜中にあらためて読み直してみて、明け方まで悔しくて眠れないという生まれて初めての経験をした。

ならば取材で知悉している政治の世界を舞台にした長編で勝負しようと思い立ち、アパートまで借りて書き上げた『すぐそばの彼方』（角川文庫）も何人かの編集者に読んで貰ったが、まったく相手にされなかった。

お蔵入りをした「星条旗」は、宮城谷昌光さんを発掘したことで有名な海越出版社の天野作市さんに持ち込んでみると、高く評価してくれて、すぐに本にしたいと言ってくれた。そうやって私の初めての本が彼の手で世に送り出されることになった。「星条旗」は改題し、他に、やはりお蔵入りしていた「花束」と「砂の城」（ともに文春文庫『草にすわる』所収）と併せて一冊とした。

それが一九九四（平成六）年十一月に出版した『第二の世界』（海越出版社）である。著者名はすばる文学賞の佳作となったときに使っていた「瀧口明」。「瀧口」は私が若い頃に惑溺した作家、滝口康彦さんにあやかって付け、「明」は同年代の男性に最も多い名前の一つであることから選んだのだった。

その『第二の世界』もまったく何の反応も呼び起こすことはなかった。

ただ、たった一人だけ収録の一作「花束」を褒めてくれた人がいた。文春の平尾隆弘さんで、彼とは「文藝春秋」編集部で席を同じくしたこともあったのだが、名編集者として鳴らした平尾さんに会社の階段で不意に呼び止められて、「白石君、あの『花束』という小説は凄く良かったよ」と言われたことは一生忘れないと思う。

　他社の誰に読んで貰ってもけんもほろろの扱いを受けるので、思い余って「卵の夢」（『不自由な心』所収）という作品を、「実は、これ、僕の大学時代の親友が書いた小説なんですが……」と文春の文芸編集者に読んで貰ったこともあった。しばらくして、「読んだよ」と言われ、

「彼は、作家は無理だね。やめた方がいいと伝えるのが親切だよ」

　そうあっさり告げられた。

　この一言には、それまでも思い切り失望を味わって、すっかり失望慣れしているはずの自分でもさすがに茫然自失するものがあった。

　私は作家の息子であったたし、大手の出版社で働いていた経歴も相俟っていかにもすんなりとサラリーマンから小説家へと転身したように見られがちだが、正直なところ、作家になるのには人一倍の苦労をしたと思う。結局、四十一歳のときに再デビューという形でこの世界に一歩を踏み出し、それ以降は曲がりなりにも筆で生活することができるようになったが、三十代の十年間は、書いては駄目、書いては駄目の繰り返しで、ひたすら意気消沈の日々だった。

三十代の終わりに、ある大手の版元から長編の書き下ろしをやってみないかと誘いを受けた。長編の『僕のなかの壊れていない部分』も『すぐそばの彼方』もまだ日の目を見てはいなかったし、「鶴」も未刊のままではあったが、それでも乾坤一擲、これが小説家になる最後のチャンスだと自分でも腹をくくって、喜んでお引き受けすることにした。

そうやって一年以上をかけて書き上げたのが、のちに実質的なデビュー作となる『一瞬の光』（角川文庫）だった。だが、この作品も注文を出してくれた編集者には、さんざん待たされた挙げ句に「とても出版できるようなものではない」とノーを突きつけられた。

「小説の世界は、あなたが考えているよりもずっとハードルが高いのです」

受け取った感想の手紙にはそのように記されていて、今回もただ啞然とするしかなかった。

しかし、このときばかりは「じゃあ、これはとりあえず他の作品同様にお蔵入りさせて、新しい作品を書こう」とはいかなかった。「一瞬の光」を脱稿した直後にパニック障害を発症し、とても筆を握れるような状態ではなかったのだ。

そこで「一瞬の光」を集英社に持って行った。千枚を超える長編だったので、先方は「読むだけなら」と言って原稿を預かってくれたのだが、読んでさえくれれば気持ちも変わるだろうと信じていた。だが、結果は最初の版元の編集者と同じ。

「白石さん、一体どうしちゃったんですか？」と言わんばかりの反応で、作品の中身について議論する余地などどこにもなかった。

その後の詳細については『君がいないと小説は書けない』（新潮文庫）で、ほぼ事実通りに詳述しているので重複は避けるが、とにかく二社で門前払いを食った「一瞬の光」が、角川書店（現・KADOKAWA）で出版されることになったのは、文春の同僚で現在はノンフィクション作家となっている下山進さん、夫君の郡司聡さんが勤務する角川書店へ原稿を橋渡ししてくれた、文春の吉田尚子さん、そして、一番は原稿を読んで出版を即決してくれた角川書店の宍戸健司さんの尽力のおかげだった。彼らにはいまでも言葉で言い表せない感謝の念を持っている。

さて、だらだらと老人の繰り言のように昔話を書き連ねてきたが、そのあとさらに数年を経て、ようやく私の本当のデビュー作である本書『見えないドアと鶴の空』の出版へと辿り着く。『一瞬の光』を出してからは、『不自由な心』、『すぐそばの彼方』を続けて角川書店で刊行し、角川の次は、一番最初に声を掛けてくれた光文社の大久保雄策さんのもとで、まず『僕のなかの壊れていない部分』、『草にすわる』を発表した。そして、光文社の三作目、『第二の世界』から数えれば七作目として、やっとのことで、この『見えないドアと鶴の空』（「鶴」改題）を刊行することができた。

雑誌掲載から実に十二年の歳月が過ぎていたことは冒頭で書いた通りだ。

デビュー作であるから、私のこれまでの作品全体を通じて表現されているもののエッセンスが本書にはすべて盛り込まれている。

私はどの作品でも現実離れした現象を必ず入れ込むようにしているが、実のところ、読者にすれば超常的と感じられるに違いないそれらを、私自身は〝現実離れした〟ものとはまったく考えていないのである。

そういう意味で、私はたまにあっち系（つまりスピリチュアル系）の作家のように評されるし、「こういう超常現象に頼るストーリー展開を控えてくれれば、もっともっと読者がつくのに」と残念そうに指摘されることもままある。

先日などは親しい担当編集者から、「とにかく白石さん、奇跡はもうやめてください」と面と向かって注意された。

私のことを心配してそう言ってくれているのはありがたいし、なぜそんなことを言うのかも、皆がこの余りにも殺伐とした世界の住人として生きている限りは十二分に理解できる。だが、たとえば本書で主人公の種本由香里が繰り出すさまざまな超能力それ自体は荒唐無稽に見えるとしても、彼女の使う特殊な能力に表象される人間個々の潜在的な力は、間違いなくこの世界に存在していると私は信じているのである。

私は、むしろ、そうした人間誰しもが身につけているはずの超常的な力や才能を必死に覆い隠そうとする何らかの別種の力が世界には働いていて、そうした力の存在こそが、この世界を穏やかならざるものへと導き、つまりは混沌と惨劇とを生み出しているに違いないと考えている。

人類の自らを見つめる目は世紀を重ねるごとに曇りの度合いを強めているが、それはわれわれ一人一人が首にかけている双眼鏡のレンズを執拗に曇らせつづけている何者かがいるからだと思う。そしてその何者かはすべての人の肩の上にちょこんと座って、私たちのことを迷いや苦しみへと誘っている。

私にすれば、奇跡なくしてはこの世界はただの救いなき暗黒であるし、遠い昔の何らかの宗教的伝承にそれを見出すのではなく、いまこの現在の世界において自らの双眼鏡で、その奇跡というものの有り様やそれが存在する理由を追究することが私たちの人生にとって何よりも大切でエキサイティングで、さらには最大の愉悦であろうと思われる。

そして、小説というメディアが一番に果たすべき役割もまたそこにあるのだ。

私は四十歳を過ぎてデビューしたスロースターターだが、それでも作家業はすでに四半世紀に及んでいる。いままでいろいろな作品を書いてきたのだが、ここ数年は、自分がどうしてあんなに小説家になるのに苦労したのかを思い出させてくれる、このデビュー作『見えないドアと鶴の空』へと帰還する道を、これまでよりも慎重に丁寧に歩いているような気がしてならない。

なぜそんな道を歩んでいるのか？

それはつまり、この作品に還り、この作品を超えることが作家としての最も大きな課題であることに、私自身がようやく気づいたからだと思われる。

令和四年十月十日

白石一文

文春文庫

見えないドアと鶴の空

定価はカバーに表示してあります

2022年12月10日　第1刷

著　者　白石一文
発行者　大沼貴之
発行所　株式会社 文藝春秋

東京都千代田区紀尾井町 3-23　〒102-8008
TEL 03・3265・1211㈹
文藝春秋ホームページ　http://www.bunshun.co.jp

落丁、乱丁本は、お手数ですが小社製作部宛お送り下さい。送料小社負担でお取替致します。

印刷・図書印刷　製本・加藤製本

Printed in Japan
ISBN978-4-16-791976-4